La Mère Manœuvrière

(Volume 1)

Lady Charlotte Campbell Bury

Writat

Cette édition parue en 2024

ISBN : 9789359941172

Publié par
Writat
email : info@writat.com

Selon les informations que nous détenons, ce livre est dans le domaine public. Ce livre est la reproduction d'un ouvrage historique important. Alpha Editions utilise la meilleure technologie pour reproduire un travail historique de la même manière qu'il a été publié pour la première fois afin de préserver son caractère original. Toute marque ou numéro vu est laissé intentionnellement pour préserver sa vraie forme.

Contenu

CHAPITRE PREMIER. ....- 1 -
CHAPITRE II. ....- 10 -
CHAPITRE III. ....- 21 -
CHAPITRE IV ....- 35 -
CHAPITRE V. ....- 45 -
CHAPITRE VI. ....- 58 -
CHAPITRE VII. ....- 76 -
CHAPITRE VIII. ....- 92 -
CHAPITRE IX. ....- 109 -
CHAPITRE X. ....- 126 -
CHAPITRE XI. ....- 145 -

CHAPITRE I.

Sir John et Lady Wetheral avaient la chance d'avoir quatre belles petites filles, qui promettaient d'être tout ce que le cœur affectueux d'un parent pouvait souhaiter ; car, comme Madame l'observait avec fierté, « leurs formes étaient parfaites et leurs traits étaient irréprochables ». Il n'y avait pas d'exubérance de forme à rectifier, pas de membre déformé et, surtout, pas de chevilles épaisses, ni de mains trapues qui choqueraient un goût raffiné. Les quatre filles étaient de petits êtres vifs et adorables, qui, avec le temps, créeraient une immense sensation et finiraient par nouer des relations avec des nobles ou avec des « rois de comté », ce qui était encore plus souhaitable. Sir Watkin Williams Wynn était considéré comme « prince de Galles », et il y avait un ou deux messieurs qui pourraient revendiquer le titre de roi du Shropshire, si d'immenses propriétés conféraient ce titre. Les Miss Wetherals sont nées avec une apparence distinguée et leur carrière serait triomphale. Lady Wetheral aimait aussi un nombre pair ; *quatre* filles n'étaient pas trop alarmantes : cinq ou trois auraient été une fraction indéfinie à moitié vulgaire. Madame détestait tout ce qui était vulgaire.

Mais les événements ne sont pas entre nos mains ; et les systèmes que nous préparons et digérons avec un patient calcul sont renversés en un instant malheureux par des circonstances imprévues. Lady Wetheral avait à peine décidé dans son esprit que cinq filles étaient une vulgarité indéfinie, qu'un autre innocent impuissant parut briser ses espoirs et troubler sa tranquillité. Ce fut effectivement un coup dur. Toute crainte d'agrandir sa famille avait si complètement disparu de l'esprit de Lady Wetheral que c'était une déception accablante. Cinq années s'étaient écoulées depuis la naissance de Clara , et maintenant recommencer les ennuis et les misères de l'allaitement, avec une perspective incertaine devant elle ! Et si elle en avait douze ? supposons qu'elle en ait quinze ? et si elle en avait vingt-cinq ? où tout cela pourrait-il finir ? Comme c'est très provocant et vexatoire !

Lady Wetheral sentait qu'il était vain de pousser des lamentations : elle devait se coucher, prendre soin d'elle-même, éviter le bruit des enfants et faire exactement ce qu'elle avait fait auparavant sous la même affliction. Cela *pourrait* s'avérer un héritier. Si tel était le cas, Madame ne se plaindrait pas : un fils assurerait les biens en découlant et maintiendrait le nom et les honneurs de la famille. Le nom de Wetheral serait éteint, à moins qu'un fils ne reprenne le titre honorable après le départ du pauvre Sir John, et un beau garçon à l'allure aristocratique parcourant le château serait certainement un spectacle fier. Il pourrait épouser l'héritière d'un duc. Oui, un magnifique garçon *serait* le bienvenu.

Rien ne pouvait dépasser le chagrin de Lady Wetheral de donner naissance à temps à une fille. Sa colère était à peine réprimée par sa maîtrise de l'humeur ou par les conférences de son mari étranger. Lady Wetheral aimait aussi son mari avec la plus grande convenance et n'agissait jamais en opposition catégorique avec ses souhaits exprimés, mais elle se détournait avec dégoût de ses arguments et parvenait généralement à manœuvrer sa bonne nature pour qu'elle approuve à contrecœur ses projets, en continuant à le faire. maîtrise et un code de principes qui le déconcertaient et le faisaient taire. Sir John Wetheral n'a enduré que le sort de nombreux maris, liés à des « femmes remarquablement bavardes et intelligentes » : il s'est opposé, s'est opposé et a progressivement cédé à des opinions qu'il désapprouvait, mais qu'il n'a jamais pu combattre avec succès. Sa première visite dans la chambre de sa dame, après l'apparition du petit étranger importun sur la scène de la vie, fut caractéristique et révéla les principes qui influençaient le cœur et la conduite de chaque parent.

"Eh bien, Sir John, serrez-vous la main, mon amour; mais nous n'avons pas besoin de nous féliciter. J'espérais qu'un fils m'aurait récompensé pour tout cet ennui, mais voici une autre misérable fille, et le petit animal a l'air déterminé à vivre."

"J'en suis content, Gertrude," et Sir John Wetheral caressa sa petite joue doucement et affectueusement.

"Comment peux-tu dire cela, mon amour ! J'ai fait des arrangements pour mes quatre filles, ce qui m'avait confortablement et complètement satisfait l'esprit, mais cette enfant est une excroissance qui détruit entièrement mon confort."

"Incluez-la dans vos arrangements, ma chère."

"C'est absurde, Sir John ! Anna Maria sera libérée dans cinq ans, et j'ai arrangé qu'elle épousera Tom Pynsent."

"Tom diable!" s'écria Sir John Wetheral avec impatience.

Lady Wetheral possédait la faculté enviable de devenir sourde aux observations et aux épithètes qui ne s'accordaient pas avec ses opinions. Elle n'entendit donc pas l'exclamation de son mari, mais continua d'un ton langoureux.

"Isabel, j'ai résolu de céder en temps voulu à Charles Bligh, qui sera baronnet lorsqu'elle apparaîtra en public, car je suis sûr que le vieux Sir Charles est hydropique; et, si ce pauvre Lord Ennismore maladif vit jusqu'à sa majorité, il fera l'affaire pour Julia. Clara est une belle fille et je *la regarde très haut*, mais je n'ai jamais songé à avoir un autre fléau sur les bras. J'ai bien décidé que ce serait un fils, et cette déception inattendue m'inquiète à mort.

"Vous êtes toujours en train de calculer, Gertrude. Vous êtes toujours en train d'esquisser des folies et de planifier des mortifications futures. Qui diable parlerait de Tom Pynsent, qui vient d'être envoyé à l'école, ou de Charles Bligh, que nous n'avons jamais vu, ou de Lord Ennismore, qui ne peut pas vivre douze mois, et de la pauvre Clara, qui est destinée à l'homme de la lune ! Prouvez-vous une bonne épouse et une bonne mère, ma chère, et laissez le destin des enfants se développer comme Dieu le veut. ".

"Vous les hommes, mon amour, êtes très indolents et vous faites toujours confiance aux hasards : je ne le fais jamais."

"Comment diable allez - vous attraper Tom Pynsent, Gertrude ? Si vous, mesdames, commencez à intriguer si tôt..."

Lady Wetheral agita nonchalamment la main. "Ne t'exprime pas si grossièrement, mon amour."

" Vos manières sont raffinées, je l'avoue, " répondit son mari en souriant, " mais votre propos est également grossier avec le discours que vous dépréciez : vous vous appropriez déjà vos enfants, sans considérer leurs affections, ni le caractère des garçons que vous dessinez. pour eux si placidement. Pour autant que je puisse en juger, Tom Pynsent est un voyou.

"Peu importe, mon amour : les garçons et les hommes sont des êtres très différents. Mes arrangements sont parfaits pour le succès ultime de mes quatre filles, mais cette malheureuse enfant est tout à fait sinistre. Sa naissance va diminuer la fortune de mes filles."

"Elle sera ma propre enfant et mes propres soins", répondit Sir John Wetheral.

"Bien sûr, mon amour, et tu vas en faire un joli gâchis : j'ose dire qu'elle sera une "Jack", ou une jeune femme très décidée, comme le sont toutes les filles caressées par leur père ; mais mes filles seront éliminée avant qu'elle ne quitte la crèche, son exemple n'influencera donc pas leur caractère.

"Comment s'appellera-t-elle ?" » demanda Sir John en caressant l'enfant dans ses bras et en l'embrassant sur la joue.

"Appelez-la comme bon vous semble, Sir John; c'est à vous de prendre soin d'elle maintenant, pas de moi. Si vous jugez un nom nécessaire, que ce soit votre propre choix."

"Alors je l'appelle Christobel, en hommage à ma bonne vieille tante Gertrude."

" Un nom charmant, mon amour, et d'après un excellent modèle. Christobel était une vieille fille céleste et effrayante, et votre cinquième fille peut lui ressembler en tous points. "

"Qu'il en soit ainsi. Ma tante était une femme d'affection forte et de capacités puissantes, et, si cette enfant possède la moitié de son excellence, elle sera pour moi un trésor dans ma vieillesse."

"J'ose dire qu'elle vous sera d'un grand réconfort, mon amour", dit Lady Wetheral d'un ton endormi, "mais, supposons que la nourrice soit appelée pour Miss Christobel, j'ai tendance à dormir."

L'enfant fut bientôt retiré des bras de lady Wetheral et consigné dans l'appartement éloigné qui constituait la crèche. Sir John se leva également pour partir, mais la voix langoureuse de sa dame le retint.

"Monsieur John!"

"Oui chérie."

"Je pense que j'aurai besoin de changer d'air après tout cela."

"Certainement ; où voudriez-vous déménager ? Allons-nous au bord de la mer ?"

"Non, mon amour, l'air marin est trop vif ; mais j'ai à moitié promis aux Tyndals de leur rendre visite après mon accouchement."

"L'enfant va les gêner dans leur maison actuelle, Gertrude."

"Je n'ai pas l'intention de prendre l'enfant, Sir John, pour cette raison ; d'ailleurs, mes nuits seraient terriblement perturbées ; non, je laisserai Christobel avec vous, mon amour, et je n'emmènerai Anna Maria avec moi que pendant quinze jours."

"Je ne suis donc pas inclus dans vos 'arrangements'?"

" Mon amour, tu sais que j'ai besoin d'un grand calme, et chez les Tyndal tout est si agréablement méthodique et paisible que je retrouverai bientôt mes forces ; alors, tu sais, ma chère, les Pynsent habitent à quelques minutes de route ; je le ferai peut-être. , voyez beaucoup de Pynsent.

"Ce sera certainement gênant, car vous n'aimez pas Mme Pynsent, mais vous ne serez pas dérangé par ses fréquentes visites, car la réticence est réciproque."

"Tu es si obtus, mon amour. Je vais chez les Tyndal exprès pour renouer avec Mme Pynsent, et j'espère que nous serons très intimes."

— Quoi, avec la femme que vous dénoncez comme vulgaire et contradictoire ?

" J'ai discuté de ces choses avec vous, Sir John, jusqu'à ce que ma patience soit presque épuisée, et vous êtes toujours dans l'ignorance sur un sujet si étroitement lié à mon bonheur. Je vous dis que je vais exprès mettre en œuvre un plan, et je prends Anna Maria avec moi, pour préparer Mme Pynsent en sa faveur.

"Et qu'est-ce qui vous fait, Gertrude, vouloir posséder une femme aussi désagréable que vous décrivez Mme Pynsent ? Pourquoi ne pouvez-vous pas rester à l'écart ?"

"Mon amour, je te le dis, Anna Maria est destinée à Tom."

"Et qu'a à voir Tom avec sa mère ? Il est à Eton. Tu ferais mieux de prendre un logement près d'Eton, si tu veux attraper Tom."

"Je ne peux plus discuter avec vous, Sir John. Vos idées sont si limitées qu'il est impossible de leur greffer un plan. Il est heureux que vos filles aient une mère qui tient à les établir dans la vie, puisque leur père voudrait les établir. " n'aurait aucun effet . Si j'étais sur mon lit de mort, mes dernières heures seraient horrifiées par des visions de mes filles faisant équipe avec des vicaires ou des lieutenants.

"Et, je vous prie, où cherchez-vous de futurs évêques et Wellington, sinon parmi les vicaires et les lieutenants ?" s'écria chaleureusement Sir John.

"En effet, Sir John, vous me rendez malade avec vos principes de nivellement", rétorqua Lady Wetheral en se levant dans son lit ; « ma santé est loin d'être bonne ; vous m'avez donné un violent mal de tête, et je vous demande de ne plus jamais prononcer le mot « curé » ; cela me fait penser à de si misérables pensées. Imaginez Anna Maria se traînant après un gros curé de campagne, sentant l'oignon et braillant contre une rangée d'enfants de charité ! ou, Julia, mariée à votre amie Leslie, remettant son panier sur un chariot à bagages. " Priez, mon amour, envoyez-moi Thompson avec du thé, et ne laissez jamais ce sujet désagréable se renouveler entre nous. Je pense que je vais bien mal. "

Sir John avait depuis longtemps l'habitude de renoncer à ses opinions lorsqu'elles affectaient la santé de sa dame ; et, à cette occasion, il y renonça avec sa bonne humeur habituelle.

"Eh bien, Gertrude, débarrassez-vous de vos maux et douleurs, et vous deviendrez intime avec Mme Pynsent et attraperez son fils Tom, si cela peut vous faire plaisir. Je n'aime pas vous voir nerveux et malade."

« Et mon amour, » continua Madame, qui voyait le moment heureux atteint pour imposer ses vœux, « n'utilisez pas cette expression très grossière de « attraper ». Vous me dites toujours que je suis résolu à « attraper » Tom Pynsent. Je n'aime pas ce mot.

"Mais tu dis, Gertrude, que tu veux le donner à Anna Maria ; tu dois sûrement l'attraper d'abord."

"Nous ne devons jamais nous exprimer grossièrement, mon amour. J'ai certainement l'intention de faire de Tom mon gendre, mais je n'ai pas l'intention de m'emparer de sa personne. Je ne pensais pas que *tu* étais maltraité mais ma mère a décidé de ton choix. devenant mon mari bien avant que tu ne m'adresses la parole.

"Elle l'a fait, n'est-ce pas ?"

« Bien sûr, et vous êtes tombé dans le piège aussi agréablement que Pynsent entre dans le mien. Ma mère a toujours dit que les hommes étaient des marionnettes si nous dissimulions les fils, et je crois qu'elle avait raison.

Sir John fredonna un air d'opéra et se retira. Lady Wetheral se plongea dans d'agréables méditations et fut réveillée par l'apparition de Thompson avec un plateau portant sa délicate porcelaine. Thompson fut immédiatement sous les ordres.

"Je ne boirai pas mon thé fort, Thompson, ça fera l'affaire. Comment vont les mains de Miss Anna Maria ? Utilisez-vous la pâte d'amande tous les soirs ?"

"Oh oui, ma dame, et elle porte son épais voile replié sur son visage lorsqu'elle prend l'air."

" Très bien. Je vais à la cour Herbert dès que je pourrai quitter la maison avec convenance, et j'ai l'intention d'emmener ma fille aînée avec moi ; c'est pourquoi, Thompson, je souhaite qu'elle ait bonne mine, et pendant ce temps froid , je je veux qu'elle reste tout à fait dans la chambre d'enfant ; le vent lui donnera cet air bleu que je ne peux supporter. Alors je veux qu'elle ne pleure pas beaucoup, ce qui détruit toujours le teint ; qu'elle ne se batte donc pas avec ses sœurs, mais qu'elle s'amuse. elle dans ta chambre."

"Oui madame."

"Laissez-la se coucher deux ou trois heures chaque jour, Thompson, car cela fait grandir une fille droite, et laissez-la manger uniquement du poulet. Ne la vulgarisez pas avec de vilaines viandes brunes."

"Oui madame."

"Et veillez, Thompson, à ce que Miss Anna Maria garde ses gants et ne lui permette pas de sauter et de jouer. Je souhaite particulièrement qu'elle ait l'air délicate et distinguée à la cour Herbert."

"Oh oui, ma dame ; et puis Hatton est si proche, peut-être qu'elle verra maître Pynsent."

" Tout à l'heure, Thompson. Je pensais avoir quelque chose à dire encore. Oh, ne la laissez pas boire de grandes quantités de quoi que ce soit, cela gonfle l'estomac ; et gardez-la complètement dans votre chambre, car elle pourrait apprendre des mots étranges. " des bonnes des crèches, et cela me distrairait.

"Je vais la retirer immédiatement de la crèche, ma dame", répondit l'obéissant Thompson.

"Voilà maintenant, emportez tout et gardez la porte fermée, afin que je n'entende pas le bébé crier. Je suppose que la nourrice est en bonne santé, et tout ça, Thompson ?"

"Je le crois, ma dame."

"Très bien, je pense que je vais dormir maintenant, alors ne t'approche pas de moi avant que je sonne."

Thompson partit à pas furtifs et ferma les portes à baquets écarlates qui séparaient les chambres d'enfants de l'aile qui contenait le boudoir et la chambre à coucher de sa dame ; mais aucune précaution ne pouvait amortir les cris perçants qui sortaient de la malheureuse Anna Maria pendant l'opération de transplantation de sa petite personne des plaisirs de la compagnie aux avantages désolés du salon de Thompson.

La rage embrasait tous ses traits et gonflait son petit cœur presque jusqu'à l'éclatement. En vain Thompson assura-t-il à la jeune fille en colère combien la traduction serait nécessaire pour son futur établissement – combien il était impossible pour une jeune femme de réussir après sa vie si ses mains étaient violettes et son nez rouge, laissant place à une émotion excessive. Anna Maria est devenue plus intraitable et ses trois sœurs ont défendu sa cause. Il y avait une « émeute » dans les crèches du château de Wetheral. Anna Maria a crié violemment, et le son strident a été rattrapé et perpétué par son groupe. Thompson était en faute, mais elle a essayé de gagner du temps grâce au système protocolaire.

"Écoutez, ma chère Miss Anna Maria, pendant que je vous explique le système que votre maman souhaite que vous suiviez."

"Je n'écouterai pas !" cria Anna Maria.

"Nous n'écouterons pas !" » ont crié ses partisans.

"Alors vous n'épouserez jamais maître Pynsent", s'écria Thompson avec une indignation imprudente.

Cette menace souleva la défiance de tout le groupe et le tumulte devint assourdissant. Une cloche sonna violemment.

"Voilà, mesdames !" s'écria Thompson, "vous allez maintenant vous retrouver dans une belle situation !"

Lady Wetheral fut scandalisée par les bruits grossiers qui avaient pénétré dans sa chambre, et la déclaration de Thompson la confondit complètement.

"Je suis sûr, Thompson, que je ne sais pas comment prendre des dispositions pour une telle conduite. Je suppose qu'ils doivent faire leur propre chemin, ce qui est très désagréable, mais vous savez que je ne peux pas présenter Miss Anna Maria à la cour Herbert, avec des traits gonflés et un visage boudeur. Laissez-la faire ce qu'elle veut alors, Thompson ; nous ne pouvons pas nous en empêcher.

Ainsi se termina l'insurrection à Wetheral Castle, dont même l'enfant parut apprécier, tandis qu'il chantait et faillit s'arracher des bras de sa nourrice, au moment où le tumulte était le plus bruyant. Elle a ensuite prédit qu'il se réjouirait des sons émouvants et deviendrait un personnage intrépide.

Cette *emeute* produisit des résultats sérieux, que Lady Wetheral n'avait pas prévus, mais qui succèdent toujours au pouvoir exercé par des mains faibles et instables. Miss Anna Maria devint peu à peu dictatrice, et maintint ses opinions et ses déterminations avec une telle obstination inébranlable, que sa mère renonça peu à peu à sa volonté et se soumit aux diktats impérieux de sa fille aînée. Son esprit était exclusivement concentré sur la sécurité de Tom Pynsent ; et, dans l'espoir anxieux de réaliser ses projets, elle laissa son pouvoir passer entre d'autres mains, et vit ses propres enfants former un parti fort en opposition à toutes les opinions qu'elle exprimait. Elle a déploré sa faiblesse trop tard auprès de Thompson.

"Les jeunes dames, Thompson, m'ont mis au placard et s'opposent à moi en tout. Elles ne se marieront jamais correctement. Les mains d'Anna Maria ne sont pas si blanches qu'elles l'étaient lorsque je pouvais insister pour qu'elle porte des gants ; et les pieds de Julia sont plus blancs. devenant extrêmement large. Elle insistera pour marcher avec des chaussures faciles. Tous mes arrangements sont inutiles; et cela me rend malheureux de trouver Sir John aussi laxiste que jamais dans ses notions. Quelle chose il fera de ce vilain petit Christobel! "

« Tout le monde pense, ma dame, que la petite Miss Chrissy deviendra une très belle enfant », dit le pauvre Thompson, qui détestait la nouvelle dynastie.

"C'est absurde, Thompson, ne me dites pas que tout ce qui s'appelle Christobel peut avoir une apparence décente ; et, comme je ne m'occupe pas d'elle, je suis sûr que ses mains et ses pieds seront impossibles à produire, mais je ne m'en soucie jamais, car elle est l'animal de compagnie de Sir John ; et les animaux de compagnie des hommes sont toujours des femmes masculines et grossières. Peut-être que, quand Anna Maria sera Mme Pynsent, elle présentera sa sœur à quelqu'un qui ne s'opposera peut-être pas à une épouse grossière ; mais, je l'avoue, je Je n'ai aucun espoir pour une jeune femme appelée Christobel, et qui porte aussi le nom d'une effrayante vieille fille.

Cette dernière conversation eut lieu à la veille de l'introduction d'Anna Maria, cinq ans après la rébellion qui décida la chute du pouvoir de Lady Wetheral et transféra le sceptre entre les mains de ses enfants. Les événements quotidiens de la crèche sont marqués par la similitude ; il y a peu de choses pour varier sa routine. Passons maintenant à la période où la vie des sœurs commença à prendre sa couleur des sentiments de leurs parents et à souffrir des épreuves et des chagrins accessoires à l'existence.

CHAPITRE II.

L'introduction de Miss Wetheral a produit une immense sensation au château de Wetheral. Rien ne pouvait surpasser le plaisir de Lady Wetheral dans la confusion liée au choix des articles vestimentaires qui lui convenaient. Comme sa fierté de cœur était grande, son sourire de triomphe, tandis qu'elle regardait Anna Maria dans ses joyeux vêtements, se préparant pour sa première *entrée* en public ! Pourtant, l'occasion était mélancolique et mal adaptée pour être l'heure choisie pour lancer la jeunesse et la beauté sur l'océan de la vie.

C'est lors d'un bal d'assises, à Shrewsbury, alors la métropole des comtés du North Midland, que Miss Wetheral fit irruption à ce spectacle étonné. Lorsque le misérable criminel, condamné à mort, languissait dans sa cellule, attendant l'heure prochaine de son exécution ; pendant que l'ecclésiastique parlait d'espoir à l'âme et conduisait le cœur désespéré à se reposer pour obtenir le pardon sur la miséricorde et les souffrances de son Rédempteur ; alors les fers qui liaient ses mains tremblantes vibraient au bruit des voitures qui roulaient rapidement et furieusement vers la scène de la fête. Alors le pays voisin déversa ce qu'il y avait de plus haut et de plus beau ; et les gémissements des pécheurs repentants, sur le point de monter à l'échafaud, étaient oubliés dans la foule brillante et perdus dans la répartie vive ou le compliment bien tourné.

Le bal d'assises était alors l'arène des débutants ; la seule tache verte qui décorait la monotonie d'une longue année ; l'espoir, l'anxiété de centaines de personnes. Cette heure mal jugée pour la gaieté est désormais vouée au silence. La marche de l'intellect a foulé aux pieds *cette* pratique impie et a donné au moins une apparence extérieure de meilleurs sentiments. C'est assurément meilleur en goût.

Ce fut un moment de fierté lorsqu'Anna Maria a visité la crèche, pour exposer sa première robe de bal et recevoir des expressions d'émerveillement et de joie face à son apparence. Les sœurs s'arrêtaient de leurs ébats pour examiner les ornements qui brillaient sur son cou ; et une rangée de servantes, qui furent introduites dans la crèche pour voir Miss Wetheral, firent la révérence avec une profonde admiration. C'était en effet une créature à contempler. Isabel reçut une blessure incurable dans sa paix à cause de l'entrevue, et ne revint plus jamais à ses autrefois joyeuses parties de chat dans le coin. Anna Maria n'était que d'un an son aînée, et pourtant elle était vêtue de mousseline et de satin, portait un collier de diamants et avait été au bal d'assises. Pourquoi ne pouvait-elle pas, elle aussi, participer à de tels délices ? Pourquoi devait-elle jouer avec ses sœurs à la crèche, pendant qu'Anne-Marie dansait aux bals d'assises ?

Lady Wetheral a essayé de convaincre Isabel de la docilité, mais son esprit ne pouvait pas percevoir le sens du raisonnement de ses parents. "Ma chère enfant, votre sœur va bientôt se marier, et alors vous apparaîtrez à sa place. Vous savez que rien n'est plus gênant que d'avoir deux filles en même temps. Pendant que les messieurs se disputent pour savoir laquelle est la plus belle , les demoiselles perdent. leur nouveauté et ne peuvent pas espérer bien se marier.

"Mais, maman, je ne veux pas me marier; je veux danser et avoir l'air aussi bien mise qu'Anna Maria au bal d'assises."

"C'est absurde, Isabel ! tu es aussi obstiné que ton père, et tout aussi aveugle. Attends que ta sœur soit mariée, et elle te présentera. Peut-être que l'année prochaine fera des merveilles ; ta sœur est extrêmement admirée."

"C'est *possible qu'elle* le soit pendant que je serai dehors. Je ne la dérangerai pas, vous savez, car je danserai tout le temps."

"Je ne peux pas discuter avec un intellect aussi limité que celui que vous semblez posséder, Isabel. J'ai pris mes dispositions et je ne peux pas les briser. Vous apparaîtrez lorsque votre sœur sera Mme Pynsent. Tom Pynsent était très attentif à Anna Maria au balle."

"Alors je prierai Tom Pynsent de se dépêcher, je le déclare !" s'exclama Isabelle.

" Ne soyez pas vulgaire et peu distinguée, Isabel, et promettez-moi que vous ne ferez aucune allusion grossière à Tom Pynsent. Je serais extrêmement choqué par une telle ligne de conduite. Je ne dis pas absolument qu'Anna Maria *sécurisera* Tom, mais j'ai confiance et J'espère qu'un tel événement se réalisera ; et si c'est le cas, vous serez immédiatement mis en avant. Deux filles à la fois, c'est de la folie.

Isabel n'était pas intimidée par les objections de sa mère ; et elle revint ouvertement et constamment à l'attaque, qui épuisa bientôt les quelques raisons efficaces invoquées par son antagoniste. Un incident décida aussitôt l'opportunité de faire taire un témoin alarmant et mit fin à la suite de la discussion. Isabel fut autorisée à descendre dans le salon, après les débuts d'Anna Maria, comme Lady Wetheral le remarqua, ce serait une mesure judicieuse pour donner à sa manière son premier vernis ; et le passage de la crèche aux épreuves de la société se ferait moins sentir par une initiation graduelle à ses formes.

Isabelle ne devait pas converser ni offrir une opinion sur aucun sujet ; elle ne devait en aucun cas empiéter sur la prérogative de sa sœur, ni attirer l'attention sur elle-même ; mais elle devait observer en silence les convenances de la vie, apprendre par une attention particulière les observances, la courbe gracieuse de la réception, le cours facile de la conversation locale et les mille riens agréables que comporte une réception en compagnie. Isabelle devait méditer sur tout cela ; mais aucun compliment idiot offert par un jeune homme ne devait être compris ou répondu par elle-même ; aucune invitation gracieuse ne devait être acceptée, aucune remarque quelle qu'elle soit ne devait l'inciter à se présenter. Dans ces conditions dures, Isabel fut reçue dans les appartements de sa mère ; et elle supporta la vue de son « aîné d'un an seulement », recevant les foules qui fréquentaient le château de Wetheral, habillée avec élégance, admirée, courtisée et entourée de flatterie sous toutes ses formes protéées.

Isabelle a longtemps souffert dans son cœur de vifs sentiments d'envie de la guerre ; non pas d'envie envers Anna Maria, qu'elle admirait et aimait également, mais de l'envie de cet état auquel elle aspirait ardemment à participer. En une heure malheureuse, Isabel oublia son vœu de silence et parla, comme parlent la plupart des jeunes filles arriérées , lorsqu'elles sont pressées au-delà de l'endurance, de la manière la plus imprudente et la plus imprudente. Lady Spottiswoode et sa fille réfléchissaient depuis longtemps aux courses à venir, au grand ordinaire et au bal que tout le monde attendait, lorsque Miss Spottiswoode, se tournant vers Isabel, demanda quand elles auraient le plaisir de l'inclure parmi les jeunes filles gaies. Isabel, déstabilisée par la question, répondit instantanément, coloriée de ses sentiments sincères :

"Oh ! Miss Spottiswoode, j'espère que je serai bientôt dehors ; mais cela dépend du mariage d'Anna Maria avec Tom Pynsent." Lady Wetheral perdit un instant complètement son sang-froid. Sir John éclata de rire. Les Spottiswoodes étaient trop délicats pour prêter attention à cette remarque. Ils se levèrent et examinèrent quelques portefeuilles d'estampes posés sur la table, et s'efforcèrent de changer le courant de la pensée, en s'attardant de nouveau sur l'ordinaire et la course-ball ; mais le choc fut trop ressenti pour être facilement surmonté. Il y eut un silence douloureux et les Spottiswoodes prirent gentiment congé.

"Là!" » dit Lady Wetheral en appliquant la vinaigrette sur son nez, « Lady Spottiswoode est partie rapporter mes arrangements au monde, et la stupide folie d'Isabel en a été l'occasion. N'ai-je pas insisté sur son silence ?

" Vous auriez dû apprendre la discrétion à vos filles, Gertrude, " répondit Sir John, " en étant vous-même discret. Pourquoi avez-vous confié vos arrangements, comme vous les appelez, à la garde d'un enfant qui souffre sous elles ? Vous devriez leur apprendre pratiquer l'art de parler, avant de pousser vos enfants de la crèche à la compagnie. Vous êtes bien servi : cela évitera toutes les erreurs futures.

" Vous pouvez dire ce que vous voulez, Sir John ; je ne peux pas m'épuiser en discutant avec des idées aussi limitées. Je suis très malade et extrêmement choqué par la conduite d'Isabel : je vous prie de la laisser assister à la course de bal, ou de faire ce qu'elle veut : Je ne suis pas capable de combattre une obstination déterminée. »

« Puis-je alors aller au bal de course ? Dois-je sortir avec Anna Maria, la voir admirée et danser pendant des heures ensemble ? » s'écria Isabel en se jetant à genoux dans un transport.

— Va où tu veux, répondit nonchalamment sa mère ; "Vous serez stupide et vulgaire à chaque fois que vous émergerez, donc le moment ou le lieu n'est qu'une question de peu de temps. Suivez votre propre chemin, car mon autorité est tout à fait mise de côté."

Isabelle se leva, attentive seulement aux paroles qui prononçaient sa libération, et, faisant le tour de la chambre, sans se soucier de rien, elle se précipita à l'étage pour faire connaître son triomphe.

"Thompson, Thompson ! Je vais au race-ball en juillet. Je dois sortir avec Anna Maria et danser comme une folle ! C'est parti !"

Et Isabel se mit à danser dans la chambre d'enfant de la manière la plus folle, imitant, du mieux qu'elle pouvait, les manières et le pas élégants d'Anna Maria.

Ainsi Lady Wetheral fut vaincue une seconde fois dans le désir le plus proche de son cœur ; mais son ressentiment ne s'étendit qu'au fait de rester au lit pendant deux jours, pendant lesquels elle se plaignit à Thompson de sa maladie et de ses sentiments excessivement choqués. Le troisième jour, elle fut occupée avec enthousiasme et agréablement à choisir une garde-robe convenable pour Isabel.

Il ne pouvait y avoir de contraste plus frappant que celui qui se manifestait dans la personne et les manières des deux sœurs aînées, et leur effet sur la société était également distinct. Anna Maria cachait un caractère irritable sous un extérieur particulièrement élégant et des manières étonnamment douces et fascinantes : sa popularité était donc grande et ses pas étaient suivis par des admirateurs des deux sexes, attirés vers elle par la force de l'extrême douceur des manières. . Tous les hommes portèrent un toast à la belle Miss Wetheral, et toutes les femmes avouèrent qu'elle était agréable comme charmante, et pourtant Anna Maria passa son chemin sans recevoir d'offres d'un sexe, ni se lier d'amitié avec un individu de l'autre.

La bonne humeur naïve et le cœur chaleureux d'Isabel étaient, en revanche, mal compris, et rares étaient ceux qui lui rendaient justice en public. Elle dansait trop et riait trop fort, et les messieurs la recherchaient souvent comme un agréable soulagement à la fadeur raffinée de ses compagnes, qui lui pesait dans le monde. Lady Wetheral l'a mise en garde en vain.

"J'aimerais, Isabel, que tu ne sautes pas si haut et que tu n'aies pas l'air si contente de tes partenaires ; c'est tout à fait inélégant et cela te fera détester. Aucune autre jeune femme n'a l'air contente, et les messieurs sourient et parlent autour de toi, pour l'exclusion de votre sœur et de bien d'autres. Je vous prie de vous abstenir.

"C'est ma nature d'être heureuse", répondit Isabel en riant, "et mes amis peuvent me parler davantage s'ils le souhaitent. Je désire seulement discuter et m'amuser en paix."

" C'est dommage, Isabel ! tu ne te rends pas compte à quel point tu te crées des ennemis par une telle conduite. J'ai eu honte de te voir courir au milieu et remonter encore, avec Tom Pynsent, au tapis de danse de Lady Spottiswoode. Une jeune dame ne devrait jamais s'occuper d'un moment. l'attention du gentleman de manière si visible.

"Tom Pynsent m'a extrêmement amusé, maman : il racontait des histoires d'université, et nous sommes partis en cabrioles sans nous soucier de qui nous remarquait."

" Vous êtes remarquablement vulgaire et mal élevée, ma chère, " reprit sa mère, " et je n'ai aucun espoir de votre établissement. Je suis très surpris que la beauté d'Anna Maria ne suscite pas d'offre ; peut-être que Julia fera mieux quand elle apparaîtra. mais mes espoirs reposent principalement sur Clara. Son style de beauté est très magnifique.

Le caractère joyeux d'Isabel reçut ces chocs avec une bonne humeur inimitable. Elle écoutait quotidiennement les remarques sur son manque d'élégance, et se croyait totalement exemptée des dons que la nature avait prodigués à sa sœur aînée ; mais son esprit dédaignait l'idée de pleurer une douleur inutile. Elle ne se souciait pas des avantages étrangers qui ne pouvaient atteindre l'esprit : elle n'entrait jamais dans une salle de bal sans une profusion de engagements de danse ; et si elle était aimée et suivie, même en présence de sa belle sœur, que lui importait la simple beauté ?

Lady Wetheral finit par céder et permit à Isabelle de choisir sa propre façon de plaire. Son goût se détourna avec horreur de sa « malheureuse Isabelle », mais elle cessa de regarder ou de remarquer sa *brusquerie* . Elle a dit à Thompson, "certains hommes avaient des fantaisies étranges pour des filles en bonne santé, grosses et souriantes, et Isabel pourrait probablement plaire à un vieux veuf riche ou à un stupide célibataire à la retraite, et se marier enfin: elle serait un repoussoir pour ses sœurs, à tout moment". taux."

Lady Wetheral avait raison : un étrange « célibataire à la retraite » admirait Isabel précisément pour son apparence saine et de bonne humeur ; et, au fil du temps, il s'avança lentement et prudemment vers l'attaque ; mais ses manières cachèrent longtemps l'affaire à tous les yeux sauf à ceux de son père. Lady Wetheral était aveugle au *dénouement même* .

« Je ne peux pas imaginer pourquoi ce vieux Boscawen ennuyeux vient ici tous les deux matins, Sir John, assis pendant des heures et ne disant rien : je vous en prie, ne lui demandez pas de rester dîner encore une fois – il me rend malade.

"C'est une de mes grandes amies, Gertrude : j'aime Boscawen."

"Je sais que tu aimes les gens inexplicables, mon amour; mais il m'inquiète *à* mort et il s'assiéra au dîner entre Anna Maria et Isabel. Je ne considère pas Isabel, mais il éloigne Tom Pynsent d'Anna Maria et n'entre jamais dans toute sorte de conversation. »

"Il pense plus qu'il ne dit, ma chère."

"Je déteste les gens qui pensent : penser rend tout pire : heureusement, j'ai complètement renoncé à penser à Isabel, sinon son grand rire me tuerait."

"Boscawen ne s'oppose pas au rire joyeux d'Isabel, Gertrude ; il espère l'entendre à perpétuité."

"J'aimerais qu'il la prenne avec lui, alors", répondit sa dame en bâillant doucement et en se lançant dans un roman.

"Boscawen a proposé Isabelle", dit Sir John sérieusement.

" Comment pouvez-vous dire de telles bêtises, Sir John ! Si le vieil homme propose à quelqu'un, ce sera certainement à Anna Maria. J'ai vu qu'il l'admirait extrêmement — tout le monde aussi : elle est très captivante. "

« Cependant, Boscawen a proposé Isabelle, » répondit-il ; " et bien qu'il soit trop avancé en âge pour qu'une jeune fille puisse spéculer, cependant, si elle pouvait l'aimer, je pense qu'elle pourrait être heureuse. Je souhaite que vous en parliez à votre fille, Gertrude. Si elle a la moindre réticence à Boscawen, ne le mentionnez pas une seconde fois : je ne permettrai pas qu'on la persuade de se marier.

"Alors parlez-lui vous-même, Sir John. Je suis complètement submergé par la surprise. J'étais tellement certain que Boscawen admirait Anna Maria; mais comme il a le mauvais goût de préférer Isabel, elle ne devrait pas hésiter un instant. Boscawen est très riche, et j'ose dire qu'il agira très généreusement en ce qui concerne les colonies. Lorsque des vieillards épousent de jeunes femmes, ils devraient payer pour la distinction. Isabel sera très stupide si elle refuse de le lui donner.

Anna Maria apparut à ce moment à la porte, et les idées de Lady Wetheral s'exaspèrent à la vue de sa belle fille, toujours aussi admirée, et pourtant peu recherchée.

"Eh bien, ma chérie, je suis contente que tu sois venue en ce moment ; voici M. Boscawen qui propose Isabelle, et personne ne te demande : je ne comprends pas. Peut-être, mon amour, si *tu* bavardais un *peu* plus — mais il faut « prendre » le temps. Le vieux Boscawen n'est pas grand-chose, seulement il est si riche ; on ne sait pas quand Isabel peut être une veuve gay.

« Est-ce que ma sœur accepte M. Boscawen ? demanda Anna Maria d'un ton doux, sans répondre aux insinuations de sa mère.

" Elle le fera, si elle a du bon sens ; mais nous l'avons fait venir. Votre père doit lui parler. "

Isabel a obéi à la convocation, qui priait pour son apparition dans *le boudoir de Lady Wetheral*. Elle entra en riant.

"Je suis sûr de connaître la raison de votre convocation, papa. M. Boscawen vous a écrit."

"Et vous ne serez pas assez fou pour refuser un si excellent établissement", s'écria sa mère avec ferveur.

"Reste, Gertrude ; je ne permettrai pas qu'Isabel se laisse influencer."

"Il peut conclure n'importe quel règlement, Isabel", continua sa mère.

"Gertrude——"

" Il est vieux et laid, Isabel " - Lady Wetheral se leva inconsciemment du canapé dans son énergie, parfaitement sourde au rappel à l'ordre de son mari - " il est vieux et laid ; mais aucune fille sensée ne refuserait un tel établissement. Vous Vous ne pouvez pas miser un beau visage contre une fortune, qui permettra d'acheter tous les prix les plus importants pour une femme. Vous serez respectable et enviable, car vous commanderez tout ce qui est convoitable dans ce monde ! »

Sir John était affligé et indigné du sentiment exprimé dans le discours de sa dame ; mais il savait qu'il était vain de lutter avec un esprit ancré dans le monde. Il se tourna vers Isabelle.

"Je souhaite savoir, mon amour, si l'offre de M. Boscawen vous est désagréable. Si vous rejetez sa demande, *je* veillerai à ce qu'il ne vous offense plus."

Lady Wetheral fixa ses yeux avec une intense anxiété sur Isabel, qui répondit promptement que l'offre avait été faite à sa connaissance et avec son accord.

"Ma chère Isabel, je pensais que vous ne négligeriez pas de tels avantages", s'écria Madame en embrassant sa fille avec un plaisir non feint.

"Isabel," dit son père, "tu souhaites épouser M. Boscawen ?"

"En effet, papa, je le fais."

« Vous souhaitez quitter votre maison, mon amour, et vivre ensemble avec M. Boscawen ? »

"Oui, en effet, papa."

"Savez-vous, Isabel, qu'en épousant M. Boscawen, vous devez devenir stable et obéissante, et vous soumettre à ses souhaits et à ses opinions ?"

"Parfaitement, papa."

« Savez-vous, mon amour, que lorsque vous serez devenue épouse, vous devrez quitter la maison pour toujours et rester avec M. Boscawen à Brierly, pour le soigner dans sa maladie et le consoler dans son chagrin ?

"Oh, oui, papa, je sais parfaitement tout cela ; et j'aimerais beaucoup soigner M. Boscawen, il est si bon caractère."

"Pourtant, écoute-moi, Isabel, j'ai beaucoup à dire", et le visage et les manières de son père devinrent incroyablement sérieux. "Vous êtes trop jeune pour comprendre les vœux solennels que vous devez prononcer à l'autel. Je sais que Boscawen est un homme bon, sinon je n'aurais pas dû écouter son offre lorsqu'il a proposé une fille assez jeune pour être sa fille. Vous devez avoir je lui ai donné de grands encouragements, Isabel.

"Oh oui, papa, je *l'ai fait*. Je lui ai dit que je serais sûr d'être sa femme, si tu n'y voyais pas d'objection, et j'espère que tu n'as pas l'intention de l'empêcher."

Lady Wetheral s'indigna des vues sérieuses de son mari sur le mariage, et elle eut recours à sa vinaigrette, comme d'habitude, sur des sujets passionnants.

"Je ne peux pas imaginer, Sir John, pourquoi vous devriez essayer de semer le doute pour Isabel, alors qu'une telle offre ne se reproduira peut-être plus jamais - certainement pas pour Isabel, qui a si peu d'apparence. Cela me provoque tout à fait de vous entendre soulever des difficultés au sujet d'une absurdité. affaire de mariage. Isabel se mariera comme les autres filles et s'entendra comme les autres.

"Je ne souhaite pas que ma fille se marie comme les autres filles, Gertrude. Je souhaite qu'Isabel soit heureuse et respectée."

" Et qui nierait qu'elle soit très heureuse, Sir John, quand elle a tous les luxes que son esprit peut inventer ; et qui nierait la respectabilité d'une femme quand elle est riche et bien connectée ? C'est absurde, ma chère. "

— Nous ne sommes jamais d'accord sur les sentiments, Gertrude, dit gravement son mari.

" Comment puis-je voir les choses, mon amour, sous le jour étrange que tu les représentes ? Ma mère ne *m'a jamais lu* les leçons que tu donnes à Isabelle, et j'avais à peine son âge quand je me suis mariée. On m'a félicité de ma bonne fortune, et tu Je sais que nous sommes tous les deux allés immédiatement chez Hamlet. Priez pour qu'Isabel s'amuse.

"Oh, je t'en prie, papa, laisse-moi avoir M. Boscawen", s'écria Isabel en joignant les mains alors que les larmes jaillissaient de ses yeux bleus sombres. " Ne dites pas que je ne dois pas avoir M. Boscawen ! et il m'a commandé un manteau tilbury sur la certitude que je l'accepterai ; c'est pour avoir une griffe de léopard comme attache autour de mon cou ! Oh papa, papa ! "

"Je n'ai pas prononcé un mot sur le refus de M. Boscawen, mon amour."

"Oh, merci, papa, merci !" et Isabel s'envola pour embrasser son père. "Mon propre bon papa, pour ne pas me rendre malheureux !"

« Vous seriez donc malheureuse si je refusais M. Boscawen, Isabel ? »

"Oh, papa, misérable !... le manteau aussi ne sert à rien, et j'avais tellement jeté mon dévolu sur la griffe du léopard !"

"Un petit "myosotis" aurait été de meilleur goût, Isabel", observa sa mère.

"Non, j'admire particulièrement la griffe du léopard, parce que M. Boscawen l'aimait bien. Et puis, papa, nous allons conduire dans son tilbury, et je dois avoir un bonnet de fourrure avec un pompon et le choisir moi-même - je serai tellement heureux!"

Il n'y avait plus rien à dire. Isabel considérait tout ce qui concernait M. Boscawen *en couleur de rose*, et son imagination représentait Brierly comme une maison d'enchantement. Elle croyait que ses journées devaient se dérouler parmi les sports ruraux et dans les assemblées juvéniles – l'été serait consacré à la fenaison et à la cueillette des roses – l'hiver serait une continuité de musique et de danse. Si les remarques de son père chassèrent le sourire de ses lèvres, alors qu'il faisait allusion aux scènes de devoir et aux soucis d'une famille, elles furent rapidement rappelées par l'énumération par Lady Wetheral des conforts qui doivent s'attacher à sa situation.

"Ma chère Isabel, ton père t'alarme ; mais, crois-moi, il n'y a rien d'alarmant dans le mariage. Tu auras un gros salaire et une belle allocation, donc tout se passera bien. Si tu as une famille, ça ne marchera pas." Cela ne vous dérangera pas beaucoup. Fermez les crèches avec des portes à feutrines et vous serez à l'abri du bruit. J'ai très bien réussi, car parfois je ne vous voyais ni ne vous entendais pendant des semaines, les enfants.

M. Boscawen était admis comme un amant accepté, et Isabel ne regrettait pas d'avoir accepté un homme qui écoutait avec admiration et intérêt ses remarques, et qui ne se détournait jamais de sa *brusquerie* avec le dégoût que sa mère ne pouvait cacher à son égard. M. Boscawen, âgé de quarante-cinq ans, regardait avec ravissement Isabel, dont l'extrême jeunesse et la beauté jetaient une auréole autour de son esprit inculte. Son rire riche et joyeux plaisait au caractère taciturne de son esprit ; il était charmé par son innocence et inlassable par son bavardage incessant ; M. Boscawen était donc son compagnon constant et aimé, que son œil cherchait en toutes compagnies et à tous moments, et à qui ses pensées les plus intimes étaient communiquées. Elle aimait à s'accrocher à son bras et à faire de longues promenades avec son chéri Boscawen ; elle aimait conduire son tilbury et exhiber le manteau d'une longue promesse - causer librement et, comme elle l'exprimait en confiance à Julia, parler de rien et être tout aussi admirée, que si elle parlait de bon sens, comme Anna Maria.

Le jour du mariage d'Isabel était pour elle un jour de joie extravagante et d'agréable confusion. Elle se rendait dans sa propre maison, pour être appelée à l'avenir « Mme Boscawen » et recevoir les compliments de la noce. Il y avait une grande compagnie pour le petit-déjeuner, et les Spottiswoode étaient du nombre choisi qui eurent le plaisir de féliciter Isabel pour ses magnifiques perspectives. Isabel a remercié Miss Spottiswoode pour ses vœux amicaux.

"Maintenant, je suis mariée, chère Sophie, j'aimerais que vous fassiez tous la même chose. J'aurais tellement aimé quatre ou cinq noces à la fois ! mais vous viendrez tous me voir, et nous nous amuserons tellement ; n'est-ce pas, M. Boscawen ?

M. Boscawen s'inclina en souriant devant l'appel d'Isabel, et elle poursuivit :

"Je vous conduirai tous dans le tilbury, quand vous viendrez à Brierly ; il ne contient plus que M. Boscawen et moi-même maintenant, mais j'ose dire que nous pouvons en transporter quatre. M. Boscawen est très gros et son manteau couvre un acre de terrain. ; n'est-ce pas, M. Boscawen ?

Lady Wetheral devint visiblement inquiète de la bavarderie d'Isabel et s'efforça de changer de sujet ; mais Mme Boscawen était trop heureuse et trop peu méfiante pour remarquer une allusion ou détecter un regard ; son cœur était plein d'espoir et se délectait de situations nouvelles. Elle continua à parler, invitant tout le monde à Brierly et faisant appel à M. Boscawen s'il ne serait pas ravi d'avoir sa maison aussi pleine qu'elle pouvait le contenir. La calèche nuptiale s'approchant de la porte soulagea la détresse de Lady Wetheral.

Au moment de se séparer, Isabel conserva sa sérénité, tandis que ses sœurs pleuraient sur le bon compagnon qu'elles allaient perdre. La douceur de caractère d'Isabel, son esprit joyeux et ses affections chaleureuses la rendaient chère à toute sa famille, et ils appréciaient doublement son excellence lorsque sa société était sur le point de se retirer pour toujours. Isabel souriait aussi radieusement que d'habitude sous les étreintes répétées de ses sœurs en pleurs et acclamait leur chagrin.

"Mes chères filles, vous voyez, je suis mariée et, comme dit maman, je peux faire ce que je veux, je veux avoir chacune de vous avec moi à tour de rôle, alors je vous en prie, ne pleurez pas. Julia, vous passerez la première, et nous nous amuserons tellement à faire les foins ! n'est-ce pas, M. Boscawen ? Et Clara, quand *vous* viendrez chez moi, nous galoperons à travers la campagne sur des poneys ; n'est-ce pas, M. Boscawen ?

M. Boscawen baisa la main d'Isabel sans réponse, et son père la conduisit à sa voiture. Le nouvel équipement lui frappa l'œil.

" Oh, maman ! comme vous apprécierez ma voiture ! C'est toute la mienne, n'est-ce pas, M. Boscawen ? Quand vous viendrez à Brierly, nous roulerons toute la journée. Vous savez que vous avez dit que ce serait la meilleure partie de le spectacle."

M. Boscawen n'avait jamais approuvé les sentiments de Lady Wetheral et entamait rarement une conversation avec elle. L'observation d'Isabel eut son effet ; il salua très froidement madame et ordonna aux postillons de continuer leur route. La voiture fut bientôt perdue au loin. Lady Wetheral fut déconcertée du malheureux discours d'Isabel, et elle le remarqua en passant de la colonnade à la salle du petit-déjeuner.

"Isabel s'est mariée bien mieux que je ne l'avais prévu ; mais rien ne guérira sa terrible propension à faire des remarques au mauvais endroit et à répéter des observations de manière inappropriée. Ce manque de prudence peu distingué ruinera sa réputation de femme à la mode, mais elle n'est plus «Mlle Wetheral.» Isabel est maintenant Mme Boscawen."

CHAPITRE III.

Julia était maintenant avancée grâce au mariage de Mme Boscawen, et elle quitta la chambre de Thompson pour entrer dans le monde, tandis que Minerva surgissait du cerveau de Jupiter, entièrement armée et équipée pour sa vocation. Lady Wetheral était très satisfaite de l'*air de société* dont Julia faisait preuve dans ses relations avec le nouveau monde, de son badinage enjoué avec les gentlemen et de sa connaissance intuitive des « convenances ». Sa mère la considérait comme une étoile prometteuse.

" Mon cher Sir John, Julia me fait beaucoup penser à moi-même, à son âge : remarquez-vous la délicatesse avec laquelle elle se déroule dans ses cérémonies ? Elle est bien plus brillante qu'Anne Maria, et jamais imprudente, comme la pauvre Isabelle. Je chercherai très haut Julia.

"Qui sera l'homme condamné, Gertrude ?" » demanda doucement Sir John.

"Je sais que vous vous moquez de moi, mais je ne vous considère pas comme un bon juge de l'éducation de vos filles. Vous les laisseriez se marier n'importe quoi, si un stupide vicaire ou un pauvre lieutenant pouvait vous persuader qu'elles ont bon cœur !"

"Les espoirs de bonheur de mes filles doivent dépendre du cœur et des principes de leur compagnon."

" Un bâton de violon, Sir John ! Un bon cœur achète-t-il une voiture et quatre, ou le principe peut -il acheter du confort ? Que serait le cœur de Boscawen sans ses revenus ? mais vous avez une manière si étrange de parler. Je ne dis pas qu'un bon le cœur n'est pas très bien dans son genre, mais j'insiste là-dessus, l'argent est le premier objet.

" De tels sentiments, Gertrude, sont très inappropriés dans la bouche d'un parent. J'espère que vos filles pourront se marier tôt dans la vie, pour être soustraites à votre influence. "

Lady Wetheral fondit en larmes.

« C'est toujours votre manière cruelle, Sir John, lorsque je vous parle confidentiellement des perspectives d'avenir de mes enfants. Je suis sûr qu'ils entendent de moi les meilleurs sentiments : je les ai toujours suppliés de ne rien faire d'inapproprié – je leur ai toujours dit pour éviter la publicité et ne jamais perdre sa place dans la société. Si l'une de mes filles se trompait, je ne la reverrais plus jamais.

« Qu'entends-tu par « ça va mal », Gertrude ?

« Pourquoi je veux dire perdre leur réputation en flirtant ostensiblement avec un homme marié, ou en fuyant l'homme qu'ils épousent, ou en faisant quoi que ce soit qui fasse perdre à une femme sa haute position dans l' opinion publique : - toute négligence de ce genre, je n'ai jamais - *jamais* Je pardonnerais, et mes filles le savent. Vous me faites toujours injustice, Sir John.

Sir John ne pouvait pas rester indifférent aux larmes de sa dame ; c'était son point faible, et sa dame était consciente de son pouvoir. Dans ce cas, elle triompha de sa faiblesse, et remporta une victoire facile, car elle fit taire les graves reproches qui affectaient son amour-propre. Un baiser d' affection de sa part dissipa tout sentiment douloureux sur le visage de milady : le souvenir même était disparu.

"Eh bien, mon amour, puisque vous regrettez de m'avoir offensé, j'ai beaucoup de choses à dire. Je veux particulièrement que vous demandiez à Lord Ennismore de se rendre à Wetheral. N'ayez pas l'air grave, mon cher Sir John; le pauvre garçon traîne sur un genre d'existence étrange, mais il vit toujours. Demandez-lui simplement de passer son Noël avec nous, et bien sûr, sa mère doit être incluse dans l'invitation. Je ne contraint pas les jeunes messieurs, vous ne pouvez donc pas avoir peur pour leur sécurité. Demandez en tout cas à cette pauvre créature malsaine ; Sa Seigneurie a la faculté de décliner une invitation qui ne lui donne pas satisfaction.

Sir John se soumit à « l'arrangement » et, de manière très inattendue pour lui-même, Lord Ennismore accepta l'invitation. Lady Wetheral ne pouvait cacher son ravissement ; Julia aussi était contente et après un long *tête-à-tête* avec sa mère, elle rapporta la conférence à Anna Maria.

" J'ai eu une longue leçon de maman, mais ce n'est pas nouveau. Elle m'a imploré avec anxiété de captiver le pauvre misérable Ennismore, ce que j'avais décidé depuis longtemps de faire avant que papa ne lance son invitation, seulement je me suis amusé à lui assurer que je pouvais Je ne supporterai pas une créature aussi misérable et maladive. La pauvre maman a eu recours à toutes ses bouteilles d'essence, parfaitement fatiguée de présenter les titres de seigneurie et le loyer. Elle dit que tous ses espoirs sont ancrés sur moi, car elle est sûre que vous ne vous marierez jamais maintenant. ".

"Est-ce qu'elle?" répondit Anna Maria doucement et tranquillement.

"Oui, elle m'a dit que vous aviez passé deux ans sans offre, et que vous deviez donc être considéré comme *dépassé* , puisque Tom Pynsent ne s'est pas manifesté."

Une profonde rougeur recouvrit la joue pâle et froide d'Anna Maria, mais elle ne répondit pas.

" Maman m'a dit que si Lord Ennismore ne s'attachait pas à moi, je ne pourrais qu'essayer Tom Pynsent, car elle souhaitait vivement que l'un de nous s'établisse à Hatton ; mais bien que je puisse flirter avec Tom Pynsent, je n'épouserais pas un tel chasseur, homme à la voix forte.

Anna Maria restait silencieuse ; Julia a continué.

« Vous ne répondrez pas, et comment puis-je continuer à parler sans auditoire ? Maman prend grand soin de planifier nos attaques, mais elle nous abandonne au moment où nous en avons besoin. Je suis sûr qu'elle vous a présenté Tom Pynsent comme son ami. une chose est nécessaire, et comme vous ne vous êtes pas aimés, elle est certaine que vous resterez célibataires.

Les lèvres d'Anna Maria étaient comprimées et aucun son ne sortait de leurs portails. Julia la regarda sérieusement et vit des larmes couler : elle jeta ses bras autour du cou gracieux de sa sœur et l'embrassa.

"Ma chère Anna Maria, dis-moi pourquoi tu pleures et pourquoi tu prends à cœur les bêtises de maman ? Tout le monde t'aime, chère Anna, et tu te marieras avec le temps, même si Isabel t'a précédé."

Le cœur d'Anna Maria était trop plein pour exprimer des paroles, mais un violent accès de larmes la soulagea et les étreintes de Julia lui gagnèrent confiance. Elle confiait son chagrin à cette sœur affectueuse.

"Je ne regrette pas le mariage d'Isabel, Julia, ni mon propre célibat, tant déploré par ma mère : ce n'est pas que je déplore ; mais on m'a appris à le faire, on m'a assuré..." Un autre long accès de larmes suivit, et encore une fois Julia. apaisa la violence étouffante du chagrin de sa sœur. Un intervalle de calme permit à la pauvre Anna Maria d'avancer.

"Si on ne m'avait pas appris à considérer Tom Pynsent comme un amant assuré, si ma mère n'avait pas persévéré à le présenter à mes yeux comme un modèle de perfection et intégré son idée dans ma nature même, je n'aurais pas aimé autant. tendrement l'homme que tu méprises, Julia.

Julia regardait sa sœur avec un étonnement muet, alors qu'elle devenait énergique dans son sujet.

« Si j'avais bêtement recherché sa société, j'aurais peut-être mérité la douleur que j'ai endurée ; mais, Julia, ma mère ne tarissait pas d'éloges sur lui : — ses affections étaient considérées comme le seul but légitime de l'ambition féminine — elle le courtisait, et il " J'étais toujours près de moi. Ma mère cherchait sa fortune, mais je m'attachais à sa personne, et je suis rejeté par tous deux. Pynsent, je le sais, me croit ambitieux et sordide, et ma mère ne me considère plus comme une spéculation sûre. J'ai été victime de ses calculs inconsidérés ! »

"Ma chère, chère sœur !" s'exclama Julia en fondant en larmes.

"Qui peut me rembourser toutes mes souffrances inutiles ?" continua Anna Maria d'un ton encore plus énergique, les yeux brillants de feu. « Qui me rendra la tranquillité d'esprit que j'ai perdue, la tranquillité de mes premiers jours, les premières heures heureuses de ma gaieté ? Qui avait le droit de trahir mon cœur et de fouler aux pieds mes espérances, quand j'étais trop jeune et trop ignorant ? de mal pour découvrir le piège ? Qu'a fait ma mère pour moi ? J'étais son aîné, son espoir et son compagnon, et qu'a-t-elle fait pour moi sinon me jeter dans la misère et faire de ma vie un fardeau !

"Oh, ma pauvre chère sœur !" s'écria Julia profondément affligée ; "Et sous votre air calme, vous aimiez vraiment Tom Pynsent ?"

"Je l'aimais vraiment et pour toujours", répondit Anna Maria, le feu de ses yeux sombres s'enfonçant dans l'humidité, tandis que le courant de ses pensées s'arrêtait seul sur l'homme qu'elle adorait. "Je ne vois aucun défaut chez la créature que vous dépréciez - c'est peut-être le personnage que vous décrivez, mais pour moi, il est sacré : je l'aime, et même s'il ne le saura jamais, je mourrai pour lui."

"Je ne flirterai plus jamais avec Tom Pynsent, oh, jamais, jamais !" s'écria Julia en jetant de nouveau ses bras autour de la taille d'Anna Maria. "Si j'avais su que tu tenais à lui, je n'aurais pas bavardé comme je l'ai fait hier soir avec Tom. Oh, Anna, comme tu as dû souffrir, et pourtant, comme tu avais l'air calme !"

"Je ne me soucie pas de savoir qui capte son attention", répondit sa sœur, alors que la couleur montait et disparaissait sur ses joues. "Je ne me soucie pas de savoir qui l'aime ou est aimé de lui : je ne suis jaloux de personne : j'aime dans le désespoir et la misère, et il ne connaîtra jamais mon agonie. Prends garde, Julia, à la manière dont tu te moques de Lord Ennismore ; ces haineux les flirts détruisent le repos de chacun ; comme c'est égoïste, comme c'est cruel ! » Anna Maria frissonnait en parlant.

« Je n'essaierai pas d'attacher Lord Ennismore, » s'écria Julia avec un accent sérieux : « votre détresse m'a guéri de toutes intentions ; mais parlez à papa , Anna Maria, et il gardera Tom Pynsent hors de la maison. Vous savez à quel point il est gentil. il l'est toujours."

"Pas pour les mondes !" s'écria Anna Maria en se levant, ce n'est pas pour rien, Julia ! que personne ne sache que je suis malheureuse, que personne n'ose me plaindre ou n'ose me réconforter, sauf toi-même, promets-moi, promets-moi, sur ton honneur.

Elle prit dans les siennes les mains jointes de Julia et, avec une impétuosité propre à sa nature irritable, elle exigea un vœu solennel de silence. Julia lui donna des assurances avec regret, mais le vœu passa entre ses lèvres et le secret ne transpira jamais d'elle. Elle était l'âme d'honneur dans ces domaines.

Après cette révélation confidentielle de la part de sa sœur aînée, Julia repoussa toute attention offerte par Tom Pynsent et résista fermement à ses efforts pour attirer son attention. Le jeune Pynsent fut étonné par un style de manière si soudainement adopté et si persévéramment maintenu envers lui-même, et d'abord il ressentit la froide indifférence par une égale démonstration d'insouciance posée ; mais son obstination finit par piquer sa vanité, et finit par produire une vigilance qui absorba toute son âme.

Si Julia avait flirté avec Tom Pynsent, son cœur n'aurait pas été touché ; et son esprit, parfaitement conscient des projets de Lady Wetheral, était resté libre de se divertir au milieu de la beauté qui l'entourait. Mais les manières de Julia, si simples, si parfaitement naïves, montraient une telle fuite sans équivoque de sa société, que la vanité prit l'alarme et conduisit sa victime au piège même qu'il avait si longtemps observé et ridiculisé. Être détesté par un Wetheral, alors que tout le monde du Shropshire savait qu'il était depuis longtemps l'une des spéculations préférées de Madame - cela ne devait pas être supporté, et, *coûte que coûte*, Tom Pynsent a juré de maîtriser le cœur froid de Julia Wetheral.

Tom Pynsent n'était pas un Apollon, et il ne possédait pas non plus la fascination des hommes plus courtois, pour faire de la subjugation du cœur d'une dame l'amusement d'une heure de loisir. Tom Pynsent était beau, grand, large et bruyant, comme Julia l'avait décrit : il était aussi vide, de bonne humeur et aimait immodérément la chasse au renard. Sa très grande fortune en perspective lui donnait l' *entrée* du quartier à toute heure, et si Tom Pynsent échouait dans la douce élégance du discours, ou apparaissait quelque peu désavantagé dans la salle de bal parmi ses compagnons les plus raffinés, ses attentions étaient néanmoins attirées par lui. les yeux de la femme appris à se reposer ; et de nombreux regards d'admiration furent jetés sur Tom Pynsent, grossier et mal habillé, que d'autres mariés plus doués ne parvinrent pas à obtenir.

C'était le destin d'Anna Maria d'aimer cet homme ; et tandis que les manières froides et raides de la belle Miss Wetheral refroidissaient l'approche des admirateurs lointains, son cœur était sincèrement et réellement dévoué à Tom Pynsent. C'est en vain qu'on discute sur l'amour, qui naît de mille causes étrangères à l'apparence personnelle. L'amour prend mille formes et défie le pouvoir de la raison. Lorsque Shakespeare a donné au "Tisserand" des charmes aux yeux de Titania, il en a illustré à la fois l'aveuglement et l'intensité. Tom Pynsent aurait pu chercher et conquérir le cœur et le goût de

Miss Wycherly, qui assistait régulièrement à la chasse et dressait ses propres chevaux de calèche, mais qui aurait pu supposer qu'il avait le pouvoir de captiver la douce et gracieuse Miss Wetheral ?

Lady Spottiswoode était célèbre pour l'agrément et le nombre de ses danses sur tapis. Tous les quinze jours produisait une société gay dans son grand manoir de Shrewsbury ; et lors de ses fêtes, les familles du comté se mêlaient parfois aux habitants les plus humbles de la ville. C'était ce mélange même qui donnait aux partis de Lady Spottiswoode leur nette supériorité sur ceux du quartier ; car chez elle, elle possédait l'avantage du nombre, et elle rassemblait plus de jeunesse, de beauté et de nouveauté que ses voisins de campagne ne pourraient jamais se vanter auprès de leur *élite* , mais des réunions plus petites et moins agréables.

Shrewsbury, au moment de l'introduction de Miss Wetheral, abritait de nombreuses familles dont les prétentions à la noblesse pouvaient rivaliser avec les leurs, mais dont les revenus les excluaient d'une société lointaine et coûteuse. Ils étaient toujours réunis chez Lady Spottiswoode, et, par la variété et la nouveauté qui brillaient dans ses salons, ses soirées étaient considérées comme les réunions les plus délicieuses du pays. Personne ne s'est jamais éloigné de Lady Spottiswoode, qui avait le pouvoir de locomotion ; et c'est aux assemblées de Lady Spottiswoode que Tom Pynsent poursuivit ses projets visant à diminuer l'orgueil de Julia Wetheral.

Anna Maria voyait avec la plus vive douleur, mais avec une expression de visage inchangée, sa persécution incessante contre sa sœur : de quelque côté que se dirigeait Julia, Tom Pynsent était à côté d'elle ou devant elle ; ses yeux observaient éternellement ses actions et, lorsque Julia n'était pas sa partenaire, il refusa de se joindre aux danseurs. Si Julia observait sa ferme détermination d'être attentive, elle n'y prêtait pas attention, car elle dansait et flirtait avec Lord Ennismore, et son cœur dédaignait l'homme qui avait abandonné sa sœur, après une longue série de flirts peu généreux, qui ne signifiaient rien, et qui avait porté atteinte à la paix de son objet.

Le caractère de Tom Pynsent était cependant ouvert et honnête : il avait fermement cru qu'Anna Maria participait aux projets de sa mère, et ses attentions ne suscitant aucun retour marqué, cela le persuadait que son cœur était en sécurité, même si son ambition pouvait s'accrocher à devenir maîtresse de Hatton; Julia serait devenue l'objet tout aussi indifférent d'un flirt insignifiant, si la confiance inattendue de sa sœur n'avait pas enflammé ses sentiments à son égard. Mais Tom Pynsent, le Tom Pynsent longtemps contesté, l'idole des espoirs de Lady Wetheral, était maintenant sérieusement amoureux de la vive et fascinante Julia, et l'Amour ne pouvait pas apprendre à sa nature à dissimuler un sentiment qui s'était autrefois emparé de son cœur. Il fut découvert et interrogé sans pitié par ses compagnons, mais Tom

Pynsent eut toujours un « Rowland » pour leur « Oliver ». Le jeune Charles Spottiswoode l'a attaqué lors de la fête de sa mère.

"Eh bien, Pynsent, les gens disent que tu n'as d'yeux que pour Julia Wetheral, et tu as l'air terriblement déchiré quand elle danse avec Ennismore, n'est-ce pas ?"

"J'ose dire que oui," répondit Pynsent, avec son ton habituel de voix forte, "et, si j'ai l'air déchiré, vous pouvez être sûr que je le suis."

"Alors tu es tout à fait dans le coup, Pynsent", rit son compagnon.

"Oui, je le suis, mais je suppose que je n'ai aucune chance avec ce foutu seigneur à la taille pincée."

Les sentiments de Tom Pynsent furent rendus *publics à titre gracieux*, et un groupe de messieurs se rassembla rapidement autour de lui, certains riant de sa situation, d'autres sympathisant avec lui. Tom Pynsent n'a jamais baissé la voix.

"J'ose dire que vous me questionnez tous, mais ça ne m'intéresse pas. Je sais que je suis amoureux d'une fille diablement bien, donc je n'ai pas du tout honte, et, si ce type avec ses pas hachés obtient elle, je ne peux pas m'en empêcher, mais je serai pendu si je chasse jusqu'à ce que je le lui demande !

"Nous pensions que tu aimais la sœur aînée, Pynsent ?" dit M. Wycherly.

"Vraiment ? Je ne l'ai pas fait, cependant. J'aime Julia Wetheral, et peu m'importe qui le sait. Riez, les garçons, et chassez par vous-mêmes, jusqu'à ce que je revienne parmi vous."

cela , Tom Pynsent se retira froidement du groupe et se posta en face de Julia, qui dansait toujours avec Lord Ennismore.

L'oreille d'Anna Maria avait bu toute la conversation qui avait lieu près d'elle et de sa mère, bien que toutes deux fussent cachées à l'observation. Lady Wetheral écouta, avec une joie de la nature la plus profonde et la plus puissante, l'aveu de l'affection de Tom Pynsent pour Julia, et les contraintes de la société cachèrent à peine l'exposition de ses effets. Anna Maria gardait son calme et supportait avec intrépidité la reconnaissance de son amour pour une autre. Un observateur ordinaire aurait plaint le caractère froid et indifférent de la physionomie de Miss Wetheral ; personne ne connaissait les douleurs qui dévoraient silencieusement son existence. Elle supportait avec une fermeté inébranlable les effusions d'autosatisfaction de sa mère.

"Ma chère Anna Maria, j'ai maintenant épousé admirablement deux filles, car Julia épousera certainement Tom Pynsent très prochainement. Ne l'avez-vous pas entendu dire qu'il devrait lui demander avant de chasser ? Très probablement cette nuit même. Que dira votre père maintenant " J'aurais aimé qu'il soit là ! mais je suis sûr qu'il est temps de rentrer à la maison. Où est ma chère Julia ! oh, Lord Ennismore danse avec elle , je vois ; Lord Ennismore fera l'affaire pour Clara, que je ferai sortir immédiatement. " Julia sera Mme Pynsent, de Hatton, et Clara sera Lady Ennismore. J'ai établi mes filles exactement comme je pouvais le souhaiter. La pauvre Isabel a très bien fait pour le vieux Boscawen, parce qu'elle était plutôt vulgaire. Eh bien, mon amour, juste dites à Julia que nous devons commander la voiture.

Anna Maria obéit à la demande de sa mère et se leva pour s'approcher de Julia, qui était à ce moment assise entre Tom Pynsent et Lord Ennismore. L'œil vif de Julia la vit avancer, et elle quitta les messieurs pour se précipiter à la rencontre de sa sœur.

"Julia, la voiture est commandée ; es-tu assez cool pour préparer ton retour chez toi ?"

Les mots furent prononcés calmement et distinctement, mais Julia fut frappée par les tons creux et l'œil terne d'Anna Maria. Elle lui prit affectueusement la main.

"Ma chère sœur, tu es malade ?"

"Non", répondit calmement Anna Maria.

"Oui, tu as l'air malade. Je connais bien ton visage, et il a l'air très perturbé ; dis-moi qu'est-ce qu'il y a ?"

"Rien." Anna Maria tremblait en se levant. Julia s'est alarmée.

"Ne faites pas attention," continua Anna Maria, "mais rentrons à la maison. Êtes-vous prêt ?"

"Oui, maintenant, allons-y."

Lord Ennismore et Tom Pynsent s'avancèrent et tendirent chacun un bras à Julia, qui tendit doucement la main à Sa Seigneurie. Tom Pynsent le suivit, mais n'offrit aucune aide à sa sœur aînée, qui s'accrochait au bras dégagé de Julia. Ils rejoignirent Lady Wetheral.

"Ma chère Julia, vous n'êtes pas échauffée, j'espère ? Je suis désolé de vous appeler loin du bal ; mais je crois qu'il est tard et Anna Maria est fatiguée. Sir John s'assoit pour nous."

Un petit changement eut lieu parmi le groupe, et un peu d'agitation s'ensuivit, préparatoire à leur départ. Julia retira un instant son bras de Lord Ennismore pour ajuster son châle, et Lady Wetheral profita immédiatement du mouvement. Elle se glissa vers Lord Ennismore et prit possession de son bras abandonné.

"Permettez-moi, mon cher seigneur. Vous devez prendre soin de nous et nous rendre sains et saufs à Sir John , vous savez, comme promis. Anna Maria, je vous demande l'autre bras de Lord Ennismore; merci, mon seigneur, nous sont très confortablement arrangés. Julia, mon amour, le destin vous donne à M. Pynsent *pour le moment*. Maintenant, allons-nous nous incliner devant Lady Spottiswoode ?

La petite *ruse* a réussi. Tom Pynsent se dirigea vers la voiture avec Julia, et il ouvrit le sujet si proche et si intéressant de son cœur, avec audace et sans préambule.

"Mlle Julia, je souhaite savoir si vous aimez Lord Ennismore ?"

Julia fut surprise, mais elle connaissait la franchise caractéristique des manières et du discours de son compagnon, et Julia était rarement déconcertée : elle possédait un sang-froid étonnant pour une fille si jeune et si récemment introduite : sa réponse fut prompte et prononcée tranquillement.

"Je ne sais pas si vous avez le droit de me poser une telle question, M. Pynsent."

"J'ai le droit, Miss Julia. Si j'aime une fille, je suis libre de lui demander si elle est pré-fiancée."

Julia rit, et son rire amena Tom Pynsent à formuler une fausse conjecture sur l'état de ses sentiments envers lui-même. Il lui serra la main avec une force considérable, ce que Julia ressentit en retirant son bras.

« Je vous prie de ne pas vous fâcher, ma chère Miss Julia, contre une bonne pression de chasse au renard : je n'ai pas l'habitude de serrer la main des dames, mais plus je serre fermement la main d'un ami, plus grand est mon plaisir de le recevoir, et , si mon emprise vous offense, mettez-le sur le compte de mon affection.

Julia ne répondit rien, mais elle se retira dans son groupe ; Lady Wetheral était impatiente à son retour, mais l'indignation de Julia ne tenait pas compte des espoirs et des craintes qui luttaient dans le sein de sa mère ; elle fut offensée par la mauvaise interprétation de son rire par Tom Pynsent et elle se posta à côté de sa sœur. Tom Pynsent resta perplexe. Les joues de Lady Wetheral s'empourprèrent avec inquiétude.

"Ma chère Julia, vous avez quitté M. Pynsent d'une manière très extraordinaire ; je suis vraiment blessé ; M. Pynsent ! mon cher M. Pynsent !"

Tom Pynsent s'avança, mais son esprit était dans un labyrinthe d'étonnement confus : « Bénis mon âme, Lady Wetheral, je suppose que j'ai fait quelque chose de mal ; mais tant pis si je sais ce qui a amené tout cela !

"Quelque petit malentendu, mon cher M. Pynsent ; de petits malentendus, nous dit-on, conduisent souvent à des amitiés agréables et sincères ; dînez avec nous demain et réconciliez cette petite bagarre."

Tom Pynsent s'inclina, avec un air révélateur d'une stupidité heureuse.

"Je serai très heureux ; je ne suis pas dans la bonne case, d'une manière ou d'une autre ; mais je ne peux pas, pour mon âme, penser pourquoi Miss Julia s'est enfuie de moi."

Il y eut un silence de quelques instants ; Tom Pynsent ne pouvait pas croiser le regard de Julia pour savoir si son regard était bon ou mauvais, c'est pourquoi il chercha une consolation en s'adressant à Anna Maria.

« Miss Wetheral, *vous* n'êtes pas offensée ; peut-être daignerez- *vous* accepter mon bras ?

obéit machinalement à la demande et Julia reprit possession de son partenaire. L'échange se fit en silence et apparemment à la grande satisfaction de Lord Ennismore. Tom Pynsent s'avança avec Anna Maria et fit sa remarque sur la désertion de Julia.

" Sur ma parole, Miss Wetheral, je n'ai rien fait qui puisse offenser votre sœur, sauf lui serrer la main, ce dont aucune femme ne s'offusque, surtout quand un homme fait l'amour. Je l'aime plus que n'importe quelle femme que je connais, et je voudrais Je ne ferai rien d'inapproprié pour le monde ; mais une simple pression de la main, maintenant, Miss Wetheral, était- *ce* une raison de se disputer ? »

Un sourire froid et surnaturel fut la réponse d'Anna Maria à cet appel.

"J'aurai tout à dire demain, cependant. Je suppose que Miss Julia a l'intention de m'avoir, comme elle riait quand je parlais sérieusement. Elle n'aime pas ce camarade Ennismore, n'est-ce pas, Miss Wetheral ?"

"Je ne peux pas le dire", répondit Anna Maria d'une voix si basse qu'elle était à peine audible.

" J'aurais aimé le savoir ! Miss Julia a ri quand je me suis posé la question, ce qui, je suppose, est un encouragement, mais je verrai demain. Je parlerai à temps, de peur qu'elle ne s'intéresse à ce chien dégingandé. derrière nous. Mais qui aurait cru qu'une femme était si timide lorsqu'on la serrait ? Si je l'avais embrassée, cela aurait pu être autre chose ! Dieu bénisse mon âme, quelles choses étranges sont les femmes !

Il n'y avait pas de temps pour d'autres remarques de part et d'autre ; la voiture était prête, et aucune pause ne permettait de continuer la plainte. Tom Pynsent aida Julia à monter les marches de la calèche, mais elle ne voulut pas s'adresser à lui, ni lui accorder un regard pour lui permettre de découvrir l'état réel de ses sentiments. Lady Wetheral se pencha en avant alors que la porte se fermait.

"Nous vous attendrons très tôt demain, mon cher M. Pynsent, et je vous prie de ne pas nous traiter comme une connaissance commune : Sir John vous souhaitait hier."

"Je viendrai très tôt, peut-être pour déjeuner," répondit Tom Pynsent en posant sa large main sur la portière et en fixant ses yeux sur Julia, "J'ai quelque chose de particulier à dire à Sir John."

"Oh ! délicieux !" s'écria Lady Wetheral en s'inclinant et en souriant ; "Ce sera quelque chose de vivant à raconter à Sir John. Quelque chose, bien sûr, sur la chasse ou le tir, l'idole du cœur des hommes."

"Il ne s'agit pas de chasser ou de tirer cette fois, Lady Wetheral."

" Ah ! tu veux être mystérieux, éveiller notre curiosité... qu'est-ce que ça peut être ? Il faut cependant être calme et essayer d'attendre patiemment jusqu'à demain, ou plutôt jusqu'à cet après-midi, car je crois qu'il est une heure et demie. douze."

Tom Pynsent s'inclina et le groupe reprit le chemin du retour, enfermant quatre cœurs, aux prises avec des sentiments contradictoires et puissants. Les émotions heureuses et incontrôlables de Lady Wetheral contrastaient étrangement avec les sentiments profondément douloureux d'Anna Maria, cachés sous un silence impénétrable. Julia aussi était silencieuse et triste ; sa situation à l'égard de Tom Pynsent et de Lord Ennismore donna à son jeune cœur ses premières impressions douloureuses. Lord Ennismore répondit aux remarques enthousiastes et agitées de Lady Wetheral avec une absence d'esprit qui prouvait que Sa Seigneurie était également préoccupée par ses sentiments ; et tout cela avait pour origine la salle de bal bien remplie et gaie, qui avait longtemps été considérée comme le berceau du bonheur et le tombeau des soucis. La nature est si encline à rechercher la souffrance sous le masque du plaisir, que tous les cœurs recherchent son renouveau.

Les fêtes de Lady Spottiswoode étaient le théâtre de cruelles déceptions et la cause d'inquiétudes répétées, mais les jeunes et belles de l'époque se pressaient à ses assemblées, et une maladie grave seule obligeait un invalide réticent à rester perdu, lorsque Lady Spottiswoode lui délivra ses cartes de visite. l'avant-porte de l'abbaye.

----Oh! cette tromperie devrait habiter Dans un palais si magnifique.

Anna Maria avait supporté son bref mais destructeur colloque avec Tom Pynsent sans céder à la douleur qui lui serrait le cœur ; et, pendant le trajet vers Wetheral, elle avait contenu le gonflement de son âme et fait un grand effort pour maîtriser les larmes qui lui montaient aux yeux ; mais lorsqu'elle eut gagné le sanctuaire de son propre appartement, toute retenue fut terminée, et Julia se pencha sur la malheureuse fille alors qu'elle gisait désespérément et impuissante sur son lit.

"Ma chère sœur, cet horrible chagrin est-il vraiment infligé à Tom Pynsent ?"

"Dieu le sait ! Julia, mais ne ridiculise pas un chagrin que tu ne peux pas comprendre. Quand je l' ai entendu cette nuit te déclarer son amour, et quand il me l'a chuchoté, alors j'ai ressenti ce que ressentent toutes les femmes qui trouvent leur l'affection est ignorée et sous-estimée. J'ai ressenti, Julia, aussi profondément que si Tom Pynsent avait été admiré et aimé par des centaines de personnes.

"Mais, ma chère Anna, vous n'aimerez pas un homme qui accorde si peu de valeur... et qui est si..." Julia hésita.

" Peu importe, " répondit Anna Maria avec impétuosité, " qui se soucie de Tom Pynsent, ou qui s'étonne de mon attachement. Chaque femme s'étonne du choix de son voisin, et il suffit que je sois très malheureuse. Toi, Julia, Je n'ai pas besoin de me dire que je suis peu apprécié par lui ; je le sais et je le sens, mais l'information ne sort pas bien de vos lèvres, qui ont gagné le cœur que je ne cesserai jamais de convoiter.

"Tom Pynsent ne pourra jamais être quelque chose pour moi", a déclaré Julia.

"Et c'est ainsi ", continua Anna Maria avec un accent triste. "Nous sommes condamnés à une misère impuissante dès notre naissance, et nous nous nourrissons de la paix de chacun. Pourquoi s'est-il constamment occupé de moi, alors que son cœur était libre ? et pourquoi ma mère a-t-elle appris à mes premières pensées de reposer sur un homme dont elle avait les affections. Je ne pouvais pas m'assurer ? Je vous le dis, c'était mal ! — Je vous le dis, Julia, c'était tout à fait peu généreux et cruel. J'ai été sacrifié à une politique égoïste ; et au seuil même de la vie, mon bonheur a été détruit, pour faites de l'existence un fardeau pour toujours ! » Elle joignit étroitement les mains et, se levant brusquement de son lit, parcourut sa chambre à pas rapides, parlant apparemment pour elle-même.

"Qu'est-ce que ma misère pouvait apporter ? A-t-elle apaisé l'ambition de ma mère ? Elle me rejette comme l'objet qui a déçu ses espoirs. A-t-elle atteint le but tant recherché de mon propre amour anxieux ? Il m'a dit lui-même qu'il aimait mon ma sœur. Dois-je supporter tout cela avec une indifférence souriante ? Julia, Julia ! elle a crié : "Je ne peux pas sourire, je ne sourirai pas, et personne ne me verra sourire davantage."

Julia s'efforça d'apaiser Anna Maria et de la ramener au calme, mais tous ses efforts furent vains ; sa nature impétueuse était réveillée, et il fallait qu'elle suive son propre cours : la résistance ne pouvait qu'augmenter sa fureur.

"Laissez-moi tranquille, Julia, laissez-moi. Je serai assez calme demain, mais maintenant mon cœur éclate à la pensée de tout ce qui s'est passé. N'essayez pas de me calmer ! Je ne serai pas calme. Si je " Calme-toi, ce sera par folie, et je serai rendu fou par l'opposition. Je te dis, Julia, de me quitter, et de ne pas laisser Thompson entrer dans ma chambre. Vas-y, par pitié. "

Julia fut alarmée, mais elle se tourna pour se retirer.

"Serre-moi la main, Anna Maria, et souhaite-moi une bonne nuit."

"Je n'ai de cœur pour rien", répondit Anna Maria, irritée. "Je ne serrerai la main ni ne souhaiterai du bien à qui que ce soit, car tout cela n'a aucun sens ; laissez-moi seulement maintenant."

Julia se retira en silence, car il était vain de persévérer à calmer les sentiments irrités de sa sœur. La nature d'Anna Maria était composée de particules de feu ; et ses manières très posées et générales cachaient un cœur plein d'émotions vives et puissantes. C'était l'intensité de ces émotions qui exigeait la plus grande vigilance pour maîtriser l'apparence extérieure de la souffrance intérieure : et aux yeux du public, Anna Maria paraissait douce et calme jusqu'à l'insensibilité. Peut-être seule Julia était consciente du véritable état de son cœur ; car qui pourrait découvrir un attachement puissant sous un extérieur aussi froid et calme ?

Si Lady Wetheral avait sacrifié son souci de s'établir au bonheur domestique de sa famille, toute cette misère aurait été épargnée ; Isabelle n'avait peut-être pas non plus été donnée à un homme de trente-cinq ans son aîné. Mais à Wetheral Castle, tous les sentiments parentaux étaient absorbés par le calcul des possibilités et des probabilités d'alliances élevées, de la part de Lady Wetheral ; et Sir John avait trop longtemps sacrifié son meilleur jugement aux caprices de sa dame pour retrouver le ton de son autorité. Depuis lors, les liens d'affection étaient si lâchement liés, et les jeunes cœurs avaient appris à plier leur noble nature aux diktats égoïstes de l'ambition, quel espoir y avait-il d'heures lumineuses et joyeuses, libres de jouer dans l'innocence ? Quel espoir y avait-il de cette belle confiance et de cette paix qui dorent les premières années des jeunes, lorsque les soins parentaux — les soins maternels — protègent le cœur du chagrin et le conduisent à aimer tout ce qui est bon et à prier contre les mauvaises passions ? ? Quel espoir y a-t-il pour les natures entraînées aux sacrifices mondains, ambitieuses uniquement du respect du monde ? Hélas! aucun.

CHAPITRE IV

Tom Pynsent était sérieux lorsqu'il s'est engagé à faire une apparition précoce. Il est arrivé à Wetheral plus tôt que même Lady Wetheral ne pouvait l'attendre, et ses sourires étaient proportionnellement fades et expressifs. Tom Pynsent aurait détecté et ri de l'accueil affectueux qui l'attendait, si son cœur avait été libre de s'amuser dans les espérances et les craintes de lady Wetheral ; mais la scène était changée. Le parent, soucieux de l'établissement de sa fille, était, aux yeux de Tom Pynsent, son soutien et son soutien contre la proposition à venir ; et Lady Wetheral, la « manœuvre bien connue », n'était à cette époque que la mère de Julia et son aimable sympathisante. Bref, Tom Pynsent était attrapé ; et , comme les autres hommes de fortune et clairvoyants, il était parfaitement sur ses gardes, lorsqu'aucun danger ne menaçait son cœur ; mais chaque ferme résolution fondait quand son œil était content et son imagination satisfaite.

Il était maintenant sur le point de proposer à Julia Wetheral, malgré sa détermination à ne jamais s'agenouiller devant un Wetheral, ni à se laisser « accrocher » par les gracieux compliments de Madame. Pauvre Tom Pynsent ! il tomba honorablement à la tête même de ses mille résolutions de ne jamais visiter le château de Wetheral que pour s'amuser, et de ne jamais flirter avec une fille de cette maison mais pour susciter de faux espoirs dans le sein inquiet de la mère.

"Les croyances des hommes sont des gaufrettes."

Lady Wetheral feignait d'ignorer totalement la cause de la première visite de Tom Pynsent.

"M. Pynsent si tôt sur le terrain ! ce doit en effet être un rendez-vous de chasse. Sir John sera ravi ;" et elle lui tendit la main, souriant d'un million de bienvenues agréables. "Où sont mes filles ? Elles ne vous attendaient pas si tôt, j'ose dire. Lord Ennismore les a probablement escortées à pied."

Tom Pynsent était déçu de l'absence de Julia, mais il paraissait seulement déconcerté.

« Je souhaite voir Sir John le plus tôt possible, Lady Wetheral ; je suis venu exprès de bonne heure pour le voir ; peut-être pourrai-je le trouver dans son bureau ; dois-je y aller ?

"Bien sûr, mon cher M. Pynsent, à moins que vous ne me permettiez de convoquer Sir John chez nous. Suis-je *de trop* ?"

"Oh! non, pas *ça* ", répondit Tom Pynsent, devenu quelque peu désordonné; "Vous l'entendrez à temps, alors autant être présent, seulement..."

« Laissez-moi alors ouvrir la voie, mon cher M. Pynsent ; » et elle se dirigea vers la porte du bureau. Sir John était assis dans son fauteuil, examinant un paquet de nouveaux livres ; et, pendant une minute ou deux, il ne reconnut pas M. Pynsent. Lady Wetheral était choquée.

" Sir John, vous ne semblez pas vous souvenir de notre ami M. Pynsent, qui a hâte de vous voir. Quelle est l'étude, mon amour, qui absorbe tant vos facultés ? "

Sir John se leva et reçut Tom Pynsent avec sa politesse tranquille habituelle.

"Je ne me suis pas souvenu de vous immédiatement, monsieur; j'espère que votre famille va bien, M. Pynsent; asseyez-vous, s'il vous plaît."

Tom Pynsent jeta un coup d'œil à la chaise qui était avancée vers lui, mais il resta debout, le visage rouge et l'air embarrassé.

"J'espère que tout va bien à Hatton", répéta Sir John, surpris par le silence de son compagnon.

Tom Pynsent ne pouvait envisager confortablement qu'une idée à la fois, et son idée actuelle était exclusivement la proposition qu'il avait l'intention de faire à Julia. Mais cette répétition le tira de son embarras.

"Sir John, je suis venu ici dans un but très particulier." Le grand saut fut franchi, et la voix et les manières de Tom Pynsent retrouvèrent leur sérénité. " J'ai quelque chose à dire, Sir John, qui, je l'espère, ne vous offensera pas. J'aime beaucoup Miss Julia ; en effet , je l'aime et l'admire extrêmement, et je souhaite savoir si j'ai votre permission de m'adresser à elle ? "

Lady Wetheral lançait des regards et des sourires à l'orateur, ce qui encourageait et ravissait l'amant ; mais Sir John fut pris par surprise.

"Monsieur, vous êtes... je suis, je l'avoue, un peu surpris. Vous dites ma fille *Julia* , monsieur."

"Je souhaite votre consentement, Sir John, pour m'adresser à Miss Julia. Je lui ai parlé, et elle ne m'a pas tout à fait refusé, car elle a beaucoup ri; mais je pense qu'il est juste de vous parler de ce sujet, que tout les choses peuvent être honnêtes.

"Vous agissez honorablement et correctement, M. Pynsent", répondit Sir John en lui tendant la main, qui fut saisie par Tom au cœur chaleureux. Il poursuivit : "Ma fille, M. Pynsent, doit décider elle-même, mais, si elle ne trouve aucune raison de décliner votre proposition, je suis tout à fait prêt à vous accueillir comme gendre."

parlait plus longuement que son mari, car sa joie était incontrôlable.

"Mon cher Tom - pour l'instant je m'adresse à toi comme à mon futur fils - mon bonheur sera parfait si jamais je te rends visite, ainsi qu'à ma chère Julia, à Hatton. Cela me fait un plaisir non feint de penser que Julia a fixé ses affections sur un objet si véritablement digne et si acceptable pour sa propre famille. C'est en effet pour moi un moment très heureux.

"Je ferai tout ce que vous voudrez dans le cadre du règlement, Sir John", a déclaré le prétendant au cœur honnête, le visage presque violet de sentiments de satisfaction. "Mon père dit qu'il me cédera Hatton directement ; mais je ne veux pas que le gouverneur quitte son endroit préféré. Qu'il le garde pour la vie, vous savez, car nous, les jeunes, pouvons nous déplacer. Il me permettra de faites un très beau règlement sur ma femme... tout ce que vous suggérez, Sir John.

Sir John était satisfait de l'ouverture d'esprit et du sujet, et son cœur était chaleureux pour Tom Pynsent.

"Monsieur, je vous souhaite bonne chance avec ma fille, et , si vous réussissez, nous arrangerons facilement la forme nécessaire. Vous avez mes meilleurs vœux, car j'aime vos sentiments, et votre père, monsieur, peut être fier de votre cœur. Un bon fils est une promesse sûre d'un mari indulgent, et j'approuve tout à fait votre refus de permettre à votre père de quitter Hatton, M. Pynsent.

"Eh bien, Sir John, il n'y a qu'une bonne et une mauvaise manière de faire les choses : si un homme fait le bien, il continue très bien ; et s'il fait le mal, eh bien, il sera damné pour cela !"

Les voix de Julia et de Lord Ennismore, d'un ton enjoué, résonnant dans la salle, parvinrent à ce moment aux oreilles de Tom Pynsent. Il est devenu alarmé et nerveux.

"J'aurais aimé que ce soit fini, Sir John. Je pourrais souhaiter voir Miss Julia maintenant et connaître immédiatement mon sort. Un homme devient très maladroit et nerveux dans cette situation, je le déclare!" et le visage rouge de Tom Pynsent devint pâle et cendré.

Lady Wetheral entreprit de lui faciliter la tâche. Elle osa même répondre de l'affection de Julia : c'était aller trop loin. Julia n'avait jamais confié ses sentiments à sa mère sur aucun sujet, et le souci de Lady Wetheral d'assurer Tom Pynsent la conduisit à commettre bien des injustices. Elle avait sacrifié la paix d'Anna Maria par des manœuvres irréfléchies, et maintenant elle créait de faux espoirs dans le cœur de Tom Pynsent. Sa situation en ce moment était pitoyable, et Sir John décida aussitôt de la nécessité d'une conférence immédiate avec Julia. La pauvre Julia a obéi à l'appel transmis par Thompson et est apparue dans le bureau avec un sourire brillant et rayonnante de son récent exercice. Elle ne fut pas surprise de voir Tom Pynsent, même si elle ne l'attendait pas si tôt. Julia n'était jamais au dépourvu. Aucune fille au monde ne possédait sa parfaite maîtrise des sentiments et son sang-froid qui ne l'abandonnait en aucune circonstance. Elle était tout à fait préparée pour une scène avec Tom Pynsent et sa mère.

"Ma chère Julia," dit son père en lui prenant la main et en l'asseyant entre Tom Pynsent et lui, "M. Pynsent est ici depuis peu de temps, et il a parlé d'un sujet dont vous seul pouvez décider."

"Oh, papa, j'en disposerai en un mot", répondit Julia de sa manière la plus gaie. "De quoi s'agit-il?"

Tom Pynsent a abordé l'affaire comme la concernant exclusivement.

"Miss Julia, j'ai parlé à Sir John au sujet de la nuit dernière."

"Eh bien, M. Pynsent."

"Et Sir John donne son consentement, Miss Julia, si..."

"Mais je ne donne pas le mien, M. Pynsent."

Lady Wetheral était assise sur sa chaise ; la fontaine de sa parole était tarie. Tom Pynsent coloré.

"Vous avez ri de mes remarques, Miss Julia, à l'époque, et ce n'était pas décourageant, pensais-je."

" Il n'y a aucun sentiment dans un rire, M. Pynsent, mais je suis désolé que vous ayez mal compris mes manières. Excusez-moi, mais je ne pourrai jamais vous aimer sous un autre jour que celui d'une agréable connaissance, et j'espère que vous ne renouvellerez pas le sujet. " J'ai ri de votre façon étrange d'aborder votre sujet hier soir, mais je suis sûr que je n'ai pas pu vous encourager, car je vous ai quitté, si vous vous en souvenez. "

"Vous avez été très brusque avec moi, Miss Julia, mais j'ai cru que vous étiez en colère uniquement parce que je vous avais serré la main."

Tom Pynsent est devenu écarlate alors qu'il parlait.

"Eh bien, M. Pynsent, ne disons pas un mot de plus sur le sujet, et je vous en prie, ne m'inquiètez pas avec des plaintes, car j'exprime mes sentiments immuables quand je dis, toute réclamation de votre part ne fera que me faire détester. toi; et je t'aime vraiment beaucoup comme seulement Tom Pynsent, notre agréable voisin.

"Eh bien, il n'y a qu'une bonne et une mauvaise manière de faire les choses", répondit Tom Pynsent en se levant ; " et je n'ai aucune idée de taquiner une femme comme si je déterrais un renard, pour lui faire redouter le son de ma voix. Je vous souhaite bonne chance, Miss Julia, et comme vous ne m'entendrez jamais me plaindre d'une femme qui raconte "Je suis dodue , elle ne m'aime pas, vous n'avez pas besoin d'avoir peur de me rencontrer parfois. J'aime que tout le monde soit honnête et dise ce qu'il pense. Je suis vraiment désolé de paraître impoli, Sir John, mais vous excuserez mon Je prends congé. Je suis tombé sur une affaire qui est réglée, vous savez, alors je ferais mieux de m'en aller.

Tom Pynsent s'inclina et se tourna vers Lady Wetheral, dont les lèvres étaient blanches et comprimées.

"Je ne dois plus croire une dame sur parole pour sa fille à l'avenir, mais vous avez fait tout ce que vous pouviez pour me donner de l'espoir, ce pour quoi je vous en suis reconnaissant, Lady Wetheral. Bonjour à vous."

Il croisa Julia en silence, mais elle lui tendit la main.

"Dites que nous sommes amis, M. Pynsent."

Cette petite circonstance semble avoir accablé le pauvre Tom Pynsent, car il ne répondit pas. Il tint la main offerte à ses lèvres pendant quelque temps, et, l'abandonnant doucement, il quitta la pièce comme un homme qui a subi une déception, mais qui est prêt à supporter son épreuve sans broncher. Même Julia ressentait de l'admiration devant la sortie virile de son amant.

Lady Wetheral fut quelques minutes avant de parler, même si ses lèvres avaient bougé sans pouvoir transmettre de sons. Elle était stupéfaite de la conversation qui avait eu lieu devant elle, et Tom Pynsent était parti sans qu'elle ait eu la capacité de la langue ou de la main de le retenir ! Julia avait refusé sans équivoque Tom Pynsent, Hatton et un règlement ! Ces choses étaient trop puissantes à supporter. Enfin, elle retrouva sa voix, mais elle sortit lentement et creusement de ses lèvres desséchées.

"Julia!"

"Eh bien, maman, qu'as-tu à me dire ? Ne crois-tu pas que j'ai rapidement fait une affaire de ma proposition ?"

"Sais-tu ce que tu as fait ?" dit sa mère du même ton terrible.

"Bien sûr, maman, oui. J'ai refusé le grand Tom Pynsent, au visage large mais honnête; mais maintenant j'ai quelque chose à *vous dire* ."

Lady Wetheral agita la main.

" Ne me parle pas, Julia ; et ne laisse jamais mes yeux te voir. Je ne peux m'empêcher d'être ta mère, mais tu n'es plus ma fille par les sentiments, et je t'ordonne de rester pour toujours dans ton appartement. Tu as donné c'est pour moi le chagrin le plus amer qu'une mère puisse éprouver.

Sir John quitta la pièce.

"Vous m'avez amené dans le chagrin jusqu'à la tombe, car je ne survivrai jamais à cette honte !"

"Oh oui, tu le feras, maman : tu dois vivre pour danser à mon mariage."

"Je déteste le son !" s'écria-t-elle, "votre mariage ! Vous avez refusé le premier mariage dans les deux comtés, et vous serez déshonoré et déshonoré parmi les sages, tandis que je suis plaint et méprisé de tous mes amis ! Envoyez-moi Thompson."

Madame est devenue hystérique et Julia est devenue sérieuse.

"Je te le dis, maman, tu vivras pour danser à mon mariage, si seulement tu pouvais éviter ces crises de colère. Voudrais-tu que j'accepte deux hommes à la fois ? Comment puis-je prendre le pauvre Tom Pynsent alors que je suis fiancée à un autre !"

"Fiancé avec un autre, sans me demander conseil ! Envoyez chercher Thompson sur-le-champ : je suis très malade." Sa Seigneurie sonna violemment. "Vous m'avez tué et déshonoré ma réputation, Julia , vous avez joué avec ma bonté et mon affection, vous avez tué votre mère!"

Le domestique parut et Julia appela le redoutable Thompson, qui se précipita sur les lieux de l'action. Elle voyait sa dame dans son état habituel d'agitation, lorsqu'il lui arrivait quelque chose de désagréable. Julia était assise calmement à ses côtés.

Thompson appliqua ses remèdes habituels et supplia de savoir ce qui avait affligé les nerfs de sa dame. Toutes les affaires de famille étaient confiées à la femme de chambre.

"Votre maîtresse, Thompson, est déconcertée à l'idée de mes fiançailles avec Lord Ennismore", répondit Julia. "Vous savez que maman a des crises maintenant, à chaque nouvel événement."

Les paroles de Julia tombèrent sur le cœur de sa mère comme

"Doux sud sur un banc de violettes, Volant et donnant une odeur."

Elle releva la tête et tendit la main à Julia.

"Mon cher enfant, vous m'avez fait souffrir inutilement. Thompson, je vais mieux; vous m'étouffez toujours avec ces sels; emportez -les. Votre obstination à refuser M. Pynsent et Hatton m'a presque brisé le cœur. Comment pourrais-je être Je savais que vous aviez obtenu Lord Ennismore, Julia ? Je n'ai jamais vu la moindre attention de sa part, et j'avais arrangé qu'il ferait désormais sa demande en mariage à Clara. Eh bien, je suis très soulagé. Je pensais vraiment que vous étiez fiancé à une horrible créature, comme Leslie."

"Si tu m'avais écouté, maman, quand je t'avais dit que j'avais quelque chose à dire, tout cela aurait été épargné."

« Ma chère, comment les gens peuvent-ils écouter quand ils sont terrorisés ? Je vous ai vue défiler devant moi comme l'épouse d'une créature commune, et tous mes amis se moquent de moi — quelles horribles visions ! — mais maintenant vous serez une pairie, avec la gloire d'avoir refusé le premier roturier du comté ! Ma chère Julia, vous avez extrêmement bien fait ; je suis désolé qu'Anna Maria n'ait rien fait ; mais je n'ai jamais vu Lord Ennismore vous offrir la moindre attention. Comment tout cela s'est-il produit ?

"Vous êtes donc la seule personne aveugle, maman, car Lord Ennismore a été publiquement attentif depuis son arrivée à Wetheral. Vous avez dû remarquer ses manières hier soir."

"Non, ma chérie, c'était Tom Pynsent."

"C'est absurde, maman, c'était Lord Ennismore. Tout le monde a vu ses attentions; vous aussi , si vous n'aviez pas couru la tête contre Tom Pynsent. Lord Ennismore a écrit ce matin à sa mère pour qu'elle le rejoigne. Il espère qu'elle le sera. avec nous dans très peu de jours. Je lui ai dit de ne pas encore dire un mot à papa, parce que je savais qu'il s'opposerait à la santé de Lord Ennismore, mais nous le soignerons bientôt et lui donnerons de bons soins.

"C'est sûr, mon amour !" » répondit sa mère, « Lord Ennismore se trouvera une personne très différente lorsqu'il sera installé dans la vie conjugale, avec une femme pour veiller sur lui. Tom Pynsent est une excellente créature, mais, comme vous le dites, il *est* large et roux. " Trop de santé est pire que pas assez, à mon avis ; Sir John verra les choses sous un jour différent, quand il aura connaissance de la proposition actuelle. "

« Il faudra qu'il soit mis au courant de mes fiançailles , tôt ou tard, » observa Julia rêveuse ; "J'aurais aimé que toute cette affaire soit terminée."

"Laissez *-moi* ouvrir l'affaire à votre père, mon amour, et je serai surpris s'il n'est pas extrêmement content de votre bonne fortune. Nous n'en dirons rien aujourd'hui, mais demain je répondrai de son acquiescement. Lady Ennismore trouvera tout arrangé à son arrivée, et je me flatte que vous serez dans le Staffordshire aujourd'hui dans six mois, je serai très fier de ma fille Ennismore !

Julia consentit à la proposition de sa mère, et rien ne fut rendu public jusqu'au lendemain matin, lorsque Madame se retrouva seule avec son mari, dans son cabinet. Sir John ouvrit la conversation en faisant la leçon à sa dame sur ses sentiments.

"Je suis appelée, Gertrude, à m'opposer à beaucoup de choses qui se produisent à Wetheral, mais j'ai été particulièrement blessé par vos observations faites à Julia hier. Si ma fille avait été condamnée par les lois de son pays pour crimes offensants envers l'humanité, vous pourriez Vous ne vous êtes pas exprimé en termes plus forts que les reproches que vous avez adressés à Julia pour avoir refusé un homme qui lui était désagréable.

"Maintenant, mon amour, c'est du passé et c'est fini. J'étais très en colère contre elle, et je devrais continuer de l'être, si je n'avais trouvé que son refus de Pynsent provenait d'une excellente cause, que je vais vous expliquer. Vous savez que c'est c'est très mal d'accepter un homme quand on est fiancé à un autre. C'est une règle pour toutes les bonnes personnes.

"Julia a donc accepté un gentleman, Gertrude."

" Ah, comme vous et moi nous sentons différents en sachant pareillement ! Une mère se sent si vivement ! J'ai été obligé de faire appeler Thompson, quand j'ai entendu Julia plaider ses fiançailles. J'étais sûr que c'était Leslie, ou quelque créature de ce genre, et je était hystérique, alors que vous n'avez même pas changé de visage dans votre attente. Mon amour, Julia est fiancée à Ennismore, si vous ne vous y opposez pas, ce que vous ne penserez certainement pas à faire. Je vous félicite, ma chère, d'avoir acquis un pair pour ton gendre.

"Et Julia a refusé Pynsent pour Ennismore ?"

"C'est sûr qu'elle l'a fait, avec beaucoup de sagesse."

« Alors, s'écria-t-il, elle a fait ce dont elle se repentira jusqu'à sa mort ; et vous, Gertrude, devez être responsable de sa misère.

« Mon Dieu, comme vous avez renversé tous mes projets, Sir John, et comme vous aigrissez mes moments heureux ! Je ne peux pas imaginer pourquoi vous aimez me terrifier de cette façon !

Lady Wetheral tremblait, ce qui était toujours un prélude à l'hystérie, mais le caractère de son mari était maintenant mis à rude épreuve, et il ne prêtait pas attention aux symptômes croissants.

"Lord Ennismore a été trompé et a fait une offre à Julia."

"Je le pensais à Clara, mon amour, pas à Julia", s'écria sa dame, espérant conjurer son reproche.

"Et vous avez donné une de vos filles, Gertrude, à une créature malade de corps et d'esprit."

" Qu'est-ce que cela signifie, mon amour ? Julia ne pensera plus à sa beauté un mois après son mariage , et elle sera pairie, avec un immense domaine. "

"Vous la mariez à un idiot de qualité."

" Fiddlededee, Sir John, il entre dans une pièce aussi bien que d'autres personnes. Qui se soucie de l'intelligence, si un homme riche en mariage propose à sa fille ? Je mourrais de honte si vous avanciez de telles idées moisies devant une compagnie. D'ailleurs, vous avez demandé à Lord Ennismore de venir vous-même à Wetheral.

"Je l'ai fait", répondit Sir John, "je l'ai fait; mais je pensais que mes filles devaient être en sécurité dans leurs affections. Je ne pouvais pas supposer que Lord Ennismore attirerait l'amour d'une femme; et je ne croirai pas que Julia se soucie de lui. Vous Je lui ai appris, Gertrude, à troquer son âme contre une couronne, et votre système a corrompu son cœur et ses sentiments.

Il arpentait la pièce avec une agitation inhabituelle. Lady Wetheral comprit que la puissance de sa puissante influence sur l'esprit de son mari était en train de refluer rapidement, et qu'un *coup de main* était la dernière ressource de son génie inventif. Elle s'est indignée.

"C'est bien, Sir John, mes enfants ont possédé une mère dévouée à leurs intérêts, puisque vous avez toujours été indifférent à leur bien-être. Si j'étais assis couché sur le dos dans ma chambre, comme vous l'avez fait dans votre bureau, mes filles auraient ont passé la fleur de leur vie dans l'insignifiance ; ou, si l'on avait changé de décor, cela aurait peut-être été son heureux sort, peut-être, de s'installer dans une caserne sale avec la jeune Leslie, que vous persistez à recevoir à Wetheral, malgré mes remontrances. ".

"Leslie ne choisirait pas une épouse dans ton groupe, mon amour. Son idée du confort matrimonial ne saute pas aux tiens."

" Ne me rendez pas malade, Sir John, avec une quelconque allusion à ce jeune homme ; et n'imaginez pas un instant que nous pourrions « sauter » ensemble dans n'importe quel sentiment. Si j'étais resté assis à regarder, comme vous l'avez fait, Isabel n'aurait jamais épousa un riche roturier, ou Julia devint pairie, avec la gloire de refuser Tom Pynsent.

"Julia a eu tort de le refuser pour Ennismore ; elle a abandonné un honnête garçon pour une créature pauvre, mal soignée, en mauvaise santé, avec un esprit aussi faible que son corps."

"Je ne pourrai jamais parler avec vous, Sir John, sur ce genre de sujet, vos idées sont si extrêmement restreintes et vous êtes si aveugle aux avantages."

« Quels avantages, Gertrude, à Ennismore ?

" Oh, mon amour, des avantages indicibles. C'est un homme de rang et de grande fortune, deux avantages très considérables, et, si sa santé n'est pas très bonne, elle peut s'améliorer ; et, quant à son esprit, il peut ne pas être extrêmement " Il y a peu d'hommes qui ne soient pas destinés à des professions. Il n'est peut-être pas particulièrement de bonne humeur, mais... " Lady Wetheral devint quelque peu confuse dans ses palliatifs, lorsque son mari s'arrêta brusquement dans sa promenade et, fixant son les yeux sur elle, "chaque corps a quelque chose pour équilibrer ses vertus".

"Quelles vertus possède Ennismore, Gertrude ?"

"Je suis sûr que je ne sais pas ; j'aimerais que vous ne m'ennuyiez pas avec des questions aussi farfelues. Lord Ennismore fait preuve de bon goût en s'adressant à Julia, et j'ose dire qu'elle améliorera bon nombre de ses faiblesses. Lady Ennismore le fera. sois ici la semaine prochaine, et j'espère que tout sera arrangé dans quelques semaines, car tu ne pourrais pas avoir l'imprudence de refuser ton consentement - le pourrais-tu maintenant, mon amour !

"Je verrai Julia seule", répondit Sir John.

" Bien sûr, mais ne lui inventez pas d'objections et ne la dérangez pas avec vos longues conférences, ma chère amie, pour moi. Je vois que la pauvre Julia est très attachée. "

"C'est absurde ! attaché à un tel homme en une quinzaine de jours, c'est une honte !"

" Julia est *décidément* attachée à Ennismore, Sir John, tout autant attachée qu'une femme devrait l'être. Je pense qu'il est très indélicat de la part d'une jeune fille de courir après un homme et de le dégoûter de tendresse ; ces choses ne se font pas. Elle est très bien attaché, et je vous prie de ne pas la persuader du contraire.

"Je verrai, Gertrude."

"Tu n'as jamais vu de ta vie, mon amour; je n'ai jamais pu te persuader de voir quoi que ce soit sous son bon jour."

"J'ai vu à travers Boscawen, Gertrude, quand tu étais aveugle."

"C'est absurde ! qui se souciait de voir à travers le vieux Boscawen ! Je n'ai jamais pensé à Isabel, donc ses admirateurs ne pouvaient pas m'intéresser. J'étais sûr qu'elle n'attirerait que des gens étranges, et vous voyez que j'avais raison."

CHAPITRE V.

La conférence de Sir John Wetheral avec Julia fut de longue durée, car il la trouva préparée avec cent arguments, qui réfutaient toutes les objections : c'était Samson lapidant le Philistin, et chaque coup porté à son antagoniste. C'est en vain qu'il exhorta Julia à faire une pause avant de s'engager et de devenir l'épouse d'un mari malade.

« Mon enfant, pensez à votre propre santé et à celle de l'enfant à naître : gardez-vous d'entreprendre la situation d'infirmière à votre âge et de vous soumettre aux réprimandes irritables d'un homme accablé par la maladie et prosterné d'esprit par ses effets. "

" Mon cher papa, c'est une des raisons matérielles de mon acceptation ; je m'intéresse beaucoup aux souffrances du pauvre Lord Ennismore, et vous ne voudriez pas que j'abandonne un malheureux parce que la Providence l'a affligé. "

"Tu ne peux pas être au courant de ses résultats, Julia."

"Oh ! papa, je suis parfaitement conscient de toutes les conséquences et tout à fait prêt à y faire face. Lord Ennismore est malade, je vais le soigner. Il est irritable, je le sais, mais je le supporterai."

"Je n'insisterai pas sur sa santé, Julia, comme étant le point le plus répréhensible ; il y en a encore de plus puissants. Je considère l'intellect de Lord Ennismore affaibli par la maladie, et son caractère trop fortement affecté pour votre bonheur."

"Je ne considère pas son intelligence au-dessous de la moyenne, papa : Tom Pynsent est dix fois plus bruyant et moins agréable que Lord Ennismore : il doit y avoir des désagréables dans chaque corps."

"L'esprit de Lord Ennismore n'est pas celui d'un gentleman, Julia ; j'ai observé ses actions et ses sentiments. Il est exclusivement égoïste : un homme égoïste ne peut jamais être un compagnon agréable pour une jeune épouse."

" Le temps l'améliorera à cet égard, papa. Je ne vois pas comment les sentiments égoïstes de Lord Ennismore peuvent interférer avec moi ; sa fortune commandera tous les vœux qu'il pourra former ; je ne m'y opposerai pas. Quant à son caractère, je ne le verrai pas non plus. ni entendre son spectacle ; il doit être égoïste et violent avec ses serviteurs.

"Et est-ce que ce sont là les notions que vous entretenez sérieusement en ce qui concerne le mariage, Julia ?"

"Mes idées, papa, sont vraiment sérieuses, et je sais que je les trouverai utiles. J'ai bien décidé d'épouser Lord Ennismore, et dis maintenant, papa, tu ne t'y opposes pas. Maman dit que tu ne veux pas et ne peux pas t'opposer. à un match si splendide ; maintenant, papa, dis oui, et ne t'inquiète pas de la mauvaise santé et de l'humeur.

Julia prit la main de son père et la baisa avec une gaieté tout à fait étonnante. Sir John sourit à cette action et l'attira involontairement vers lui. Julia profita du mouvement.

"C'est mon cher et bon papa, je savais que tu voulais me faire plaisir : le silence est plus expressif que les mots, et je suis Lady Ennismore en perspective, n'est-ce pas ?"

"Je vous donne un conseil, ma chère fille," répondit doucement et gravement son père, "je ne peux pas faire plus; le monde peut vous croire haut et heureux, mais, remarquez-moi, Julia, vous serez la plus misérable de la terre. si vous épousez Ennismore, et, à ce moment-là, mes conseils seront inutiles et ma présence impossible, un mari vous commande et remplace votre père. Écoutez-moi, Julia : Ennismore est gouverné par sa mère impérieuse et autoritaire, dont les vœux sont masqués par une apparente douceur et une grande fascination dans les manières. »

"L'influence d'une mère doit céder la place à celle d'une épouse", s'exclama Julia avec sérieux.

"L'influence de Lady Ennismore ne cédera à personne, et vous devez succomber à son pouvoir si vous espérez la paix. Son bastion est l'égoïsme même qu'elle a nourri chez son fils : toutes ses intentions, chacune de ses paroles et chacune de ses actions, ont référence à sa mère, qui a si longtemps pris soin de son péché qui l'assaille.

"Je me flatte de pouvoir rivaliser avec la mère de mon mari", dit Julia d'un ton légèrement teinté de mépris. "Je me considérerais étrangement changé, si mon mari se détournait de moi pour consulter sa mère. Non, papa, je n'ai pas peur de cette insulte. Ennismore a trop d'affection pour moi."

"Ennismore n'est pas capable d'affection, Julia."

"Eh bien, papa, vous dites les choses les plus méchantes possibles de Lord Ennismore, et, en effet, excusez-moi si je dis que vous avez tout à fait tort de l'accuser de manque d'affection." Un éclat de larmes suivit le discours précipité de la pauvre Julia.

Sir John réitéra de nouveau ses vives objections à ce mariage et s'efforça de souligner l'erreur de tenter de gagner la confiance de Lord Ennismore, la confiance d'un homme dont l'esprit frôlait l'imbécillité, mais qui était lié à sa mère par la puissante force de l'esprit. longue habitude; et son contrôle sur ses actions, fixé par une attention constante et incessante à ses désirs égoïstes.

En vain il plaça à l'esprit de sa fille la misère qu'elle devait endurer lorsque le voile de ses yeux serait arraché, et elle s'éveilla avec la certitude d'être unie pour la vie à un homme qu'elle méprisait, un homme inférieur à elle de tête et de cœur. mais ne possédant ni respect ni affection pour la femme qu'il avait épousée. En vain il lui peignait le désir de la maison qu'elle avait quittée, quand tous ses plaisirs, sa tranquillité ne lui serviraient à rien ; alors qu'elle ne pouvait plus jamais les réclamer ni en jouir – tout était en vain ! Julia ne pouvait, ne voulait pas admettre un doute sur son pouvoir sur le cœur d'Ennismore, et elle rejetait toute observation relative à la faiblesse de ses capacités.

« Il était assez facile, dit-elle, d'imposer l'incapacité à un jeune homme que la Providence avait affligé d'une maladie, mais la preuve était insuffisante. Elle préférait dire que la Providence l'avait élevée pour veiller sur Lord Ennismore et aplanir les difficultés. chemin qu'il était destiné à suivre : certes, toutes les remarques désagréables qui pouvaient être imaginées étaient présentées devant elle, mais elle ne pouvait pas se sentir alarmée : elle était prête à affronter les épreuves que sa maman lui disait appartenir au mariage, surtout là où présidait la pauvreté. : la pauvreté ne serait pas le cas dans ce cas, et elle doit être autorisée à dire qu'elle ne pouvait pas démissionner de Lord Ennismore sur la base de ce qui avait été allégué contre lui. Si son papa interdisait positivement le mariage, elle se soumettrait, mais rien de moins que sa décision l'interdiction l'inciterait à renoncer à un homme qu'elle aimait et approuvait.

"Je préférerais te suivre jusqu'à la tombe, Julia, plutôt que de te voir la femme d'Ennismore !" s'exclama son père.

"La tombe, alors, papa, sera ma part, si vous êtes déterminé à être méchant envers le pauvre Lord Ennismore, que vous avez vous-même invité à Wetheral."

Le père était ému : il est vrai que c'était sa propre main qui avait rédigé l'invitation, et cela ne servait à rien qu'une telle mesure ait été prise contre son propre jugement. Il avait amené le mal à sa propre porte, et les conséquences s'abattaient sur lui même maintenant. Julia comprit son avantage, et de nouveau, dans une douce supplication, lui demanda son consentement à son mariage. L'auto-accusation adoucit le cœur de son père, alors qu'il voyait Julia plaider pour un destin que sa propre erreur avait préparé, et elle arracha de ses lèvres un assentiment lent et réticent.

« Vous m'avez forcé, Julia, à dire des paroles qui scelleront notre misère à tous deux, dit-il tandis que Julia s'accrochait tendrement à lui, et vous me reprocherez un jour ma faiblesse.

"Jamais, cher papa, jamais ! vous ne pouvez pas connaître Lord Ennismore comme je le connais ; et, dans les jours à venir, vous sourirez de la liste des griefs que vous avez portés contre cette pauvre créature innocente et souffrante."

« J'ai fait ce dont je me repentirai pour toujours, Julia ; mais je te dis pourtant que mon jugement a cédé la place à l'affection. Je te préviens de faire une pause avant d'épouser un homme que ton père désapprouve – avant de consacrer ta tranquillité d'esprit au mariage. mains d'un mari au cœur égoïste - avant de quitter pour toujours la maison qui vous abrite ! Vous avez obtenu de moi un consentement involontaire, parce que je ne peux pas souffrir - parce que j'ai moi-même fait ce vide, car j'ai permis l'intimité ; mais, Julia, je l'ai dit et je le répète, je n'aime pas cet homme.

"Vous avez tout dit, papa, pour m'en dissuader, et que soit sur moi le malheur que vous suggérez, et dont je ne peux pas croire qu'il résultera de mon mariage avec Lord Ennismore. Ne pensez plus à moi, papa, et ne vous reprochez pas m'ayant rendu heureux. Quelques mois prouveront l'erreur de vos déclarations, et vous vous réjouirez de m'avoir donné à Ennismore : en effet, papa, vous le ferez ! et Julia lui caressa la main avec un sourire si éclatant et des yeux pétillants d'un bonheur si profond, que son père ne pouvait que ressentir l'impossibilité d'arrêter son rêve d'espoir. Lady Wetheral ouvrit alors la porte.

"Quelle éternité de temps tu es restée enfermée ! J'ai cru que quelque chose n'allait pas, et les sentiments d'une mère sont incontrôlables : ah, Julia, je vois que tout va bien à tes yeux brillants - je vois " *trousseau* " écrit lisiblement sur ton front, et cela s'avérera splendide, j'en suis sûr. Bien sûr, Lady Ennismore doit avoir des bijoux de famille, qu'elle vous présentera. Je renoncerai aux miens avec plaisir , afin que ma fille Ennismore puisse apparaître avec un grand éclat.

"Vous avez d'autres filles, Gertrude", dit gravement Sir John.

"Mais aucun, mon amour, n'est susceptible d'épouser des pairs. Anna Maria, j'en suis sûr, ne se mariera pas maintenant : elle a laissé passer toutes les occasions. Clara est belle, mais les pairs ne sont pas nombreux dans notre quartier. Peut-être une saison à Cheltenham... Mais où est Lord Ennismore, Julia ? Permettez-moi de féliciter et de recevoir mon fils : j'ai toujours admiré et pensé bien au cher Ennismore : en effet, je peux le considérer comme tout à fait mon propre match, car vous savez, Julia, j'ai toujours dit qu'il ça doit être mon gendre!"

Lord Ennismore fut recherché par Julia et présenté sous forme pour recevoir la bénédiction de chaque parent : il fut distinctement prononcé par Sir John Wetheral et formait un fort contraste avec les termes mélodieux et « de vacances » de sa dame. À mesure que Lord Ennismore avançait, sa forme atténuée, son visage pâle et ses yeux gris ternes frappaient l'esprit de Sir John d'un dégoût et d'un regret qu'il pouvait difficilement réprimer.

" Monseigneur, ma fille Julia m'a demandé de vous accepter comme proche parent. Je lui ai fait part librement de mes sentiments ; et comme elle ne permet à aucune objection de prendre effet sur son propre jugement, je n'ai qu'à souhaiter vous êtes heureux en proportion de la bonté et de l'indulgence que vous accordez à votre femme.

Lady Wetheral a salué Sa Seigneurie comme un homme aux nombreuses vertus. " Mon très cher seigneur, je ne peux que me féliciter, moi et ma famille, de notre nouvelle et très chère accession à son nombre. Si votre santé nous est préservée, nous n'aurons aucun souhait insatisfait ; et j'espère que ma Julia jouira longtemps du bonheur qui doit naissent de cette connexion reconnaissante et flatteuse.

Lord Ennismore s'inclina devant chacun, mais pas un seul rayon d'expression n'éclaira son lourd visage, ni ne troubla le calme plombé de son *ensemble*. Le visage souriant de Julia rendait encore plus terne l'air de son amant tandis qu'il parlait.

"Je suis très fier de rencontrer votre approbation, Sir John, et la vôtre, Lady Wetheral; j'attends ma mère dans quelques jours, qui arrangera les choses pour moi. Elle souhaitait beaucoup que je me marie, et je suis sûr que Julia sera très heureuse de la connaître."

"Je suis sûre que je l'aimerai, Ennismore, si ce n'était que pour toi", dit Julia.

" Elle gère tout pour moi, " répondit Monseigneur, " et je n'ai rien d'autre à faire que de m'amuser ; je pense qu'elle doit être ici mercredi, et alors elle arrangera tout pour notre mariage. J'espère vous recevoir très bien. bientôt à Bedinfield, Sir John, et vous, Lady Wetheral ; j'aurai grand plaisir à y montrer les lions, et ma mère vous expliquera tout.

"Oh ! J'attends cette visite avec un plaisir si anxieux, mon cher seigneur !" répondit Lady Wetheral. " J'ai tant entendu parler de Bedinfield, tant de sa magnificence, et bien plus encore de l'excellent goût affiché dans son confort intérieur ! Je vous rendrai en effet, ainsi qu'à ma chère Julia, une visite avec plaisir, et je suis sûr qu'elle en tirera profit. , car les élégances de Bedinfield suggéreront de nombreuses améliorations à Wetheral.

Lord Ennismore s'inclina à plusieurs reprises pendant l'éloge funèbre de Lady Wetheral, et une fois de plus, à la fin de l'éloge funèbre :

"Ma mère a fait beaucoup pour embellir le domaine familial ; et je suis sûr que votre approbation lui apportera une satisfaction, Lady Wetheral ; ainsi que la vôtre, Sir John."

Sir John se pencha en avant, en signe de politesse , mais il resta silencieux ; sa dame avait déjà répandu un torrent de compliments, suffisant pour toutes les exigences de l'affaire. Lord Ennismore se tourna vers Julia et lui adressa la parole de sa manière la meilleure et la plus prosaïque.

" J'ai le bonheur de penser que ma mère approuvera mon choix ; elle me propose depuis longtemps de me marier, et je suis sûr qu'elle me dira que j'ai bien fait. Je vais maintenant envoyer une lettre pour dire que je suis accepté. Je n'aimerais pas le que les circonstances se produisent par tout autre moyen, et elle sera alors en mesure de former ses propres plans pour notre futur établissement. Je suis sûr qu'elle pensera que j'ai bien fait.

C'est ainsi que Julia s'est fiancée à Lord Ennismore, et c'est ainsi qu'elle s'est livrée à un homme parfaitement dégoûtant, s'il n'avait pas été soutenu par sa position et sa richesse. Sir John ne fit pas allusion à cette affaire après avoir subi la pénible tâche de l'accepter comme un fils ; mais lady Wetheral n'affecta pas à cacher le triomphe de son cœur ; cela se délectait de son expression et illuminait son visage avec un éclat inhabituel. Julia devait être une pairie – la jeune et charmante Lady Ennismore ! – avait-elle maintenant un souhait insatisfait ? – tout était absorbé en Julia.

L'arrivée de Lady Ennismore brisa la rêverie de Lady Wetheral et exigea son attention ; il fallut un temps généraliser ses sentiments et ses pensées ; pour les empêcher de reposer exclusivement sur Julia, et redevenir l'hôtesse polie et attrayante. La jeune pairie en attente n'avait pas atteint ses honneurs, et il restait encore un autre personnage à consulter et à conquérir. Lady Wetheral s'appliqua à sa tâche avec énergie et tact.

Lady Ennismore était veuve depuis de nombreuses années, et sa personne conservait une part considérable de beauté et de jeunesse. Ses manières étaient irrésistibles pour ceux qu'elle croyait avoir intérêt à attacher ; pour tous, c'était fascinant; mais pour les très rares personnes qui étaient destinées à être près d'elle et qui devinrent les agents involontaires de sa volonté, les attraits séduisants de Lady Ennismore devinrent un sortilège auquel personne ne pouvait résister et dont aucun talisman ne pouvait libérer leur esprit de l'influence magnétique. Les pensées et les sentiments de Lord Ennismore avaient leur origine dans les suggestions de sa mère, bien qu'il croyait que ses actions étaient le fruit de sa propre volonté ; mais son ascendant, de nature silencieuse et rusée, était profondément et immuablement ancré dans son esprit : une femme ne pourrait jamais espérer le partager.

Lady Wetheral ne pouvait pas égaler son invité en termes de talents diplomatiques, mais elle suivit l'exemple de Lady Ennismore avec un excellent tact et géra le dégoût de son mari envers Madame avec une grande habileté. Les dames sont devenues intimes dès leur première rencontre et étaient rarement séparées pendant le séjour de Lady Ennismore à Wetheral. Julia fut bientôt liée corps et âme à sa future belle-mère ; sa jeune imagination accorda bientôt toutes les vertus à des manières si flatteuses, et elle se crut captivée par l'excellence et la force irrésistible d'une bonté aussi sincère que délicieuse. Tous les membres de Wetheral, à l'exception de son propriétaire, adoraient l'aimable et conciliante Lady Ennismore.

Lady Ennismore a eu une conversation intéressante avec son fils, peu après son arrivée au château. Ils étaient seuls, dans le salon privé de milady.

« Mon cher Ennismore, prenez-vous régulièrement vos médicaments ?

"Oui, je prends trois comprimés chaque soir."

"Et tes poudres, mon amour ?"

"Trois fois par jour, comme je le fais à Bedinfield."

"Julia est une fille adorable, Ennismore ; j'espère qu'elle n'oubliera pas votre santé, ni ne négligera la nécessité de s'occuper de vos médicaments."

"Je suis sûr qu'elle sera très attentive", répondit Monseigneur en déposant le livre de modèles qu'il copiait pour Clara.

"Je suis sûr qu'elle le pense vraiment, Ennismore ; mais une jeune créature comme Julia peut oublier de temps en temps, et il est si nécessaire que votre système soit soigné."

"Julia dit qu'elle quittera rarement Bedinfield ; par conséquent, tout se déroulera aussi régulièrement que d'habitude."

« Mon cher Ennismore, Julia doit se montrer en public comme votre épouse ; elle doit être souvent dans le monde et elle doit recevoir de la compagnie ; sa condition dans la vie exige quelques sacrifices, mais, si vous étiez souvent obligé de rester seul, je serais très inquiet de votre santé. Je déteste les attentions vénales des domestiques ; ils pourraient vous empoisonner.

"Mais tu seras avec nous ?" observa le jeune seigneur d'un ton inquiet.

"Mon cher Ennismore, je ferais n'importe quel sacrifice pour assurer votre confort, mais j'ose dire qu'une telle démarche est inutile. Julia est une créature chère et charmante , exactement la belle-fille que j'aurais choisie. Je suis sûr qu'elle les soins les plus tendres seront consacrés à votre santé. Si, dans ses heures gaies ou occupées, elle devait faire preuve d'une surveillance occasionnelle, souvenez-vous de sa jeunesse et de sa beauté, ainsi que des difficultés de sa situation, Ennismore.

"Mais qui s'occupera de mes médicaments, et de moi-même ?" demanda Sa Seigneurie ; "Je ne peux jamais rester seul, tu sais; qui jouera au cribbage avec moi le soir, comme tu l'as toujours fait?"

"Laissez-moi cela, mon fils; le temps et les circonstances feront beaucoup pour nous. Vous avez choisi la fleur des Wetherals pour votre femme. Julia m'aime et est guidée par moi dans tout ce qui vous concerne; Lady W. est une oie distinguée, et sa fille aînée ressemble à l'automate par son immobilité et sa fadeur. Clara est très belle, mais je vois déjà des germes de violence dans son caractère. Vous avez bien fait de choisir Julia; entre nous, elle se laisse facilement guider. par la personne qu'elle aime, et elle m'aime pour toi, Ennismore.

"Je suis très heureux de vous avoir donné satisfaction; dans l'ensemble, je suis très heureux de me marier , puisque vous aimez Julia et que vous souhaitez que je m'installe. Je suis sûr qu'elle est une excellente personne et qu'elle prendra grand soin de moi, mais je ne pense pas que je m'en sortirai bien sans *toi* , maman!"

"Mon cher fils, souhaites-tu vraiment être tourmenté par une mère, quand une jeune et belle femme devient ta compagne ? Ne peux-tu pas permettre un *petit* inconfort présent, jusqu'à ce que Julia s'habitue à vos méthodes ? Votre pauvre mère affectueuse sera une une meule à ton cou, cher Auguste. »

"Je ne pourrai jamais être heureuse sans toi, maman, sans que tu me donnes toutes mes affaires à temps. J'ai été tellement habituée à ce que tout soit fait pour moi, et Julia ne peut pas se souvenir de tout à la fois, comme vous le faites. Vous resterez." avec nous à Bedinfield ?

« Votre affection pour moi est extrêmement flatteuse, Ennismore, et votre mère ne sera jamais loin de vous ; mais considérez l'opinion du monde, et croyez-moi, nous devons nous conformer dans une certaine mesure à ses attentes. Je me retirerai dans ma commune. -maison avec humilité; combien de temps j'y resterai dépendra de vous.

"Mais Julia ne connaît pas mes habitudes ; qui me donnera mes pilules ?"

"Ta jeune femme, Ennismore."

"Mère, je ne peux pas me marier, à moins que tu restes près de moi et que tu prennes soin de moi, comme tu l'as toujours fait. Julia ne sait pas que je prends autant de médicaments ; elle ne sait rien de la maladie ; j'ai toujours pensé que tu vivrais. avec moi quand je me suis marié.

"Tu seras très heureux à Bedinfield, Augustus, avec Julia."

"Je sais que je serai très malade, mère."

"Faire taire!" murmura Madame, alors que la porte s'ouvrait, et Julia apparut, fraîche et belle comme Vénus, lorsqu'elle présenta pour la première fois sa forme lumineuse devant les dieux admiratifs ; l'expression joyeuse de son visage formait un contraste douloureux avec la torpeur plombée du visage morne de son amant.

« Je suis venu annoncer une autre réunion gay chez Lady Spottiswoode cette semaine ; tous nos invités doivent absolument y assister, dit Lady Spottiswoode, car ses chambres doivent se vanter d'attraits particuliers. Le célèbre Adonis, M. Vyvyan et les autres encore. célèbre capitaine Jekyl, sont empruntés pour l'occasion. Voici des notes pour chacun et pour tous.

"Et qui est M. Vyvyan, Julia ?" » demanda Lady Ennismore. "Tout le monde connaît ou a entendu parler du capitaine Jekyl, mais j'ignore l'existence de M. Vyvyan ; vient-il de Cornouailles ?"

« Je ne sais pas, mais il reste chez les Pynsent, et tout le monde est fou de lui. Vous obéirez à l'appel, chère Lady Ennismore ?

Madame s'y est opposée.

"Oh, alors, cela ne me fera aucun plaisir", s'écria Julia, "et je suis sûre qu'Ennismore ne s'en souciera pas si vous êtes absent; par conséquent, nous resterons ensemble à la maison."

« Chère fille flatteuse, » dit milady en souriant et en serrant la main de Julia ; Suis-je si sérieusement inclus dans votre projet de bonheur ? Je n'entendrai pas parler de votre absence à tant de gaieté : c'est maintenant le moment naturel et propre pour la jouissance, Julia, et, puisque vous êtes assez bête pour préférer la société d'une vieille dame, Je dois et je sacrifierai avec plaisir mes propres souhaits. Je vous accompagnerai chez Lady Spottiswoode et serai témoin de vos triomphes.

« Mon plus grand triomphe viendra d' avoir obtenu votre consentement à nous accompagner, très chère Lady Ennismore, » répondit Julia ; et ses yeux rayonnants prouvaient la sincérité de ses sentiments. Julia, naïve et affectueuse, était incapable de se déguiser ; et l'attention parentale bienveillante et vigilante de Madame gagna toute l'âme de l'objet à qui elle s'adressait. Julia quittait rarement la société de sa future mère ; et certainement son attachement équivalait à l'adoration dans ses effets ; mais, peu habituée aux expressions d'estime et d'affection de la part de son propre parent, et sensiblement sensible à la gentillesse, il n'est pas étonnant que le charme ait été ressenti et son influence cédée à une personne si vivement sensible. L'attachement de lord Ennismore, si froidement manifesté soit-il, et la douceur fascinante des manières de lady Ennismore, ouvraient à l'esprit de Julia des visions d'un avenir heureux ; et elle but abondamment à la coupe d'espérance délicieuse présentée à ses lèvres. Tout était pour elle une scène d'enchantement.

Christobelle était désormais admise à parcourir librement les appartements autrefois si imperméables à ses sœurs, jusqu'à ce que leur quatorzième anniversaire leur permette d' *entrer* , dans la forme, dans les délices de la société. Lors des fiançailles de Julia avec Lord Ennismore, Clara fut intronisée dans ses droits et privilèges ; et Christobelle, sous la protection de son père, fut autorisée à se glisser silencieusement parmi les personnages qui remplissaient la scène actuelle. Lady Wetheral était trop occupée par les « arrangements » concernant le prochain mariage pour tenir compte de son apparence ; et si une remarque aimable de Lady Ennismore trahissait sa présence, Lady Wetheral observait « ce n'était que Bell, l'animal de compagnie et l'inquiétude de Sir John, tout à fait, pas la sienne » ; et elle était autorisée à se promener inaperçue.

"Bell" se souvint, au fil des années, comment Julia était toujours assise près de Lady Ennismore, fixant ses yeux avec admiration sur le beau visage de Lady Ennismore et écoutant sa conversation avec une attention passionnée. Elle se souvenait que Lord Ennismore était employé presque constamment par Clara à copier de la musique ou à dessiner des motifs pour des travaux de fantaisie, et que Miss Wetheral était occupée à dessiner, avec les joues pâles et les yeux humides. Elle se souvenait distinctement du regard et des manières satisfaites de sa mère, alors qu'elle passait de Lady Ennismore à son fils ennuyeux, avec le sentiment fier que Julia associerait bientôt son nom à celui d'un baron du Royaume- Uni . Aussi jeune que Christobelle était alors, elle pouvait remarquer la différence entre les yeux heureux et rayonnants de Julia et l'expression mélancolique du visage de sa sœur aînée, pâle comme sa propre robe blanche, jusqu'à ce qu'une allusion à Hatton ou au nom de Pynsent imprègne sa joue. avec une rougeur passagère. Elle a vu et observé beaucoup de choses qui sont devenues un sujet de méditation après sa vie.

Lady Ennismore a demandé une audience à Sir John Wetheral, avant le bal de Lady Spottiswoode, et l'entretien a eu lieu dans son bureau, avec toutes les cérémonies et tous les mystères appropriés. Lady Ennismore offrit alors, au nom de son fils, d'arranger les règlements et d'entamer le petit prélude capital qui précédait habituellement les vœux matrimoniaux. Sir John exprima sa surprise que Sa Seigneurie ait besoin d'un interprète et d'un agent pour une affaire concernant ses propres affaires. Lady Ennismore ne manquait jamais d'elle-même.

"Mon cher Sir John, les jeunes hésitent à se lancer dans des affaires qui impliquent beaucoup de considération. Peut-être ai-je jeté les bases de l'indolence dans l'esprit de mon fils en agissant selon ses souhaits, au lieu de le contraindre à devenir son propre *homme d'affaires*. mais la santé de mon fils doit prouver son excuse, et je serai vraiment heureux de remettre les rênes entre les mains de Julia dans très peu de semaines.

« Votre Seigneurie a dû affaiblir sa capacité d'affaires, puisque milord n'est pas en mesure de conclure un accord avec sa femme », observa sèchement Sir John.

Lady Ennismore paraissait absorbée par ses calculs, tandis qu'elle calculait rapidement une somme inscrite au crayon sur un bout de papier qu'elle tenait à la main. Cet emploi l'empêchait de comprendre le sens du discours, ou permettait à Madame de plaider pour son absence d'esprit momentanée. Elle se détourna brusquement de son calcul.

"Mon cher monsieur, les revenus d'Ennismore lui permettent de régler trois mille dollars par an pour sa dame."

Sir John s'inclina.

« Son revenu sera de trois mille livres, » continua Lady Ennismore, « et de cinq cents livres d'argent de poche par an : cette allocation vous paraît-elle trop petite, mon cher Sir John ?

« Ce n'est peut-être pas une allocation trop importante pour Lady Ennismore, » répondit-il ; "mais c'est une grosse somme pour Julia Wetheral. J'espère que ma fille gérera ses affaires avec prudence et avec honneur."

"Je ne doute en aucun cas de son excellence", dit Sa Seigneurie d'un ton séduisant. "Julia fera la fierté de la famille qui aura la chance de la recevoir."

Les tendres sentiments d'un père étaient touchés ; ils étaient facilement excités au sujet de sa femme et de ses enfants. Il salua Lady Ennismore avec plus de conciliation qu'il n'en avait encore montré envers Lady Ennismore.

"Je crois que le cœur de ma fille est excellent et je suis sûr qu'elle agira honnêtement dans toutes les situations."

"Ennismore et moi-même apprécions à juste titre notre trésor, Sir John, et je me retirerai de Bedinfield avec l'heureuse certitude de laisser mon fils en possession de tout le confort terrestre. Les jeunes doivent vivre pour eux-mêmes, et je considère que c'est une bonne politique, sur chaque compte, prendre sa retraite. Ne pensez-vous pas avec moi, Sir John ?

"Je suis d'accord avec Votre Seigneurie. Je ne voudrais pas être domestiqué avec des jeunes gens après leur mariage. Ils entrent dans la vie comme nous l'avons fait avant eux, et l'expérience des personnes âgées est offensante pour ceux qui ne se doutent de rien. Ils doivent gagner, grâce à souffrance, les connaissances que nous avons acquises : *nous* l'avons fait, Lady Ennismore.

"Je me flatte, Sir John, que nous pensons de la même manière sur de nombreux sujets. Je me retirerai dans la tranquillité et le repos dans ma chaumière de noblesse, et les jeunes gens feront sonner les murs de Bedinfield de fête. J'espère que nous pourrons réclamer votre fille dans dans un délai très court. Les règlements ne seront pas longs entre les mains de mon agent, et Ennismore est si impatient de présenter sa dame dans le Staffordshire ! Puis-je faire un intérêt pour saluer ma vraie fille dans un mois ? Je suis maintenant également impatient de faire le mien. arrangements ; et mon premier souhait doit être d'assurer le confort de mon fils, avant de me permettre de considérer mes propres gratifications. »

Sir John admettait que le suspens était inutile lorsque les deux parties comprenaient la nature de leurs engagements ; et le mariage fut fixé pour avoir lieu aussitôt que les règlements seraient prêts à être signés. Il y eut une grande cérémonie de remise des bijoux ; et Lady Wetheral était à la tête de tout. Il y avait une immense préparation dans le département de garde-robe, dépassant de loin, en étendue et en dépenses, les robes amples et belles préparées pour Mme Boscawen. Madame expliqua la nécessité d'une ligne de démarcation très distincte dans la garde-robe des sœurs.

"Julia épouse un pair, par conséquent elle aura besoin d'un certain style de magnificence dans son apparence. Isabel a épousé un homme très riche, mais la jeune épouse d'un roturier âgé n'a toujours pas d'importance matérielle dans la société. Isabel doit allaiter Boscawen, qui n'est presque jamais exempt de fièvre depuis qu'il a visité la Hollande, et ces splendides soieries seraient inutiles, se fanant à Brierly ; cela eût été pire que folie d'avoir donné un *trousseau de pairesse* à la pauvre Isabelle, mais elles assisteront toutes deux à votre mariage, ma chère. Julia. Ce sera un jour fier pour nous tous, lorsque vous deviendrez l'épouse d'Ennismore, un jeune noble possédant une fermeté de caractère particulière ; et, bien que légèrement délicat, son esprit est élastique et son amour fortement développé envers vous. Indépendamment de son rang et son titre, je préférerais Ennismore aux jeunes hommes d'aujourd'hui. Le collier qu'il vous a présenté si vaillamment sont des diamants de première eau.

"Lady Ennismore les a présentés à Julia, maman", observa Clara avec simplicité.

"Fiddle faddle ! ils ont été présentés avec un excellent goût. Isabel n'a pas de bijoux, la pauvre fille."

CHAPITRE VI.

Lorsque le groupe Wetheral entra dans la salle de danse bondée de Lady Spottiswoode, ils provoquèrent une sensation considérable. Il était désormais de notoriété publique que Lord Ennismore était l'amant reconnu de Miss Julia Wetheral, et le jeune couple était regardé avec un émerveillement infatigable. Chaque visage était bien connu de la société : miss Julia Wetheral et le jeune lord Ennismore avaient fréquenté tous les lieux de rendez-vous à la mode depuis trois mois, et pourtant leurs fiançailles procuraient évidemment à chaque personnage un extraordinaire pouvoir de nouveauté.

Des yeux qui avaient à peine posé un regard sur la silhouette peu attrayante de Lord Ennismore, se tournèrent maintenant sérieusement vers sa personne, parce qu'il se présentait comme l'amant reconnu de la belle Julia Wetheral, et chaque gentleman regardait Julia avec un intérêt et une admiration accrus, parce qu'elle était ils ne sont plus du nombre à gagner et à recevoir leurs hommages. Julia Wetheral appartenait désormais à lord Ennismore, et sa brillante lumière devait bientôt disparaître de leur hémisphère : elle allait se jeter, affirmaient-ils, sur un garçon indigne d'un pareil prix. Pouvait-elle vraiment aimer une créature si pauvre et si maladive ? Il vaudrait mieux prendre Tom Pynsent.

Julia était la star de la soirée, d'après les opinions contradictoires qui circulaient au sujet de ses fiançailles. Elle était pourtant innocente de la sensation qu'elle provoquait. Appuyée au bras de son fiancé et accompagnée de lady Ennismore, Julia traversait les groupes qui la surveillaient progresser, sans se soucier des observations chuchotées qui flottaient autour d'elle. Elle était vraiment heureuse, vraiment bénie dans ses propres anticipations mentales brillantes et en compagnie de ceux qu'elle aimait. Elle n'entendit aucun son autre que l'énonciation lourde d'Ennismore et les tons musicaux enjoués de Madame. Elle ne voyait personne distinctement, pas même Tom Pynsent, qui se tenait debout devant son groupe, avec un visage remarquablement rouge. Il s'adressa à Miss Wetheral.

"Je suis en train de vivre une chose désagréable, Miss Wetheral. J'ai entendu dire que Miss Julia était fiancée à ce jeune brin après tout, et je savais que je devrais la rencontrer un jour ou l'autre, donc je suis prêt à le faire immédiatement."

Julia attira à ce moment son regard, et Tom Pynsent s'inclina avec une certaine maîtrise des manières.

" Voilà, c'est fini. J'aurais aimé que votre sœur se soit donnée à un meilleur type. Que Lord Ennismore, Miss Wetheral, ne nous emporte pas un tel bijou.

Elle a bien fait de me refuser, si je ne voulais pas . son imagination, mais elle aurait dû choisir un homme plus honnête que le comte de Staffordshire.

Anna Maria sourit avec complaisance au son de la voix de Tom Pynsent, mais le sujet était pénible. Elle ne pouvait pas se faire confiance pour continuer. Tom Pynsent hocha la tête et sourit à un groupe éloigné.

"Il y a Wycherly et Tyndal qui me souhaitent de la joie. Ils m'ont regardé m'incliner devant votre sœur. Je vais juste leur dire qu'ils sont de sacrés coquins pour leurs douleurs."

Tom Pynsent s'éloigna pour mettre sa menace à exécution, mais les félicitations des messieurs l'emportèrent.

"Je dis, Pynsent, vous vous êtes incliné comme Sir Charles Grandison."

"Pynsent, c'était une agonie mortelle, n'est-ce pas ?"

"Tom est enrhumé", s'écria le jeune Spottiswoode.

"Vous êtes tous invités à rire, messieurs", a déclaré Tom Pynsent, avec son invariable bonne humeur. "Certains d'entre vous sont joyeux parce qu'une femme qui vous plaît ne vous a pas refusé, et la moitié d'entre vous se réjouit de voir la mortification étendue à une autre que vous."

M. Wycherly se tourna vers M. Pynsent. "Mon cher ami, vous vous vexez en poursuivant une femme qui ne se soucie pas de vous. La plupart des hommes courent après les ombres et rejettent la substance. J'ai épousé Mme Wycherly parce qu'elle s'est pris d'affection pour moi, et laissez-moi voir. à la fois ce qu'elle souhaitait et ce qu'elle attendait. Ma foi, cela m'a épargné bien des ennuis !

"Mais aucune fille ne se soucie de moi, à moins qu'elle n'aspire à mon argent", s'exclama Pynsent avec émotion.

"Zounds, mec, ne sois pas découragé. Je connais une femme bien en ce moment, et dans cette pièce, qui te prendrait sans le sou !"

Tom Pynsent parut consterné.

"Tout le monde, sauf vous, a observé la chose", a déclaré le jeune Spottiswoode. "N'est-ce pas, Tyndal ?"

"Où sont tes yeux, Pynsent ?" a demandé M. Vyvyan. "J'ai détecté la dame au moment où vous lui avez adressé la parole."

"'L'amour dans ses yeux joue pour toujours'", a chanté M. Wycherly. "'Cela fait de ses lèvres roses son soin.'"

"'Et parcourt les labyrinthes de ses cheveux'", a ajouté M. Vyvyan.

Tom Pynsent regardait chaque orateur avec un étonnement silencieux : aucun crayon ne pouvait décrire le fonctionnement de son visage.

"Qui aurait le chagrin d'avoir le cœur froid, quand une belle fille vénère le sol sur lequel on marche ?" s'écria M. John Tyndal. "Pas moi pour ma part."

"J'aimerais qu'elle *me lance* un de ces regards de colombe qu'elle accorde au stupide Pynsent", soupira M. Henry Tyndal.

" Par Jupiter, messieurs, je ne me trouve pas ennuyeux ! " Tom Pynsent finit par éclater. « Je connais beaucoup de dames qui aimeraient vivre à Hatton, bien qu'elles se soucient assez peu de son maître ; mais je nie votre affirmation actuelle. Quelle est la dame à laquelle vous faites allusion ?

"Allez demander à Miss Wetheral de danser, Pynsent, et elle vous aidera à résoudre notre énigme", dit M. Wycherly en riant.

"Mon Dieu ! si une femme me regardait dans les yeux, comme je voyais une dame consulter le vôtre tout à l'heure, Pynsent, je me sentirais appelé à tomber désespérément amoureux", observa son ami Vyvyan.

"Que Dieu bénisse mon âme ! Voulez-vous dire que *Miss* Wetheral m'aime bien ?"

Tom Pynsent posa la question avec un ton de voix agité et précipité, ce qui provoqua un rire général parmi ses auditeurs, mais M. Wycherly parla sérieusement et parut sérieux.

"Vous étiez amoureux de sa sœur, Pynsent, et n'aviez pas le temps d'observer d'autres femmes. Tout le monde pouvait lire dans l'expression des manières de Miss Wetheral et reconnaître son attachement décidé pour vous."

"Que Dieu bénisse mon âme !" s'écria encore Tom Pynsent, "Je ne l'ai jamais vue me regarder en face de ma vie !"

"Mon cher, tu es aussi vert qu'une fille de seize ans. Aimes-tu qu'une femme te regarde en signe de son véritable amour ? Ses regards abattus et son air mélancolique la trahissent. Elle ne s'éclaire que lorsque tu lui parles. , et pour tous les autres hommes, elle est froide comme un iceberg. Tels sont les symptômes de Miss Wetheral, et telles sont toutes les manières des femmes délicates, quand elles ne recherchent pas une fortune. Je connais le sexe, Pynsent.

"Une telle femme vaut mille dames méprisantes", remarqua le vieux M. Tyndal.

"Pynsent a l'air pétrifié !" s'exclama le jeune Spottiswoode.

"Pynsent est en faute, par le Seigneur Harry !" » rit son ami Vyvyan.

"Parfum froid, Pynsent, après ta course tardive", s'écria Spottiswoode, amusé au-delà de toute mesure par les regards *égarés du pauvre Tom*.

Le groupe de messieurs rassembla sans pitié leur compagnon déconcerté suite à la réception ennuyeuse d'une nouvelle qui aurait ressuscité n'importe quel autre homme d'entre les morts. Le caractère de Tom Pynsent résista à toutes les moqueries avec une patience infatigable, et lorsque son esprit eut quelque peu retrouvé son ton habituel, il réfuta leurs attaques avec son propre ton de voix fort.

"Aucune de vos plaisanteries ne me dérange pas ; si une femme m'aime sérieusement, je serai sûr de le lui rendre et je lui serai très reconnaissant. J'aime beaucoup Miss Wetheral, mais je ne pensais pas qu'elle se souciait de moi. ; Comment pourrais-je?"

"Eh bien, vous avez abominablement flirté avec elle, une fois", remarqua le jeune Spottiswoode.

"Oui, peut-être que je l'ai fait, mais je ne savais pas qu'elle se souciait de mes bêtises."

"Les jeunes filles sont faciles à attraper, Pynsent, au début. Vous avez certainement joué avec la pauvre Miss Wetheral", a déclaré M. Tyndal.

"Vraiment ? alors je serai pendu si je ne l'épouse pas !"

Un éclat de rire suivit cette annonce, mais Tom Pynsent n'était pas intimidé ; il se retira froidement de ses compagnons et chercha Anna Maria, qui le reçut avec des manières placides et un plaisir réprimé.

Tom Pynsent était désormais éclairé sur un point important ; et sa vanité était touchée par la connaissance que la belle Miss Wetheral, si remarquable par sa beauté et son extraordinaire froideur de manières, l'aimait effectivement en silence, plus que tous ses compagnons, et indépendamment de Hatton ! Elle l'avait aimé malgré sa proposition à sa sœur ! Elle avait supporté la rivalité de sa sœur avec une douceur patiente ! Elle le recevait en ce moment avec des manières aimables et conciliantes, tout en sachant qu'il avait demandé à une autre d'être sa femme ! Le cœur de Tom Pynsent rendait justice à sa souffrance et à son affection ; et il jura mentalement qu'il obtiendrait un prix si longtemps sous-estimé, parce que totalement incompris. A partir de ce moment, il s'attacha exclusivement à Miss Wetheral.

Comme les heures s'écoulaient dans cette soirée mouvementée, dans l'imagination des deux heureuses sœurs ! Comme Lady Wetheral paraissait triomphante en jetant un coup d'œil à ses deux filles !

Il y avait Lord Ennismore affichant publiquement ses fiançailles avec Julia, et Tom Pynsent était posté aux côtés d'Anna Maria, dans un discours profond et apparemment agréable. Son triomphe fut commenté par Mesdames Tyndal et Pynsent.

"Oh, sois pendu à elle !" s'écria cette dernière dame, elle a une fille accro à Ennismore, et maintenant elle conduit chez Tom : surveillez seulement ses manœuvres. Je savais à quoi elle faisait, Mme Tyndal, lorsqu'elle a rendu visite à la cour Herbert il y a quelques années. Miss Wetheral était une enfant, mais j'en ai fumé le sens. Elle vapotait alors, après Tom.

"Lady Wetheral a eu beaucoup de chance avec ses filles", répondit Mme Tyndal. "M. Boscawen était un candidat éligible, et Lord Ennismore, bien sûr, aux yeux du monde, mérite une considération encore plus élevée."

"Je pense que si j'avais dix filles sans part, je n'en donnerais pas une à ce pauvre garçon pourri, et comme je l'ai toujours dit à mon fils, Tom : 'Si tu me ramènes à la maison un Wetheral, je serai pendu si je reçois-la, et ma parole vaut la tienne.'"

Mme Tyndal était habituée au style d'expression viril de son compagnon ; il en était de même pour toutes les familles du comté. Mme Pynsent fut tolérée dans sa jeunesse à cause de sa grande fortune ; elle était tolérée au milieu de la vie comme maîtresse de Hatton ; elle était recherchée dans sa vieillesse, comme mère de son fils Tom. Ainsi Mme Pynsent traversa la société sans un seul accomplissement, ni même les attributs d'une femme, soutenue par le puissant bouclier de la richesse, et redoutée pour la détermination de ses sentiments et la grossièreté de ses propos, par toutes ses connaissances.

Séparée de ses penchants masculins, Mme Pynsent était une personne chaleureuse et bien intentionnée, et de nombreux jeunes pouvaient témoigner que si Mme Pynsent offensait souvent leurs oreilles ou portait un coup impitoyable à leur vanité, elle avait aussi s'est lié d'amitié avec eux dans leur besoin, et dans le chagrin ou la maladie, il n'y en avait pas de plus gentil ni de plus patient. On n'a jamais pu deviner pourquoi Mme Pynsent s'était prononcée avec tant d'amertume contre un « Wetheral » ; probablement des préjugés précoces l'ont influencée à déprécier le nom.

Mme Tyndal a exprimé sa surprise face à l'observation de Mme Pynsent à son fils.

"Vraiment, Mme Pynsent, je ne peux pas être d'accord avec vous sur une aversion aussi déterminée envers les Miss Wetheral. Je pense que mes fils pourraient faire un choix bien pire que l'une ou l'autre des dames présentes."

"Par jupiter!" répondit Mme Pynsent en haussant les épaules, "J'espère que Tom ne choisira jamais une poupée vide de Wetheral : mon frère Wycherly m'a laissé entendre l'autre jour que Tom avait été déçu par l'une d'elles, mais je lui ai fait part de mes réflexions à ce sujet : "Bill," dis-je, "si quelqu'un pouvait me prouver que mon fils Tom avait fait une offre à un Wetheral, je le jetterais dans les escaliers pour ses douleurs et hors du terrain de Hatton ." Mon frère Bill n'a jamais renouvelé ce sujet ! »

Mme Tyndal jeta un coup d'œil vers Anna Maria, qui était toujours en conversation avec Tom Pynsent, et un sourire passa sur son visage. Mme Pynsent capta le sourire et regarda.

"Oh, tu n'as pas besoin de penser à Tom de ce côté-là !" elle a observé. "Tom sait que je déteste ce nom."

A ce moment, Miss Wetheral et son compagnon rejoignirent les danseurs.

"Votre fils distingue Miss Wetheral ce soir", dit son amie avec un peu plus *d'espièglerie* que ne le justifiait leur amitié.

"Pas du tout ; je n'en crois pas un mot." A cet instant, son regard surprit Tom dansant de toutes ses forces, et elle le vit *échanger* des sourires avec lui : sa couleur monta.

" Par Jupiter ! il danse avec elle une seconde fois, et il y a son père surannée qui regarde ! Personne ne penserait-il que M. Pynsent regarde un spectacle de marionnettes ? Je ramènerai le vieux monsieur à la maison. "

Mme Pynsent se leva pour rejoindre son mari, qui jouissait de l' apparente gaieté de son fils. Lady Wetheral la rejoignit au moment le plus inopportun et commença un sujet des plus offensants pour ses sentiments.

"Je suis ravi de voir votre fils de si bonne humeur ce soir, ma chère Mme Pynsent : c'est un trouble contagieux que je sens déjà s'emparer de moi. De tels esprits joyeux font généralement effet sur ceux qui m'entourent."

"Qu'est-ce qui fait que Tom ne soit pas gay ?" grogna Mme Pynsent. « Les mères le courtisent et les filles flirtent avec lui ; que peut-il exiger d'autre dans une salle de bal ?

Lady Wetheral se sentit piquée.

"La dernière fois que j'ai eu le plaisir de voir votre fils, il n'était pas aussi gai. Je suis heureux que son abattement soit passé."

"Quand as-tu vu Tom démoralisé ?" » demanda brusquement Mme Pynsent.

"À Wetheral", répondit Sa Seigneurie d'un ton doux, tandis que son cœur aspirait à de plus amples questions.

"Euh ! Les hommes ont parfois besoin d'esprits, lorsqu'ils relèvent le défi."

« M. Pynsent a gagné mon admiration et mon estime par sa manière honorable d'agir, » continua Lady Wetheral, qui était maintenant dans l'eau profonde ; "Il a toujours été un de mes préférés, et j'ai profondément regretté que ma fille n'accepte pas autant un homme..."

"Votre fille ! de qui parlez-vous ? Qu'est-ce que mon fils a à voir avec l'une de vos filles ?" Mme Pynsent commençait visiblement à s'irriter, mais elle avait été offensée par ses allusions aux mères et aux filles, et elle était destinée à recevoir une punition des mains de Lady Wetheral.

"Je crains d'avoir fait allusion à des circonstances qui ne vous ont pas été portées à votre connaissance, ma chère Mme Pynsent, et je vous supplie de ne pas vous souvenir de ce qui est passé par mes lèvres : j'étais bien sûr parfaitement certain que vous n'étiez pas étranger à certains événements. à Wetheral, sinon j'aurais retenu cette malheureuse communication ; je pensais que vous saviez... "

"Je ne sais rien, Lady Wetheral ; et qui plus est, je n'ai aucune envie de savoir quoi que ce soit : ayez la bonté de me laisser passer."

Mme Pynsent mourut, tandis que Madame se repliait avec une aisance polie à son souhait ; mais le fer était entré dans son âme. L'aigrette de diamant sur son turban de satin vert pâlit sous l'éclat de ses yeux alors qu'elle remontait la pièce en direction de Lady Spottiswoode. Lady Wetheral l'a avoué par la suite, son triomphe à ce moment-là l'a récompensée de nombreuses railleries amères de la part de sa victime.

Quelle que soit l'opinion de Mme Pynsent concernant une alliance avec « un Wetheral », son fils se jetait dans l'eau avec une formidable détermination. Il avait vraiment admiré Julia ; il avait été très déçu par son refus ; mais elle ne s'était jamais souciée de lui, et il s'était adressé à son père, dans le doute et en soupçonnant avec crainte qu'elle préférait Ennismore. Il y avait une créature charmante et admirée, positivement amoureuse de lui – une fille aussi, considérée par les hommes comme inaccessible à tous – même Vyvyan détecta son attachement, et les Tyndals l'envièrent ; c'était irrésistible; et Tom Pynsent oubliait tout, dans l'idée flatteuse et ravie d'être aimé d'une telle femme. Ce soir-là, son attention était extrêmement marquée, et Miss Wetheral, rayonnante d'une joyeuse exaltation, écoutait avec un profond intérêt la conversation mi-sentimentale, mi-embarrassante de son partenaire. À la fin de la danse, qui attira l'attention de Mme Tyndal, Tom Pynsent devint plus sérieusement sentimental et rougit.

"Miss Wetheral, je pense qu'un homme peut aimer deux fois, n'est-ce pas ?"

"Il se peut", répondit Anna Maria, "mais personne n'aime jamais une seconde fois avec une profonde affection ; comment le pourrait-il ?"

Tom Pynsent regarda ses gants, puis le sol. " En effet, je ne sais pas."

« La première affection, continua-t-elle avec émotion, réunit tous les meilleurs sentiments dans leur intensité ; mais lorsqu'ils sont écrasés, ces sentiments ne s'épanouissent plus, même s'ils ne s'éteignent pas.

"Parfois, le premier amour est une affaire stupide", remarqua Tom, regardant son compagnon avec curiosité, mais alarmé.

"Ils peuvent être stupides et répréhensibles, M. Pynsent; mais ils détruisent le bonheur sur le moment, et un premier chagrin est le plus amer."

"Je pense que je pourrais aimer une seconde fois aussi bien qu'au début, si je savais qu'une gentille fille m'aimait bien et si je croyais ce que je lui disais..." Tom Pynsent s'arrêta. Un profond soupir d'Anna Maria le troubla, mais il animait en même temps son courage.

"Je connais beaucoup de gens très heureux de leur deuxième amour", a déclaré Tom Pynsent, l'air timide.

"Les hommes peuvent aimer deux fois, mais jamais les femmes, si elles ressentent réellement un attachement pour un objet", répondit Miss Wetheral.

"J'aimais énormément votre sœur Julia, Miss Wetheral; mais elle ne se souciait pas de moi, et un homme ne peut pas toujours être malheureux à propos d'une femme qui se met en travers de son chemin. Je préférerais aimer une femme qui m'aime en retour et qui voudrait Je ne m'arrêterais pas avec des regards sévères. Je suis sûr que j'aimerais beaucoup ma femme, et si elle s'opposait à la chasse, je ne sortirais jamais plus de quatre jours par semaine, et je suis sûr qu'elle pourrait faire ce qu'elle veut dans chaque chose."

Anna Maria rougit d'émotion et se détourna du regard avide de sa compagne ; sa timidité donna une animation accrue à l'orateur, et il procéda avec audace.

"Je suis sûr qu'aucune femme n'a besoin de se soucier *de moi* : je suis rude, mais alors une femme ne doit pas se soucier de ces petites choses, et si je le jure, ce ne sera pas contre *elle*. Un homme jure de se faire comprendre, et parfois on jure un peu pour avoir quelque chose à faire ; mais ma femme n'a pas besoin de s'occuper de ces bagatelles, n'est-ce pas, Miss Wetheral ?

"Cela dépend des circonstances."

"Mais *tu devrais le faire ?*" demanda Tom.

« Je ne vous ai jamais entendu jurer, M. Pynsent… beaucoup… »

Tom Pynsent se redressa avec une forte approbation et une vanité satisfaite. "Allons-nous danser encore, Miss Wetheral ?"

"Nous avons dansé ensemble deux fois ce soir, M. Pynsent."

"Eh bien, et alors ?"

"Les gens le remarqueront", hésita Anna Maria; "Aucun gentleman ne danse trois fois avec… c'est-à-dire… je ne peux vraiment pas le dire."

"Mais si nous aimons danser ensemble, qu'est-ce que cela peut vous faire?" Tom se leva et lui prit la main. "Si vous ne voulez pas danser avec moi, je serai sûr que vous ne le souhaitez pas."

Anna Maria se leva, quoique à contrecœur.

"Je ne souhaite pas refuser de danser, M. Pynsent : je n'aime pas me faire remarquer publiquement pour avoir enfreint les règles établies."

"Peu importe les règles, Miss Wetheral ; nous danserons ensemble, malgré tout. Peu importe ce que disent les gens, si nous aimons danser ensemble !"

Julia et Lord Ennismore passèrent au moment où Anna Maria débattait avec son partenaire : Julia sourit. "Ma chère Anna Maria, les jeunes dames se plaignent de vous comme d'un monopolisateur ; elles disent que vous avez tenu M. Pynsent à l'écart de sa demi-douzaine de partenaires habituels, et il y a une coalition pour vous exclure de toutes les invitations au bal."

"Je ne peux pas permettre à Miss Wetheral d'écouter des absurdités aussi abominables", dit Tom Pynsent, en privé ravi à l'idée d'être observé ; "Elle a promis de se laisser guider par moi ce soir, nous allons donc danser ensemble pour la troisième fois."

"Viens donc à nos côtés dans la danse country." Julia serra la main de sa sœur avec une expression affectueuse, ce qu'Anna Maria lui rendit alors qu'elles se dirigeaient ensemble vers le décor qui se formait alors. L'espace d'un instant, ils purent échanger des chuchotements.

"Oh, Julia, mon cœur est tranquille, je suis à nouveau heureux !"

"J'en suis content, continuez et faites attention aux regards ou aux remarques de personne." L'instant d'après, leurs partenaires les réclamèrent.

« Je dis, père, observez simplement le cousin Tom, » dit Miss Wycherly en touchant le bras de son père ; "Regardez Tom souriant à Miss Wetheral, et ayant l'air si rouge et heureux. Ce sera un match, après tout ; je le féliciterai."

"Laisse-le tranquille, Pen, laisse-le tranquille et félicite-le quand il le demande. Les filles mettront toujours leur nez dans les allumettes et feront des bêtises. Ne dis rien à Tom et ne dis rien à ta tante."

"Mais ma tante sera distraite, père, pendant le match."

"Pooh, pooh, laisse ta tante et Tom gérer leurs propres affaires ; ils peuvent tous les deux prendre leur propre rôle."

« Les gars ! » s'écria miss Wycherly ; "Tom va juste danser avec Miss Wetheral pour la troisième fois, père ; la troisième fois, puisque je suis en vie, père ! Eh bien, cela fera l'affaire pour ma tante si elle le voit."

M. Vyvyan est venu à ce moment pour demander le plaisir de danser avec Miss Wycherly. Miss Wycherly a gardé son verre contre ses yeux et a continué à observer la fête en répondant : "Non, je ne peux danser avec personne maintenant, je regarde Tom." M. Vyvyan s'inclina d'un air offensé et se retira.

"Pen, vous avez été très impoli", a observé M. Wycherly.

"Étais-je?"

"Oui, tu l'étais ; diaboliquement grossier."

"Pourquoi est-il venu m'inquiéter, alors que je surveillais Tom. Bon sang! Père, Tom dit quelque chose à propos maintenant. Miss Wetheral lui a lancé un tel regard: pauvre Tom, c'est fini avec lui! Où diable est-ce que tante Pynsent ? – que quelqu'un me trouve tante – je veux par-dessus tout la voir s'enflammer ! »

Sir Charles Spottiswoode demanda l'honneur de la main de Miss Wycherly pour la danse country suivante.

"Je ne peux danser avec aucun d'entre vous; je suis occupée à chercher ma tante", répondit la dame en s'asseyant.

"Laissez-moi vous aider dans votre recherche, Miss Wycherly ;" et M. Spottiswoode s'assit tranquillement à côté d'elle. Miss Wycherly était amusée par cette action.

" Charles Spottiswoode, vous pouvez appeler cela de la constance, mais je ne peux que trouver cela ennuyeux : allez danser avec une dame qui n'a pas l'objection que j'ai à s'inquiéter. Je déteste les hommes ennuyeux ! "

"Je ne désirerai pas danser avec vous, mais je ne quitterai pas cet endroit tant que vous resterez ici", fut la réponse.

"Les hommes pensent toujours que la persévérance équilibrera leurs démérites", a déclaré Miss Wycherly.

"La persévérance fera beaucoup", répondit M. Spottiswoode, "si une dame apprécie l'attention. L'amour ne se prouve que par une constance persévérante et une assiduité infatigable."

" Un très beau sentiment, M. Spottiswoode ; mais je peux vous rencontrer dans le domaine de la dispute : j'ai toujours entendu dire que « l'amour » était craintif, patient et facile à décourager. "

" *Cet* amour doit émaner du cœur d'un pauvre diable, Miss Wycherly ; pas d'un cœur comme vous le souhaiteriez. "

« Que prétendez-vous savoir de mes goûts, M. Spottiswoode ?

"Je sais que vous mépriseriez un amant rampant et effrayé, tout comme vous n'aimez pas votre cheval qui sursaute à chaque coup de fouet. Vous préféreriez un admirateur décidé qui supporte votre désinvolture et ne craint pas votre pouvoir. Vous avez un tel amant. en moi, belle Pénélope ! »

"Vous êtes très ennuyeux et désagréable, M. Spottiswoode."

"Vous m'aimez mieux que vous ne le reconnaissez, Miss Wycherly."

"Si c'est tout ce avec quoi vous pouvez m'amuser, autant nous joindre à la danse", a déclaré Miss Wycherly. "Mais restez, je ne peux pas ; je viens de refuser M. Vyvyan."

" Qu'est-ce que M. Vyvyan pour vous ou pour moi ? Le décor est presque terminé et il sera trop tard. " M. Spottiswoode offrit son bras à sa belle compagne.

"Non, je ne danserai pas ce soir", dit la capricieuse dame en se levant et en se rasseyant. "J'ai changé d'avis."

"Le mien aussi ; je vais flirter un peu avec Lady Anna Herbert. Bavarder est bien plus agréable que danser, dans une pièce chauffée. Lady Anna a souri deux fois avec bonhomie. Je suis heureux que vous ayez eu le bon goût de refuser. "

« J'ai dit que je ne devrais pas danser, mais je n'ai pas dit que je ne parlerais pas, M. Spottiswoode ; comme vous êtes très soucieux de comprendre ce que vous voulez dire. M. Spottiswoode s'est seulement incliné pour se retirer. Miss Wycherly adoucit la mesquinerie de son accent.

"Restez, M. Spottiswoode, j'ai quelque chose de particulier à vous demander ; vous en faites un avec votre rapidité."

M. Spottiswoode s'est assis. "Je suis toute votre attention, Miss Wycherly."

"Comment peux-tu me regarder si en colère et parler sur un ton si sec, Charles Spottiswoode ! Je déteste les gens en colère."

"Alors réponds-moi à une simple question en toute vérité et sincérité, ou je pars pour toujours, Penelope Wycherly."

"Gads ! comme tu en es un ! Eh bien, qu'est-ce que c'est ?"

"Je saurai si vous avez l'intention de m'accepter après toute cette désinvolture. Si vous n'en avez pas l'intention, dites-le ; mais j'exige une réponse."

"Alors vous souhaitez flirter avec Lady Anna, M. Charles, et vous pensez

"'Il est bon d'en finir avec le vieil amour, avant de passer au nouveau.'"

« Vous ne m'avez pas répondu, » répondit sérieusement M. Spottiswoode ; " répondez-moi, comme vous espérez être traité équitablement. "

"Je jure que je ne sais pas ce que je veux dire ; il est très difficile de faire son choix parmi une telle variété de Seigneurs de la création. Je n'ai pas encore été présenté à M. Jones. Je ne peux pas dire que j'admire l'ami de Tom. ".

"On me répond, Miss Wycherly ; je vous souhaite une bonne nuit." M. Spottiswoode se détourna de la coquette et se dirigea vers la salle de danse, sans se soucier du rappel de Miss Wycherly. La dame s'est alarmée. Le mouvement de M. Spottiswoode était-il vraiment intentionnel, ou lui montrait-il avec quelle indifférence il pouvait prendre congé, pour la contraindre à accepter ? Là, il parlait positivement à Lady Anna Herbert et avait l'air parfaitement calme. Lady Anna était une coquette notoire, mais elle ne devrait pas piéger Charles Spottiswoode ! Miss Wycherly n'était pas habituée à être traitée avec *nonchalance* ; et que M. Spottiswoode, son amant de longue date, ait trouvé assez de courage pour se tenir sur la défensive contre sa coquetterie, la piqua jusqu'au cœur. Elle cherchait Julia, qui dansait avec Lord Ennismore.

"Mlle Wycherly sans surveillance !" s'écria M. Henry Tyndal en la rencontrant alors qu'elle se dirigeait vers les danseurs, "prenez mon bras".

« Tais-toi, dit la dame en passant, son verre levé à l'œil, tais-toi. »

"Miss Wycherly, vous recherchez le mal ; vous lancez des flèches sur un pauvre malheureux à travers ce missile", continua le jeune Tyndal en la suivant.

"Je ne lance rien, à moins que tu ne sois ma flèche, auquel cas je serais ravi de te lancer à une distance incroyable."

"Vous êtes pleine d'esprit, Miss Wycherly," répondit le jeune Tyndal, "et chaque fois que vous avez de l'esprit, vous êtes en colère."

Miss Wycherly ne répondit rien ; elle a vu et s'est approchée de Julia.

"Julia Wetheral, je vous supplie de me rendre service."

"Je vous aiderai volontiers, si cela est en mon pouvoir", répondit Julia; "Qu'est-ce qu'on attend de moi ?"

" Oh, quittez la danse et écoutez-moi. Lord Ennismore nous suivra lorsqu'il s'apercevra que vous avez quitté le plateau ; asseyons-nous ici, et je vous raconterai mon anxiété. "

Julia écouta en souriant la déclaration de Miss Wycherly sur sa petite coquetterie et le départ offensé de M. Spottiswoode.

"Et maintenant," dit-elle, "je sais que tu vas m'aider et faire la paix avec Charles. Je ne lui donnerai pas le triomphe de savoir qu'il m'a fait peur, mais à ta manière ludique, tu peux découvrir ce que Spottiswoode veut dire. " Il a positivement menacé de flirter avec Lady Anna ; et , que je l'aime ou non, il ne doit pas paraître indifférent à une autre femme. Ma chère, cela me tuerait. Je ne peux pas me séparer de Charles Spottiswoode de cette façon, vous je sais, et je veux juste que vous le sondiez. Maintenant, partez, il y a une chère créature ; laissez Lord Ennismore avec moi.

Julia entreprit la mission et Lord Ennismore se confia, non aux soins de Miss Wycherly, mais aux côtés de sa mère.

« Mon cher fils, j'ai été témoin de la fuite de Julia et de votre consternation, » dit milady ; "Vous avez de la chance de posséder une mère follement affectueuse auprès de laquelle vous retirer en cas d'urgence."

"Je suis toujours très heureux de venir chez vous, mère", répondit le pauvre jeune homme efféminé en s'asseyant entre milady et lady Wetheral.

Julia resta quelques minutes dans une conversation enjouée avec M. Spottiswoode, et Miss Wycherly observait ses mouvements avec une attention passionnée ; Enfin Julia s'approcha.

"Eh bien, ma chère, que dit-il ? Dites-moi tout de suite, va-t-il danser avec Lady Anna ?"

"M. Spottiswoode est très blessé, Pénélope, et si vous n'êtes pas prudent, vous le perdrez."

"Oh, ma chère fille, ne le dis pas. Le perdre ? Non, je serai pendu, comme dit ma tante, s'il s'éloigne de moi, pour être l'un des amoureux de Lady Anna ! Je dois descendre, je tu vois, même si cela me irrite terriblement.

" Dépêchez-vous, car vous appréciez M. Spottiswoode, " répondit Julia, " ou il dansera avec Lady Anna. Il nous regarde en ce moment ; maintenant, Pénélope, souriez, souriez, et faites-lui signe de venir vers vous pour toujours... ne plaisante pas, maintenant, maintenant, Pénélope ! »

"Ma chérie, ce sourire me tuerait. Je ne peux pas sourire à Spottiswoode pour lui montrer son pouvoir et le rendre impudent. Non, je ne peux pas encore sourire, Julia."

"Voilà, Pénélope, il a invité Lady Anna à danser, et ils se lèvent ! Vous l'avez perdu par votre stupide coquetterie, sur mon honneur !"

Miss Wycherly pâlit, mais ses sentiments luttaient contre la fierté. "Oh, eh bien, laissez-le danser, je m'en fiche. Peu importe que M. Spottiswoode préfère Lady Anna ou moi-même. Je ne condescendrai pas à demander pardon pour tout ce que j'ai choisi de dire à une créature stupide, qui Je ne peux pas contrôler son tempérament.

« C'est dommage, Penelope ! Vous vous *en* souciez, et cela *ne vous* dérange pas que M. Spottiswoode danse avec Lady Anna ; lorsque la danse est terminée, dites-lui que vous avez mal agi. »

"Il a peut-être vu à mon apparence, Julia, que je n'étais pas sérieux, ou, du moins, que je ne voulais pas qu'il le pense."

"Alors dis-le-lui, Pénélope."

"Pas moi, en effet. Je ne me soumettrai jamais à avoir eu tort envers un homme avant le mariage, ou après le mariage, si je peux l'empêcher. Spottiswoode peut regretter l'heure où il m'a offensé, car jamais je ne daignerai lui demander de revenir à une femme qu'il choisit de quitter pour une personne telle que Lady Anna. N'importe quelle autre fille que j'aurais pu supporter patiemment. Cela, je ne le pardonnerai pas, car il savait que cela me contrarierait ! pendez-moi, *à la* Pynsent, si je ne rembourse pas. lui en nature."

"Je ne peux plus être utile, Pénélope ?"

"Aucun, Julia, mais je vous remercie pour ce que vous avez fait, même si cela s'est révélé inefficace. Ne me laissez pas vous retenir de votre fête."

Julia s'efforça d'apaiser son compagnon, mais l'indifférence insouciante de son amant offensa profondément Miss Wycherly, et elle persista à conserver une apparence égale de manière légère, pour tromper et affliger M. Spottiswoode. Elle ne resta pas longtemps sans matériaux pour l'aider à concevoir ; M. Henry Tyndal s'adressant de nouveau à elle, Miss Wycherly l'accepta comme partenaire, et elle passa devant son amant dans la danse country avec un calme et une gaieté inimitables. Comment ce couple vraiment attaché s'est-il efforcé de rivaliser en prenant une froideur étrangère à leur cœur ; et comme ils passèrent misérablement le reste de la soirée dans un état de surveillance et de souffrance misérables ! Miss Wycherly, dans son dialogue le plus riant avec Henry Tyndal, jeta des regards perturbés et anxieux vers Lady Anna Herbert, qui écoutait avec un sourire et une attention marquée les compliments de M. Spottiswoode. Son cœur se sentait desséché, et pourtant elle redoublait de gaieté ; Miss Wycherly était presque bruyante dans sa gaieté, et le son de sa voix troublait la sérénité de M. Spottiswoode et le faisait chanceler dans ses propres sorties. Lady Anna le réprimanda.

"Eh bien, M. Spottiswoode ! vous avez dit la même chose trois fois de suite. Que dois-je comprendre par cette absence d'idées ?"

"Vous les avez confondus, Lady Anna."

"Je ne me flattais pas d'avoir le pouvoir de confondre votre savant esprit, M. Spottiswoode", répondit la dame.

"Je ne serai ni le premier ni le dernier que Votre Seigneurie ait confondu ; toutes nos têtes se tournent dans votre société."

"Très bien ; je déclare que je dirai à Miss Wycherly comment vous flirtez."

"Je vous en prie, Lady Anna ; Miss Wycherly descend avec M. Tyndal."

"Très bien ; Miss Wycherly, que pensez-vous que dit M. Spottiswoode ?"

"Croisons les mains et revenons, et peu importe ce que dit M. Spottiswoode", a déclaré Miss Wycherly. "Je vole au milieu." Elle est partie.

"J'ai vu que Miss Wycherly ne vous a pas touché en croisant les mains, M. Spottiswoode, mais la voici à nouveau."

Les invités firent leur *poussette* avec une grande joie, Miss Wycherly semblant entièrement engagée dans une plaisanterie avec Henry Tyndal, et M. Spottiswoode comblant des compliments sur Lady Anna. Tom Pynsent et Anna Maria, qui se tenaient près du plateau et écoutaient le dialogue, étaient très amusés.

« Le cousin Pen s'est disputé avec Spottiswoode, remarqua-t-il, et il y aura une jolie bataille ; écoutez comment il s'en prend à Lady Anna Herbert. Je n'aimerais pas me quereller, n'est-ce pas, Miss Wetheral ?

"Oh non, sûrement pas."

"Les querelles sont une sorte de rhum, Miss Wetheral. Je ne pense pas que vous vous disputiez jamais."

"Jamais, quand j'ai mon propre chemin", répondit Miss Wetheral en souriant.

"Je suis sûr que ma femme suivrait sa propre voie, si c'était tout ce qui l'intéressait, Miss Wetheral."

Miss Wetheral restait silencieuse.

"J'aurais aimé être marié à une femme qui serait de bonne humeur et qui ne se laisserait pas souffler en toutes occasions", a repris Tom Pynsent. "Je pense que la vie d'un célibataire est très inconfortable."

Miss Wetheral tremblait violemment, mais elle aimait trop tendrement Tom Pynsent pour pouvoir comprendre ce qu'il voulait dire ; son cœur battait de manière audible, mais elle restait silencieuse.

« Vous montez à cheval, Miss Wetheral, très souvent, n'est-ce pas ?

"Oui, fréquemment."

"J'aimerais que vous me laissiez monter avec vous ; je suis sûr que vous ne connaissez pas la moitié du pays à propos de Wetheral. Je suppose que je peux vous accompagner, Miss Wetheral ?" Tom Pynsent commença à ressentir une grande robustesse de cœur, à mesure qu'Anna Maria devenait timide et embarrassée.

"Je serai heureux... nous ressentirons..." Elle hésita.

"Bien sûr ; eh bien, je serai à Wetheral demain, et, si vous n'êtes pas fatigué, je vous montrerai une vue monstrueusement belle."

"Mais votre jour de chasse est demain, M. Pynsent."

"Peu importe de chasser pendant un jour ou deux, Miss Wetheral ; cela ne me dérange pas qu'on se moque de moi. J'ai vraiment envie de vous montrer cette vue, alors attention, nous sommes fiancés demain."

Comme le cœur de Miss Wetheral battait légèrement à ce moment-là ! comment a-t-elle été récompensée pour des mois de sentiments misérables !

C'est pendant l'agitation de la rupture que Miss Wycherly s'est glissée vers Julia et a révélé ses sentiments.

"Ma chère âme, je suis la femme la plus misérable qui existe ; cette créature m'a vexé jusqu'à l'âme avec son flirt, et mon seul espoir est que je lui ai donné un coup de pouce en retour."

"Prends soin de toi, Pénélope !"

"Oh, je ne me soucierai que de repiquer. Tant que Spottiswoode flirtera avec Lady Anna, aussi longtemps que je flirterai avec ce demi-cuillère Tyndal junior, si mon cœur se brise. Comme tu es heureuse, Julia, et comme je suis misérable. Moi ! Vous avez enchaîné votre amant, tandis que le mien s'éloigne d'un simple contact. Maintenant, là, regardez-le, masquant Lady Anna, comme si elle était faite de verre filé, et l'amenant juste sous mes yeux. Je supporterai l'insulte de cet homme avec une parfaite gaieté, regardez-moi maintenant, bonne nuit !

Miss Wycherly est décédée avec une apparente légèreté et s'est adressée à Lady Anna Herbert.

« Comment vous avez vécu cette nuit, Lady Anna ! M. Henry Tyndal déclare que vous êtes la fierté du Shropshire dans une salle de bal. J'étais assez jaloux. Lord Farnborough vous attend, avec Lady Jessy, mais je leur dirai. vous êtes trop agréablement occupé pour vous éloigner encore.

" Oh non, vraiment, je suis tout à fait prête ", répondit Madame : " mais les compliments de M. Spottiswoode sont si longs qu'ils n'arriveront jamais à une conclusion ; que pensez-vous qu'il a dit ? "

"Oh, je suppose, Lady Anna.

"'Voulez-vous faire un voyage à la Bourne, Marion, Veux-tu faire un voyage à la Bourne avec moi ?'

"Je ne peux pas continuer la chanson, car mon père me fait signe, mais bon courage." Miss Wycherly lui baisa la main d'un air espiègle et marcha gaiement dans la pièce, qui s'éclaircissait très vite.

"C'était parfaitement fait", fit remarquer Lady Ennismore à Julia, alors qu'ils se dirigeaient vers la voiture, "mais cela coûtera à votre amie sa nuit de sommeil, et à son amant par-dessus le marché. Ce fragment de chanson et la manière insouciante qui l'accompagnait la livraison jettera le gentleman au pouvoir de Lady Anna.

Anna Maria fut escortée jusqu'à la voiture par Tom Pynsent, et Lady Wetheral l'invita triomphalement et avec plaisir à Wetheral, chaque fois qu'il se sentait enclin à leur faire honneur par sa présence.

fêtes de Lady Spottiswoode sonnent parmi nous ; vous savez. Les mortifications sont propres à soumettre l'esprit.

"Je suis engagé à monter à cheval avec Miss Wetheral demain", répondit Tom Pynsent avec une légère hésitation dans la parole et un air remarquablement stupide. "Je dois lui montrer une vue monstrueusement belle."

" Comme c'est gentil ! ma fille ne connaît pas nos vues *lointaines*, M. Pynsent, et votre attention polie sera le moyen d'augmenter ses plaisirs. Miss Wetheral se délecte des beaux paysages. Vous devez dîner avec nous, mon cher monsieur ; nous ne vous permettra pas de vous enfuir après, peut-être, une longue et fatigante chevauchée. Mon cher Lord Ennismore, merci de m'avoir amené Julia , mais où est madame ?

" Lord Farnborough escorte ma mère ; notre voiture vient de s'arrêter, et elle vous prie de continuer sans l'attendre. Elle parle aux Farnborough, et je vais la rejoindre. Nous serons à Wetheral avant vous. "

"Oh oui, vos chevaux sont beaucoup trop rapides pour *mes* craintes. Eh bien, ma chère Julia, nous allons immédiatement monter en voiture."

Lord Ennismore remit Julia dans la voiture et revint rejoindre sa mère.

"Excellent jeune homme", s'est exclamé Lady Wetheral , "J'ai toujours admiré Ennismore, mais ses attentions filiales sont belles."

Tom Pynsent ne put s'empêcher de sourire devant l'admiration enthousiaste de milady ; il a souhaité bonne nuit à la fête.

"Bonne nuit, bonne nuit", dirent Lady Wetheral et Julia, baisant leurs mains à la silhouette fuyante de M. Pynsent. Anna Maria ne dit pas ses adieux, elle n'agita pas non plus la main, mais elle se pencha pour regarder le dernier aperçu de sa forme athlétique, qui disparaissait parmi les groupes qui attendaient leurs voitures.

CHAPITRE VII.

Le voyage de Tom Pynsent avec Miss Wetheral n'a ouvert la voie qu'à des engagements répétés à Wetheral de sa part, et du côté de Lady Wetheral, à des accueils affectueux et à des sourires à son entrée. À chaque occasion et à chaque occasion, Tom Pynsent était nommé pour prendre soin de « la chère Anna Maria », et Madame le remerciait en termes flatteurs pour le délicieux regain de santé que Miss Wetheral avait acquis grâce à un exercice constant et agréable à cheval.

Anna Maria a en effet gagné santé et bonheur grâce aux *tête-à-tête répétés* qui lui étaient réservés avec l'homme qu'elle aimait. Le ton de la conversation, ses manières timides – si semblables à ses manières avec Julia – son désir de prendre de nouveaux engagements pour se revoir ; tous l'ont convaincue que ses affections s'étaient abandonnées à elle-même. Sa joue reprit son éclat, son œil retrouva son éclat et sa taille devint plus élastique ; il y avait de l'espoir dans ses sourires et de la légèreté dans ses mouvements, ce qui formait un changement extraordinaire chez Miss Wetheral, autrefois insipide. Anna Maria devait toujours paraître douce et particulièrement féminine, mais elle n'était plus douloureusement inerte ou tranquille, jusqu'à un silence de mort. Ce fut un changement rapide et complet ; un changement qui prouvait avec quelle puissance l'amour non partagé avait traité un cœur qui pouvait maintenant s'élever au contact de l'affection, de l'apathie engourdie aux joies de la vie ; qui pourrait jaillir à la fois d'une mélancolie froide et lasse, à la lumière et à la chaleur d'un esprit joyeux, se délectant de perspectives heureuses.

Sir John Wetheral perçut avec plaisir les attentions de Tom Pynsent. Son cœur honnête et ses sentiments honorables promettaient tout le bonheur, disait-il, à une femme qui pouvait préférer le cœur à la tête, et, si Anna Maria avait le sens de le choisir à la place des seigneurs que Julia convoitait, il pourrait lui assurer une vie conjugale heureuse. , si ce n'était pas de sa faute. Il aurait aimé pouvoir prophétiser un bonheur égal à celui de Julia, mais elle avait planifié son propre mariage et elle devait accepter le problème ; Lady Wetheral devait s'en prendre à elle-même, si Julia était malheureuse , car elle avait élevé ses filles dans l'idée que la richesse et la situation sociale constituaient un équilibre face au poids de la misère matrimoniale, et ses remarques et ses sentiments ont appris à Julia à croire qu'elle avait bien fait de se vendre au le plus offrant.

Lady Wetheral n'a jamais pu supporter les observations de son mari, lorsqu'elles touchaient à son gouvernement envers les enfants, et ses remarques actuelles lui ont valu mille reproches.

"Je pense, Sir John, que vous pourriez m'épargner ce que je ne peux qu'appeler des abus, et que vous me faites subir maintenant à toutes occasions."

"Ma chérie, tu as tort ; les injures ne sortent jamais de mes lèvres."

" J'appelle cela un abus, " répondit-elle, " qui jette le blâme sur toutes mes actions, et qui n'est pas vrai. Vous m'attribuez, puis-je dire, des motifs infâmes ; et, tandis que je suis toujours prêt à faire avancer le bonheur de ma fille et des établissements respectables, vous tonnez les reproches depuis votre bureau, et pourtant ne vous aidez jamais à un travail d'une telle importance. Sans moi, Lord Ennismore n'aurait jamais proposé à Julia, et, si je n'avais pas observé Tom Pynsent et dessiné constamment à Wetheral, il n'aurait peut-être jamais transféré ses affections à Anna Maria. Dans tout cela, Sir John, vous ne m'avez jamais aidé ; et de quoi votre conscience vous accusera sur votre lit de mort, je ne le sais pas ; la mienne le donnera. ma consolation dans ma dernière heure, en pensant avoir rempli mes devoirs envers mes enfants. Vous êtes obstinément résolu à imaginer que Julia se marie contre son meilleur jugement; mais, mon amour, votre temps et le mien sont passés, et nous ne devons pas juger. de l'affection d'une jeune femme par nos propres sentiments. Je peux tout à fait comprendre l'attachement de Julia à Lord Ennismore, et on ne pouvait pas s'attendre à ce qu'elle renonce à cet attachement, pour plaire à votre goût exigeant.

"Ce n'est pas une question de goût", répondit Sir John; " Cela implique un principe profond. Julia épouse Ennismore, parce que son titre a aveuglé son jugement ; son ambition est satisfaite et ses affections sont livrées à son influence. Vos sentiments ont favorisé sa conduite, et vous souffrirez de ses effets. Gertrude."

" Sir John, n'importe qui penserait que vous êtes un fou déclaré ", s'écria chaleureusement sa dame ; "On vous croirait fou de vous entendre croasser et pleurer, parce que votre fille est sur le point de se marier avec un pair de grande fortune et d'excellent caractère."

"Ennismore n'a aucun caractère, Gertrude."

"Alors Julia le gouvernera, Sir John; ne soyez pas inquiet à ce sujet."

"Pas tant que sa mère est en vie."

"C'est absurde ; Julia fera ce qu'elle veut ; ne me parlez pas de vieilles mères ; qui s'en soucie jamais de leurs mères ? Si Tom Pynsent prenait soin de sa mère, il ne ferait pas attention à Anna Maria. Non, non, c'est une très mauvais plaidoyer contre Lord Ennismore. Si Tom Pynsent proposait immédiatement, mes filles pourraient se marier le même jour ; il a l'intention de proposer, bien sûr, mais il y met longtemps. Il a été plus rapide à demander à Julia.

"Il a appris l'expérience", dit son mari en souriant.

« Les hommes sont si stupides, » répondit Lady Wetheral ; "Ils montrent leurs intentions, et pourtant s'attardent sur le seuil. Je découvrirai ce qu'il veut dire la prochaine fois que nous nous rencontrerons, mais j'aborderai le sujet avec beaucoup de tact. Vous n'avez pas besoin d'avoir l'air si alarmé."

"Rappelez-vous le sort de l'attaque de Mme Primrose contre M. Thornhill, Gertrude."

Lady Wetheral affectait de ne pas entendre quand un sujet offensait ou gênait ses idées de convenance ; dans ce cas, elle était absolument sourde et ses pensées prenaient une direction plus excursive.

"Lorsque mes deux filles seront éliminées, Clara se manifestera, bien sûr, et son style de beauté remarquable attirera bientôt l'attention et l'admiration. Je ne considère pas Clara particulièrement douée, mais son apparence fera plus que compenser son manque d'intelligence. " Votre animal de compagnie, Chrystal, comme vous l'appelez, sera une sorte de compagne pour elle, même si l'enfant est dégoûtante et impertinente, comme j'ai toujours prédit qu'elle le serait. "

Christobelle était assise sur un tabouret aux pieds de son père, lorsque ce dialogue eut lieu ; il lui tapota la tête à la fin du discours de Lady Wetheral et remarqua combien elle avait été sociable et se révélait encore l'être dans sa solitude. « Si, remarqua-t-il, les autres filles avaient été élevées pour étudier, au lieu d'être mariées dès la crèche, elles se révéleraient de meilleures compagnes et de meilleures épouses, dans les devoirs qu'elles sont résolues à accomplir.

"C'est une remarque qui vous ressemble tellement, ma chère, que je suis quelque peu las de ces ennuyeux échanges de sentiments ; Miss Chrystal, sur quoi réfléchissez-vous ?"

Christobelle se leva et présenta son livre.

" Ah, très bien ; Miss Edgeworth est très douée en chimie, et cette bavarde de Rosamond, mais elle ne s'est jamais mariée et ne se mariera jamais. Je n'ai jamais permis à mes filles de lire ce genre de livres , pour les rendre insouciantes de leur apparence, et désagréablement instruite pour les hommes. Je n'ai jamais trouvé de femme intelligente et soucieuse de plaire, et en général elles font quelque chose d'extraordinaire, comme Miss

Wycherly, qui est intelligente, mais elle se conduit d'une manière très masculine. , reprenez votre livre ; si vous devenez une lectrice, vous serez un objet de dégoût et les hommes vous fuiront ; mais, je vous en prie, rappelez-vous, vous appartenez à votre père ; *je* n'ai aucune part dans votre éducation.

"Chrystal sera un trésor pour l'homme qui la gagnera", a déclaré Sir John.

"Oui, oui, elle fera l'affaire pour Leslie, ou sera un trésor pour ce sale antiquaire, le fils de Cromleholm, Philip ; mais je voudrais vous demander votre avis ; devons-nous vraiment avoir Mme Pynsent au mariage de Julia ?"

"Comment peux-tu l'éviter, Gertrude ?"

"J'aurais aimé connaître une méthode pour éviter l'invitation, sans offenser."

"Comment ça ? Vous avez noué une intimité avec elle et avez déclaré l'estimer."

"C'est autre chose. On estime les gens pour différentes raisons, et l'estime ne veut rien dire. J'ai toujours entretenu une intimité pour le bien des filles, mais je ne supporte pas ses manières très brusques. Elle est très offensante."

"Ma chère Gertrude, tu dois gérer tes propres affaires : tu as formé l'intimité, à mon grand étonnement."

"Je ne reçois jamais d'aide de votre part, Sir John. Peu importe comment ou pourquoi j'ai formé cette intimité ; il suffit que je souhaite échapper à sa société lors du mariage de Julia ; puis-je y parvenir ?"

"Je crois que non."

"Je dois alors la supporter. Je vois M. Pynsent, Tom je veux dire, monter dans le parc; je dois chercher Anna Maria." Lady Wetheral quitta précipitamment l'appartement.

Tom Pynsent arriva et fut introduit dans le salon, où Lady Wetheral était assise seule ; elle fut apparemment surprise par son entrée.

"Mon cher M. Pynsent, il y a un vieux dicton, et pas très raffiné, qui a été illustré en moi en ce moment. Je pensais à vous et je souhaitais vous voir lorsque vous êtes entré."

"Je vous suis très reconnaissant, Lady Wetheral ; je suis sûr que je suis très honoré par vos pensées ; mais où sont les dames ?"

"Lady Ennismore a *chaperonné* une partie de la fête lors d'un trajet jusqu'à Shrewsbury. La boutique de Lewis a tellement d'attractions pour les jeunes !"

« Est-ce que Miss Wetheral est partie ? » demanda Tom Pynsent d'un ton déçu. "Je veux un chapeau et je profiterai de cette occasion pour me rendre à Shrewsbury. Que puis-je faire pour vous, Lady Wetheral ?"

"J'ai donné une commission à Julia, merci. Anna Maria n'est pas venue à la fête. Elle ne va pas très bien ce matin."

Tom Pynsent s'était levé pour partir ; il se rassit maintenant.

"Oh, si vous n'avez aucune commission à me donner, je ne monterai pas aussi loin ; je peux me procurer un chapeau à tout moment. J'espère que Miss Wetheral n'est pas confinée dans sa chambre."

"Ma fille ne va pas bien, M. Pynsent. Elle a l'air beaucoup, beaucoup améliorée par son exercice à cheval, et je suis complimentée sur son teint brillant et son moral, mais je ne suis pas facile avec elle. J'espère que son beau teint ne trahit rien. graines de consommation ; ses esprits ne sont pas les esprits de la santé, je le crains beaucoup. »

"Bon Dieu ! tu ne crois pas !" s'écria Tom Pynsent alarmé. "Je pensais que Miss Wetheral n'avait jamais été aussi belle qu'elle ne l'était depuis quelques semaines."

Lady Wetheral secoua la tête.

" Il y a quelque chose qui ne va pas, et je voulais vous voir, pour vous faire remarquer que peut-être l'exercice de l'équitation était trop violent pour sa constitution. Je crois que je dois lui conseiller de partir en phaéton et d'en essayer l'effet ; mais beaucoup des remerciements vous sont dus, mon cher M. Pynsent, pour vos soins aimables et réguliers auprès de ma fille. Je l'ai souvent entendue exprimer beaucoup de gratitude envers vous.

"Je serai très heureux, j'en suis sûr, de conduire Miss Wetheral dans n'importe quelle voiture découverte", remarqua Tom, parfaitement obtus au but et au but du projet de son compagnon. "Je peux la conduire vers de très nombreux points de vue agréables."

"Je vous remercie très sincèrement pour votre politesse plus que bienveillante envers ma fille, que nous apprécions tous ; mais, mon cher M. Pynsent, nous ne devons pas attirer d'observations inutiles ; les gens sont toujours enclins à faire des remarques... je pense que je dois refuser. votre offre agréable, quoique avec douleur... Je.... »

"Eh bien, et que peut-on dire si je chasse Miss Wetheral ? Il n'y a aucun mal à soigner un invalide en voiture, n'est-ce pas ?"

Lady Wetheral rit et toussa un peu.

"Non, M. Pynsent; il n'y a pas de mal, même si vous l'avez représenté avec tant d'humour; mais des remarques seront faites et sont faites. En tant que mère, je ressens ces remarques, et je vous supplie particulièrement de comprendre que c'est tout à fait contre mon mes propres idées de droit - tout à fait en opposition avec mes propres sentiments, que je suis douloureusement appelé à empêcher ma fille d'être vue publiquement si fréquemment en votre compagnie, accompagnée uniquement de sa servante.

Tom Pynsent fit tournoyer son chapeau et resta silencieux. Madame a continué.

« Si le monde, M. Pynsent, nous permettait seulement d'être heureux à notre manière, combien d'heures agréables nous pourrions jouir de celles qui nous sont maintenant refusées ! Peut-être, en tant que mère, ai-je *eu* tort de jeter autant ma fille dans la nature. société d'un homme très agréable, le monde le dit ; mais j'ai la plus forte dépendance de la discrétion et de la dignité de toutes mes filles, donc je n'ai aucune crainte : cependant, quelque chose est dû à l'opinion publique, et à ce sévère mentor, attribue " La nécessité de cette tâche pénible. J'espère que je n'ai pas offensé par ma sincérité, M. Pynsent ? "

Tom Pynsent a été pris par surprise ; ses agréables promenades furent terminées, et sa présence auprès d'Anna Maria fut aussitôt suspendue par le souffle de l'opinion publique. Il n'y avait qu'un seul moyen de récupérer son ancienne position à Wetheral, et Lady Wetheral avait gagné !

"Je trouve très extraordinaire que je ne doive pas monter avec une dame que j'aime. Pensez-vous, Lady Wetheral, qu'un homme soit blâmé si une dame refuse de le faire, et qu'il aimerait proposer à une autre ?"

"Je considérerais un gentleman très faible qui soupirait après le cœur indifférent d'une femme, M. Pynsent", répondit Sa Seigneurie en se détournant pour cacher l'expression triomphante de son visage.

"Je suis heureuse que vous soyez de mon avis, Lady Wetheral. J'étais vraiment désolé que Miss Julia m'ait refusé, car je la trouvais très gentille et j'étais extrêmement attaché à elle; mais j'ai vu qu'elle ne se souciait pas de moi. Mademoiselle Wetheral est toujours gentille et polie, et je ne pense pas qu'elle me déteste. Je suis sûr que je ne le sais pas, mais si je pensais qu'elle tenait à moi, j'aimerais, j'aimerais beaucoup… j'aimerais… voyez Miss Wetheral, s'il vous plaît. Pensez-vous, Lady Wetheral, qu'elle me laisserait la voir ? Tom Pynsent est devenu extrêmement rouge.

vous verrait, j'en suis sûr, M. Pynsent. Anna Maria a dit particulièrement ce matin : 'Si M. Pynsent appelle, je le verrai, mais aucun autre monsieur.' Je vais appeler et lui dire que tu es là. »

Il y eut un silence pendant quelques minutes ; Enfin, Ladyship se leva.

"Je ne m'excuse pas de vous avoir laissé seul pendant un court moment, M. Pynsent. Ma fille prendra bientôt ma place et nous vous considérerons comme notre invité de la journée. Je ne vous fais pas un étranger. Je dois assister à un rendez-vous avec notre huissier, et leurs plaintes sont sans fin. Sir John me confie souvent Roberts. Ne me laissez pas vous trouver en avion à mon retour.

"J'espère que je n'aurai pas l'occasion de partir, Lady Wetheral", dit Tom Pynsent, luttant pour retrouver son calme.

"Je ne permettrai aucun départ, M. Pynsent. Anna Maria doit vous retenir prisonnière jusqu'à ce que Roberts me permette de m'échapper. Attention, je vous ordonne de rester à Wetheral."

Lady Wetheral avait à peine fermé la porte en sortant, qu'Anna Maria entra à l'autre bout de la pièce, épanouie et heureuse ; ses yeux pétillaient de plaisir alors qu'ils se posaient sur Tom Pynsent.

«Je n'ai appris votre arrivée qu'à l'instant», dit-elle en se serrant la main; "Tu n'es pas resté seul ici depuis longtemps, j'espère."

Tom Pynsent plaça une chaise pour la jeune dame et s'assit près d'elle, mais pendant quelques instants il ne parla pas. Miss Wetheral le regarda avec surprise. Tom Pynsent rompit enfin cette pause gênante.

"Je suis désolé que vous soyez malade, Miss Wetheral."

"Je n'ai jamais été aussi bien de ma vie, M. Pynsent", répondit Anna Maria en souriant. « Qu'est-ce qui vous fait croire que je suis malade ?

"Je pensais que vous aviez l'air très bien, Miss Wetheral, mais on m'a dit que vous alliez mal, et je suis sûr que vous ressemblez aussi peu à une personne phtisique que n'importe quelle autre personne que j'ai jamais vue!"

"Qui a pu inventer une telle fable ?" demanda Anna Maria.

"J'ai entendu quelque chose de pire que ça", continua Tom en hésitant et en se dirigeant vers la fenêtre.

« Bon Dieu ! à propos de moi ! ou de mauvaises nouvelles de Hatton ?

"Lady Wetheral dit que nous ne devons plus rouler ensemble. Je pense que c'est une chose très extraordinaire, n'est-ce pas ?" Tom Pynsent regarda le

Wrekin lointain pour paraître indifférent. Il n'a reçu aucune réponse d'Anna Maria.

"Je pense que c'est une folie monstrueuse de nier ce genre de choses ", poursuivit Tom en se tournant vers sa compagne, qui le regardait, pâle comme sa propre robe de mousseline. Il fut choqué par son apparence et, oubliant sa timidité pour une sollicitude affectueuse, il lui prit les deux mains dans les siennes.

« Miss Wetheral, cela vous dérange-t-il autant que moi ? Dites-moi simplement si cela vous dérange comme moi ?

Anna Maria ne put que répondre avec inquiétude, et presque involontairement : « Oui ».

Tom Pynsent ne pouvait pas maîtriser ses sentiments ; il la prit dans ses bras et la salua d'un baiser qu'on aurait pu entendre distinctement dans la salle.

"J'aime une fille qui dit ce qu'elle pense sans affectation ni absurdité, et il y a un bon baiser de chasse au renard de votre mari, si vous le voulez bien, et nous chevaucherons ensemble malgré le diable."

L'étonnement de Miss Wetheral devant cette action, et sa joie devant le discours ultérieur de son amant, empêchèrent toute réponse ; mais elle lui tendit aussitôt la main, bien que son visage fût couvert de rougeurs. Tom Pynsent serra la petite main blanche avec ravissement, et ses paroles ouvertes rendirent un amant taciturne bavard d'approbation.

"Tu me *laisses* te serrer la main, et tu ne fais *pas* semblant d'être offensé parce qu'un homme te dit qu'il t'aime ! Qui aurait pensé que tu étais une créature si ouverte, ma chère, sans un peu de bêtises ? Maintenant, donne-moi moi ton autre main, tu es une belle et chère fille comme toi, et nous pouvons maintenant aller ensemble jusqu'au bout du monde. Peut-être que, quand nous serons mariés, tu monteras avec moi pour voir les chiens s'éloigner. Je ne chasserai qu'alors. trois fois par semaine. Lady Wetheral m'a bien fait peur lorsqu'elle m'a interdit de monter à cheval avec vous ; cependant, je resterai ici aujourd'hui et nous pourrons discuter de certaines choses. Vous marcherez avec moi, ma chère fille, n'est-ce pas ? ?"

"Je suis dans un labyrinthe, je suis vraiment déconcerté, M. Pynsent", répondit timidement Miss Wetheral. "Ne me trouvez pas idiot, mais je suis vraiment déconcerté et je sais à peine quoi dire."

"Vous en avez dit assez, assez", s'écria Tom Pynsent en serrant ses pauvres mains dans ses énormes paumes. " Vous m'avez accepté, et je ne vous permettrai pas de me quitter ; je vous suivrai comme un chien jusqu'à ce que nous soyons mariés : une petite promenade suffira à vous rafraîchir.

Promenons-nous dans le parc et regardons. au Wrekin, et parler de notre jour de mariage.

Miss Wetheral obéit machinalement à la demande de son amant ; et ils étaient profondément absorbés par la conversation, arpentant l'avenue, lorsque le groupe rentrait de Shrewsbury.

« Mme Primrose a assez bien réussi, Sir John, observa Lady Wetheral entre le départ de Tom Pynsent et l'allumage des bougies de la chambre. Mme Primrose a attrapé M. Thornhill, malgré vos alarmes. Cela fut murmuré pour parvenir uniquement à l'oreille de Sir John.

Lady Ennismore avait quelque chose de très obligeant à dire, et chaque fois qu'elle parlait, ses compliments flatteurs apaisaient l'oreille de son objet : elle ne faisait que formuler des phrases de compliment.

"Ma chère Miss Wetheral, l'admiration galante et sans équivoque d'un certain gentleman pour une beauté sans nom, prouve ses excellents pouvoirs de discernement. J'admire l'amant et j'approuve son costume. J'aimerais avoir une fille qui ait la chance d'attirer M. Pynsent. "

Anna Maria n'aimait pas Lady Ennismore ; elle répugnait même à son adresse en général ; cependant son approbation exprimée à l'égard de Tom Pynsent gagna immédiatement la confiance et fit plaisir à son cœur. De toutes parts, des félicitations l'attendaient. Son père ajouta son approbation, et elle fut donnée avec émotion et sérieux. Devant toute la famille rassemblée, il lui dit qu'il n'avait aucune crainte pour son bien-être, en tant qu'épouse d'un homme honnête et aux principes élevés. Il pouvait la féliciter pour des fiançailles qui devaient apporter le bonheur à une femme qui appréciait la texture d'un cœur tel que celui que possédait Pynsent. Sa richesse pouvait l'entourer de luxe, mais ses qualités seules pouvaient lui assurer la tranquillité d'esprit. Il espérait qu'Anna Maria apprécierait et conserverait fermement l'affection de son futur mari, et que son sort tomberait sur de bonnes bases. Pynsent était un homme à qui il pouvait confier le bonheur d'une fille et n'avoir aucune crainte pour son avenir.

Les esprits d'Anna Maria étaient maîtrisés par les observations sérieuses de son père ; son bonheur, la soudaineté de l'événement et ses perspectives d'avenir, combinés aux félicitations de sa famille, ont vaincu un esprit qui avait longtemps supporté les alternances de l'espoir, du suspense et de la peur. Elle chercha refuge dans sa propre chambre ; Lady Wetheral et Julia suivirent ; celle d'offrir des remèdes apaisants et de se réjouir avec sa sœur de la fin de son chagrin ; l'autre de triompher du succès de son projet : la joie de Madame était sans limites. Marier deux filles en un jour aux premiers matchs dans le Shropshire et le Staffordshire semblait une affaire au-delà du calcul commun : la loterie de la vie jetait rarement deux prix consécutifs dans une famille ; et certainement son propre poste de général avait assuré les deux. Dans l'exubérance de son esprit, elle avoua aux sœurs la ruse qu'elle avait utilisée pour obtenir une offre de Tom Pynsent. Anna Maria était bouleversée.

"Oh, maman, comment as-tu pu adopter une telle méthode, t'entraîner sur les peurs de Tom pour hâter une déclaration ! Comme tu m'effraies ; j'aurais pu le perdre !"

"Pauvre Greenhorn ! non, vous n'aviez aucune chance de le perdre ; il était trop amoureux. Je lui ai seulement préparé le chemin, pour hâter la catastrophe. Je souhaitais particulièrement qu'il fasse sa demande en mariage, car j'ai en tête le double mariage. " C'est pourquoi j'ai appliqué l'aiguillon très doucement, mais il a répondu avec le fouet. Dès l'instant où j'ai mentionné que vos promenades étaient interrompues, j'ai vu que la chose était faite. Mon seul espoir maintenant est que Clara puisse réussir comme vous l'avez fait. Il y aura quelques Il est peut-être difficile d'obtenir le consentement de Mme Pynsent, mais je ne doute pas qu'un peu de gestion puisse réussir *là* aussi. Mme Pynsent est violente, mais rarement ferme ; elle s'irritera et utilisera un langage très fort, mais elle sera occupée et ravie de votre mariage, mon amour."

"Mais pourquoi considérez-vous Mme Pynsent comme des objets, maman ?" demanda Anna Maria alarmée.

"Oh, elle a l'impression stupide que j'ai fait des projets pour son fils, j'imagine. Maintenant, supposer que je recherche des gendres est une absurdité absolue. Je souhaite que mes enfants se marient bien, je l'avoue, mais non On déteste plus que moi la chasse à la fortune. Je considère qu'une mère manipulatrice est une nuisance dans la société et, par conséquent, l'idée de Mme Pynsent est ridicule, trop ridicule même pour être réfutée. Je vais amener votre père à faire une connaissance intime avec Sir Foster. Kerrison, Julia. Il est veuf, mais ses onze enfants ne gêneraient pas le confort de Clara : certains pourraient mourir et les autres pourraient être envoyés à l'école. Je ne crois pas un mot de ses coups de pied à ses domestiques ; si des rapports scandaleux étaient " On le croit, très peu d'entre nous pourraient échapper à l'infamie. Les serviteurs sont des créatures viles et détruiraient *n'importe quel* caractère. Sir Foster est un homme très bien, et ne doit pas être rejeté parce qu'il peut parfois se mettre en colère. Il y a de nombreuses provocations dans la vie, qui de temps en temps, cela fait fermenter un peu l'humeur d'un homme, mais qu'est-ce que cela signifierait pour Clara ? Tom Pynsent utilise quelques serments, peut-être inutiles, mais il ne veut rien dire ; son caractère est excellent : Sir Foster ne veut probablement rien dire de plus. J'inviterai sa fille aînée à Wetheral, quand vous serez tous partis ; en effet, j'aurai besoin de m'amuser ; mon moral sera assez déprimé quand ce jour mélancolique arrivera, mes chères filles.

La voix de Lady Wetheral tomba, et un profond soupir lui succéda : elle reprit bientôt, plus gaiement :

"Je considérerai ce jour comme un jour fier et heureux, qui me permet de vous donner deux des meilleurs hommes, après tout, mes amours. Ce sera ma gloire de vous voir unis à des hommes haut placés, excellents dans conduite, possédant les moyens de vous combler de luxe et de vous placer à la tête de magnifiques établissements. Si Clara formait une relation également riche, je mourrais en paix ; mais je ne peux que considérer Sir Foster Kerrison digne d'être parent de vous. S'il a onze enfants, il possède d'immenses propriétés dans trois comtés, et je dois réussir à amener Miss Kerrison à Wetheral. Je ne craindrais rien, si Clara voulait seulement garder son sang-froid ; mais je crains que sa fille rapporte des histoires à Ripley : cependant " Je m'en sortirai du mieux que je pourrai, car il faut faire quelque chose de mon côté. Bonne nuit, mes chères filles, j'espère que vous aurez des fils, et pas de filles, car vous ne pouvez pas connaître l'inquiétude d'une mère pour ses filles, elles dépendent tellement. entièrement en formant des établissements convenables : votre pauvre père ne se serait jamais intéressé à vous. Je crois qu'il serait parfaitement satisfait s'il vous considérait comme destinées à vivre désormais célibataires, regroupées dans un logement à Shrewsbury. Portez-vous bien, Anna Maria; et, à l'avenir, vous savez que je n'ai pas à interférer avec vos déplacements et vos déplacements.

Sa Seigneurie quitta la chambre, souriant avec complaisance au souvenir de sa ruse réussie ; et les sœurs restèrent ensemble, pour se réjouir et comparer leurs heureuses perspectives.

L'idée de Lady Wetheral sur l'objection de Mme Pynsent et sa colère éphémère mais violente ont été illustrées dans sa conduite, lorsque son fils a déclaré ses fiançailles avec Miss Wetheral, devant ses parents, le matin qui a suivi sa proposition.

"Maintenant, pendez-moi, Tom, si j'avais cru une telle chose de la bouche de quelqu'un d'autre que la vôtre. Ainsi , vous avez retiré un oiseau du nid de Wetheral, n'est-ce pas ? Vous avez été soigneusement traqué, Maître Tom."

" Sur ce point, " répondit son fils, " j'ai fait mon propre choix, et mon père n'a fait aucune objection quand... "

« Qui s'en soucie de ton père ? » interrompit Mme Pynsent ; "Il ne sait jamais de quoi il s'agit. Il dit 'oui' à tout, et en plus il ressemble à un imbécile .

Maintenant, vous pouvez épouser cette fille et prendre Hatton s'il vous plaît, mais je serai pendu si *je* la remarque ! Je suis sérieux, Maître Tom.

Tom Pynsent laissa la tempête se déchaîner, et Mme Pynsent poursuivit avec une colère accrue.

« Me laisser berner par cette femme, Wetheral, me rend fou ; mais je n'ai encore jamais vu cet homme, qui n'a pas été piégé par une femme astucieuse, malgré ses dents. Pendez-les en entier, et toi aussi, parce que tu es plus niais que ton père ! »

"Si j'étais un simplet", observa doucement M. Pynsent, "c'était en épousant une dame masculine."

" Sois pendu, Bobby ! Tu as proposé à toutes les filles que tu as rencontrées. J'étais ton cinquantième amour, et tu savais que Sally Hancock et moi-même aimions les choses hors du commun. Je te dis, Bobby : si Tom épouse une Wetheral, tu et je quitte le Shropshire. Je ne resterai pas dans le pays. Si je la rencontre, je roulerai dessus, Tom.

Tom Pynsent comprenait le caractère de sa mère et a agi en conséquence. Il l'assura de sa douleur en s'apercevant qu'elle n'aimait pas ce mariage ; mais, quel que soit le dégoût qu'elle pût éprouver à l'égard de la conduite de lady Wetheral, la fille n'était pas impliquée dans sa folie. "Quand," continua-t-il, "j'ai proposé à Julia Wetheral, *elle* m'a immédiatement refusé."

"Vous avez proposé à un autre d'entre eux !" s'écria Mme Pynsent, "et Bill Wycherly avait raison ! Vous avez été soufflé par un Wetheral, puis vous vous êtes tourné vers un autre ! Est-ce un vrai projet de loi ? Alors je vous demande simplement, si le simplet n'est pas une expression trop douce, Maître Tommy, pour une chose aussi pauvre que vous-même ? Je vous le demande seulement, si vous ne pensez pas que vous êtes un hibou aussi gentil que celui qui a jamais été recueilli par un groupe de femmes manœuvrantes ? Vous en entendrez assez, Tommy Pynsent ! et milord Ennismore sont deux garçons serrés qui doivent être dupés par ma dame. Ici, faites- moi place, afin que je puisse aller dire à ma sœur Hancock quel gentil garçon est devenu Maître Pynsent. Ne vous attendez jamais à ce que je m'approche de Wetheral. , Bobby. Je préférerais rendre visite au vieux Nick.

Mme Pynsent se jeta hors de la pièce avec un air de majesté offensée.

"Laissez votre mère tranquille, Tom", dit M. Pynsent alors que la porte se refermait sur sa dame indignée. "Laissez-la tranquille, et elle ne refusera pas longtemps son consentement. Quand elle aura confié son esprit à Sally Hancock et pétillé un peu, tout rentrera dans l'ordre."

Mme Pynsent commanda sa calèche et partit pour Lea Cottage, où sa sœur, veuve, résidait avec un très petit revenu. Mme Hancock était en train de raccommoder des bas, lorsque sa sœur apparut devant elle avec des traits enflammés.

"Bonjour, Pen, qu'est-ce qu'il y a maintenant ?" » s'écria Mme Hancock, continuant calmement son travail. « Qu'est-ce qu'il y a dans le vent, maintenant, Pen ?

"Je suis dans un joli pétrin, Sally Hancock ; que penses-tu que Tom est sur le point de faire ?"

"Va-t-il épouser notre nièce, Wycherly ? Ne le laisse pas épouser une cousine, Pen ; sois béni, ne le laisse pas épouser une cousine."

"Épouse une *cousine*, Sally ! J'aimerais que ce ne soit pas pire que d'épouser le jeune Pen. Il va m'apporter une des poupées de Lady Wetheral, et j'ai juré de ne pas la voir ni lui parler."

"Hoot toot, vous y réfléchirez mieux", répondit Mme Hancock en passant un bas à sa sœur. "Réparez-moi ça : il y a un trou dans le talon, aussi gros que mon pouce. Qu'ont-ils avec les Wetheral, Pen ? Ce sont de très belles filles et très bien nées."

"Ce n'est pas *cela* ", répondit Mme Pynsent en enfilant une aiguille et en prenant le bas offert. "Si vous saviez les efforts que ma dame a pris pour traquer Tom, vous vous béniriez, Sally Hancock."

" Peu importe, Pen. Notre mère n'a-t-elle pas fait la même chose avec nous ? N'ai-je pas épousé Hancock, malgré tout ce que les gens pouvaient dire ? — et n'avez-vous pas déclaré que vous auriez Bob Pynsent, même s'il l'était ? " fiancé à Patty Durham ?"

"Sally Hancock, tu te souviens des courses de Shrewsbury ?" s'écria Mme Pynsent, accablée de rire à cause de certains souvenirs passés.

"Quand nous nous sommes habillés pour effrayer Hancock et Pynsent ? oui, n'est-ce pas ?" s'exclama sa sœur, également amusée. « Vous souvenez-vous du visage de Hancock lorsque vous lui avez annoncé sa fortune ?

"Et tu te souviens que Pynsent a dit..."

Mme Pynsent n'en pouvait plus. Mille images du passé se pressaient devant sa vision, et les deux dames riaient immodérément de certains souvenirs évoqués par Mme Hancock, retombant sur des indiscrétions de jeunesse. La colère de Mme Pynsent envers son fils s'est déjà atténuée, alors qu'elle abordait des sujets si en accord avec ses sentiments, avec sa sœur. Le *tête-à-tête* dura un temps considérable, et les éclats de rire continuèrent, jusqu'à ce que l'achèvement du bas annonce qu'il était temps de se séparer. Mme Pynsent se prépara à déménager à contrecœur.

"Tu ne peux pas rester maintenant que tu es là ?" dit Mme Hancock.

"Ne me demandez pas, Sally Hancock. Je dois retourner à Hatton. Si vous et Hancock n'aviez pas dépensé vos biens en mangeant et en buvant, vous n'auriez pas été enfermé ici avec ce pied épouvantable, qui doit être votre mort. "

Mme Hancock montra son pied enflé . — "Oui, c'est un bel article, Pen. J'aimerais pouvoir le faire scier par le charpentier. Je n'y peux rien."

"Eh bien, Sally Hancock, si Tom se marie, tu dois venir au mariage ;" » remarqua Mme Pynsent d'une voix lugubre.

" Ma chérie, comment puis-je venir avec ce pied ? Un joli bibelot, n'est-ce pas, à présenter devant une mariée ? — Il y a un joli pied pour trébucher parmi les demoiselles d'honneur jusqu'à l'autel ! — Je ne suis digne que de Léa, Pen, mais tu peux tout me dire. »

Mme Pynsent leva son visage et ses yeux dans une expression comique d'étonnement, alors qu'elle contemplait le pied de sa sœur, voilé aux regards du public dans le renfoncement d'une grande chaussure.

"Eh bien, Sally Hancock, vous en avez donné un bon prix. Il y a une valeur de cent mille livres dans ce taudis de chaussure. Chaque sou a fondu dans vos estomacs. Cela vous ferait certainement sentir un jour."

« Nous ne pouvons pas manger notre gâteau et l'avoir », observa la joyeuse Mme Hancock ; "Mais *tout* n'a pas été dépensé en mangeant et en buvant. Hancock et moi avons perdu plus de la moitié au jeu. Tout n'a pas été dépensé en mangeant et en buvant, Pen. Le pauvre Hancock était très violent quand j'étais malchanceux, mais il n'y pensait pas." à propos de ses propres pertes.

"Vous l'auriez, Sally Hancock."

"Eh bien, j'étais aussi résolu que vous dans l'affaire Bob Pynsent, Pen; mais tous les Wycherly étaient un ensemble de rhum - ils devaient le faire, et ils auraient leur propre voie. Donnez à Tom le mérite d'une part du désordre familial et empochez l'argent. affront."

"Comme ma dame va vous harceler, vous complimenter et faire preuve de courtoisie !" frémit Mme Pynsent.

"Laissez tomber ma dame ! Quand est-ce que cela aura lieu ?"

"Oh, je ne sais pas ; j'étais dans une telle fureur que je n'ai posé aucune question."

"Dites à Tom que je le féliciterai s'il vient me voir." Mme Hancock cligna des yeux.

"Tom ne s'approchera jamais de vous tant que vous n'aurez pas arrêté vos grandes plaisanteries, Sally Hancock. J'aimerais que vous n'offensiez pas les gens de cette façon. Je ne peux pas vous poser de questions parmi mesdames et messieurs."

"Seigneur, Pen, comment puis-je abandonner mes vieilles habitudes à mon époque de la vie ?" Mme Hancock a mis son doigt sur son œil et a semblé innocente.

"Alors Bobby et Tom ne te rendront jamais visite, et ne me permettront jamais de t'inviter à Hatton pour plus d'une journée. C'est tout ce que tu obtiens grâce à tes vieilles habitudes, Sally Hancock."

"Tom est vraiment gentil ; je ne donnerais pas un sou pour un tel neveu."

"Je vais vous déranger de ne pas abuser de Tom, Sally Hancock", s'écria sa sœur, touchée sur un point des plus sensibles par cette remarque. "Tom a toujours raison, et sa mère le soutiendra toujours. Vous devez avoir un dialecte très distingué, quand deux messieurs ne peuvent pas s'asseoir confortablement dans votre société."

"Quand te reverrai-je ? ne me gronde pas, Pen ; je n'ai pas l'habitude de gronder, maintenant le pauvre Hancock est parti."

"Je viendrai voir Lea dès que les affaires de Tom seront réglées, mais ne insultez jamais Tom devant moi, Sally Hancock; vous savez que je ne peux pas le supporter. Tom se mariera aussi s'il le souhaite, et personne ne devra exprimer une opinion contre le match devant *moi* ."

"Ni avant moi non plus", s'écria Mme Hancock.

"Devant *toi* ! qui est jamais venu avant toi, sauf moi ?" » demanda Mme Pynsent en s'arrêtant net, alors qu'ils s'avançaient vers la porte à laquelle était garée la voiture à poneys.

"Oh ! Tomkins, le commis, vient discuter un peu, et la vieille gouvernante de Ripley a pris sa retraite ici, donc j'entends souvent les nouvelles. C'est un endroit très joyeux."

"N'effrayez pas le commis aux impôts, Sally Hancock."

" N'ayez crainte, Pen ; le commis n'est pas fait d'étoffes aussi délicates que mon neveu. "

Ainsi se termina l'entretien entre les sœurs ; et Mme Pynsent retourna à Hatton, résolue intérieurement à soutenir les souhaits de son fils et à offenser toute personne qui prétendrait réfléchir au fait qu'il ait pris un « Wetheral ».

CHAPITRE VIII.

La nouvelle d'un incident insignifiant circule rapidement dans un quartier ; mais les nouvelles de l'importation de mariages s'accélèrent avec une rapidité accrue dans tous les départements. Il fut bientôt connu de tous les membres de l'établissement que M. Pynsent avait été accepté par Miss Wetheral, et en moins de vingt-quatre heures, l'événement était généralement courant dans les cercles supérieurs de la connaissance de Wetheral. Séparés autant que l'étaient de nombreuses demeures les unes des autres par de grandes propriétés intermédiaires, il était merveilleux de voir comment l'intelligence pouvait faire des progrès aussi puissants, et pourtant cela fut publiquement annoncé comme un fait assuré le lendemain soir chez Lady Spottiswoode ; et l'extraordinaire bonne fortune de Lady Wetheral fut examinée dans tous ses détails.

La désapprobation publiquement exprimée par Mme Pynsent à l'égard d'une belle-fille de Wetheral fut commentée avec empressement, et de nombreux amis anxieux des deux partis considérèrent avec un mélange de curiosité et d'amusement les effets susceptibles d'émaner de Hatton. Miss Wycherly consentit à escorter un groupe pour une mission de félicitations auprès de sa tante Pynsent, et elle entreprit de conduire Lady Spottiswoode et sa fille à Hatton, accompagnées des deux M. Tyndal.

Ce fut une mauvaise journée pour Miss Wycherly. Depuis le bal mouvementé qui a donné lieu à la cause actuelle de sa visite projetée, M. Spottiswoode n'avait jamais repris le sujet qu'elle avait traité avec tant de légèreté, ni recherché sa société, son anxiété autrefois constante et sa pratique quotidienne invariable. Depuis ce bal mouvementé, si heureux dans ses résultats pour une partie, si sombre dans sa fin pour elle-même, depuis cette nuit, où son esprit téméraire l'avait tentée de plaisanter avec le désir sérieux de son amant de comprendre ses sentiments, M. Spottiswoode avait-il été un étranger à Lidham ; et Miss Wycherly avait persévéré de la manière la plus téméraire de flirter avec M. Henry Tyndal, pour manifester son indifférence à l'absence prolongée de M. Spottiswoode, et pour s'attirer, en fin de compte, le reproche d'avoir encouragé Henry Tyndal de manière peu généreuse et déshonorante. Son état d'esprit actuel envers M. Spottiswoode était une affection immuable , telle qu'elle n'en avait jamais ressentie envers lui ; et ceux dont elle était sûre qu'ils devraient toujours exister là-bas, même si ses propres lèvres avaient fait une brèche entre elles, en jouant avec son affection longuement exprimée.

Miss Wycherly sentit qu'elle s'était attirée sur elle les sentiments offensés d'un homme blessé, qui avait supporté tous ses caprices avec une patiente endurance ; elle sentait aussi qu'il y avait un moment où cette endurance devait et allait éclater de ses chaînes et affirmer sa liberté. L'esprit de M. Spottiswoode pouvait supporter un certain degré de désinvolture ; mais il ne supporterait pas de devenir le jouet d'une femme, de devenir une chose que la femme qu'il aimait oserait jeter par caprice et rappeler à volonté. Telle, Miss Wycherly le savait, n'était pas la nature de *son* amour, que son cœur désirait ardemment retrouver. Mais sa fierté – la fierté d'une femme qui ne veut pas plier son esprit en reconnaissant ses erreurs – persista à permettre à Henry Tyndal de la fréquenter en public ; et son faux raisonnement lui interdisait de paraître blessée par les conséquences de sa faute. Miss Wycherly ne pouvait compter que sur les circonstances pour l'aider à découvrir les véritables intentions de son amant offensé ; et, en prenant rendez-vous avec Lady Spottiswoode, elle espérait que les événements pourraient concourir à la rendre de nouveau dans les faveurs de son fils et à dissiper le nuage qui les séparait.

Dans cet état d'esprit et avec cet espoir de répandre des fleurs sur son chemin, Miss Wycherly conduisit ses quatre belles baies jusqu'à Shrewsbury et s'arrêta devant la maison de Lady Spottiswoode. M. Spottiswoode, accompagné des Tyndal, apparut à la porte du vestibule pour la recevoir ; et M. Spottiswoode exprima poliment, mais avec réserve de voix et de manières, l'espoir de Lady Spottiswoode qu'elle prendrait un rafraîchissement avant de se rendre à Hatton. C'était la première rencontre de Miss Wycherly avec son amant, depuis le malentendu qui avait eu lieu au bal de Lady Spottiswoode ; et son cœur se serra et se serra sous l'expression changée de sa voix et de ses manières. Elle confia les rênes au palefrenier et se prépara à obéir à la demande de Lady Spottiswoode. M. Henry Tyndal s'avança avec son frère pour offrir son aide, tandis que M. Spottiswoode restait sur les marches, comme une personne qui considérait que tout exigeait de sa part une attention particulière, était effectuée dans la transmission du message de sa mère. Miss Wycherly déclina la main offerte par M. Henry Tyndal et se rassit avec des sentiments mêlés de mortification et d'indignation. Rien ne pouvait plus la décider à descendre de la calèche.

"Ayez la bonté, M. Tyndal, de présenter mes excuses à Lady Spottiswoode. Je quitte rarement mon trône une fois exalté, et elle acceptera mes excuses. Insistez pour qu'elle et Miss Spottiswoode prennent leur temps. Je ne suis pas d'accord. rien de pressé."

Il semblait que M. Spottiswoode l'avait volontiers et pour toujours livrée aux attentions de M. Tyndal, car il parla à voix basse aux jeunes hommes et revint dans la maison.

« Très aimable garçon », s'écria Henry Tyndal ; "Il est venu lui-même avec votre message, donc je peux rester et admirer votre décor et vous-même. Sur mon âme, votre habit repose magnifiquement, n'est-ce pas, John ?"

"Je *vous ai supplié* de transmettre mon message", répondit Miss Wycherly, offensée et affligée par l'action de son amant. "Je voulais que *vous*, M. Tyndal, transmettiez mon message, pas M. Spottiswoode."

Henry Tyndal comprit mal et fut flatté par les reproches de Miss Wycherly. Il était assez clair à sa compréhension qu'elle était en colère contre Spottiswoode pour avoir osé prendre un message qui lui avait été délégué en tant que son serviteur régulier et encouragé.

" Oh, eh bien ! peu importe pour une fois, Miss Wycherly ; je pensais que Spottiswoode était très impatient de partir, sinon il n'aurait pas dû prendre ma place, je vous le promets. Non, non, pauvre garçon ! il est parti avant que je sache ce qu'il était sur le point. Sur mon âme, vos chevaux sont magnifiques.

Miss Wycherly n'a pas entendu l'observation de M. Tyndal ; son attention se portait exclusivement et péniblement sur la porte du vestibule, qui restait ouverte.

Lady Spottiswoode et sa fille apparurent.

"Ma chère Miss Wycherly, vous êtes la patience même", s'exclamèrent les deux dames.

"Je ne descends jamais de mon altitude", répondit Miss Wycherly; " mais vous avez l'air abandonné sans un amant quelconque ; si votre fils souhaite s'asseoir, Lady Spottiswoode, il y en a un de rechange. "

"Charles a dit qu'il avait l'intention de passer à Hatton", a déclaré Miss Spottiswoode, "et j'ose dire que ce serait vraiment un accommodement, à moins que ce ne soit le jour où il a promis de se rendre aux Farnborough. M. Tyndal, avant de monter à cheval , dites simplement à Charles qu'il y a de la place pour lui, avec la permission de Miss Wycherly, et demandez-lui pardon pour cette peine.

M. Henry Tyndal sauta de son cheval et se mit à obéir à sa demande. Miss Wycherly rassembla les rênes, mais ses mains tremblaient d'une curiosité anxieuse à l'idée de vérifier l'effet de l'appel. M. Henry Tyndal revint seul.

"Spottiswoode dit qu'il va à Hatton, mais il est engagé à s'y rendre avec le groupe de Farnborough. C'est un rendez-vous qui dure depuis quelques jours, dit-il, donc il ne peut pas venir ; le voici pour répondre de lui-même."

M. Charles Spottiswoode semblait équipé pour monter à cheval, mais il s'excusa auprès de Miss Wycherly avec beaucoup de politesse – un style de manière si blessant pour son objet, si insupportablement irritant pour un esprit qui se reproche, mais qui est fier. Le visage de Miss Wycherly devint rouge.

" Je suis engagé à me rendre à Hatton avec Lord Farnborough et sa fille ", poursuivit M. Spottiswoode : " Lady Anna m'a ordonné de la soigner il y a quelque temps, et Madame ne manque jamais à sa parole, je ne dois donc pas lui permettre de me faire des reproches. avec le plus offensant de tous les défauts, celui des attentes trompeuses. Sophie, tu es toutes les couleurs de l'arc-en-ciel.

« Peu importe, Charles, » répondit Miss Spottiswoode, souriant avec bonhomie à cette remarque ; " Si je mélange trop fortement le rose et le vert à votre goût, faites des remontrances à Lady Anna Herbert ; elle porte *trois* couleurs ; peut-être que votre opinion aura quelque poids sur elle. Je suis, vous savez, incorrigible. "

"Est-ce que Lady Anna possédera plus de sens que son sexe ?" » a demandé M. Spottiswoode. "Va-t-elle renoncer à trois teintes préférées pour plaire ?"

" Pour *vous plaire*, Charles, j'ose dire que Lady Anna renoncerait à ses couleurs chéries : violet, jaune et vert. Mon cher rose et vert peuvent-ils être à moitié aussi *prononcés* ? Miss Wycherly, parlez pour moi ! Charles soutient toujours les effrayantes paroles de Lady Anna. combinaison."

"Je n'ai pas soutenu Lady Anna, Sophy."

"Oui, tu le fais toujours, Charles. Tout est Lady Anna maintenant."

L'esprit de Miss Wycherly n'en pouvait plus ; elle se tourna vers Lady Spottiswoode.

"Nous sommes embarqués dans cette entreprise, et le temps est précieux. Si Sophie a réglé son intéressant sujet, puis-je me rendre à Hatton ? M. Tyndal, M. Henry Tyndal, vous ne devez pas nous perdre de vue ; allons-nous continuer ?"

La dame était parfaitement prête à renoncer à la conversation ; les M. Tyndals étaient déjà montés, et M. Spottiswoode leur fit ses adieux. Miss Wycherly ne paraîtrait pas mortifiée et malheureuse ; elle répondit au salut de son amant avec un salut et un sourire qui égalait le sien en apparente indifférence ; et le groupe fut rapidement en route. Miss Wycherly, en tant que conducteur de char, avait toute son attention, et elle resta silencieuse pendant le trajet : son cœur était lourd ; et la crainte d'avoir perdu l'affection de Spottiswoode alourdit son moral et produisit une douleur mortelle. Telle était la conséquence d'une faute persistée, car un faux orgueil ne pouvait supporter d'avouer sa transgression ! Telle était la souffrance produite par un cœur résolu à perdre l'homme bien-aimé, avant de se plier à la reconnaissance de sa faiblesse !

Miss Wycherly oublia, dans sa propre misère, l'amusement qu'elle contemplait en observant la conduite de sa tante Pynsent, lorsqu'elle recevait les visites de félicitations pour le projet de mariage de son fils. Dans sa misère aussi, elle ne reconnut pas immédiatement Tom Pynsent et Miss Wetheral confortablement installés dans le salon Hatton ; ou bien a-t-elle, pendant quelques instants, aperçu les Ennismore et Julia également présents ; tandis que M. Pynsent, souriant et de bonne humeur, causait tour à tour avec les individus composant le cercle et appelait les félicitations de chacun pour l'événement en perspective.

Lady Spottiswoode regarda avec étonnement ce changement soudain et puissant : qui aurait pu supposer que les « vides et horribles Wetherals » allaient maintenant recevoir mille attentions et sollicitudes affectueuses de Mme Pynsent ! – que « l'oiseau du nid de Wetheral » était être attiré dans sa cage dorée par tous les doux leurres que Mme Pynsent pouvait imaginer ! — ce doux devait désormais être amer, et le doux amer ! Lady Spottiswoode regarda, et regarda encore.

"Eh bien, vous êtes tous venus me dire de jolies choses", dit Mme Pynsent en s'adressant au groupe nouvellement arrivé, "et vous êtes tous frappés par la lune ! - pas un mot de l'un de vous : eh bien, Pen, vous êtes tous "Eh bien, les gars de Tyndal, qu'avez-vous à dire ? Me voici, plein d'agitation et de bonheur. Tom va enfin se marier, et il a rendu sa vieille mère heureuse. Nous sommes tous heureux. Je dis à Bobby qu'il devrait se jeter et adorer Miss Wetheral pour avoir emmené Tom... mais ici, venez par ici, Lady Spottiswoode. Mme Pynsent baissa la voix. — « Je n'aimais pas beaucoup l'idée d'un Wetheral, autrefois, vous vous en souvenez ; mais c'est fini, nous ne nous souviendrons plus des vieux griefs.

« Certainement pas, répondit Madame ; on a souvent des raisons de rejeter des opinions. »

"Bien sûr, on ne peut pas toujours insister sur une seule corde." Elle se tourna vers sa nièce.

"Eh bien, tu as l'air d'avoir perdu ton amour. Qu'y a-t-il, femme ? — courage. Trouve-toi un bon mari, Pen ; et ne fais pas ce genre de visites avec un visage si long !"

Miss Wycherly ne pouvait pas commander une partie des esprits toujours prêts qui ne lui avaient jamais fait défaut auparavant ; son esprit était trop oppressé, même pour faire un effort. Les observations de sa tante passèrent inaperçues ou inaperçues, alors qu'elle se tournait vers son cousin Tom, qui s'approchait, rouge et heureux, pour lui demander ses félicitations.

"Très bien, enfin, Cousin Pen : toutes les peurs et toutes les tribulations sont terminées. Il n'y a rien de tel qu'une relation équitable, et j'ai gagné une femme, après une course diabolique, bien que courte. Maintenant, dites quelque chose à votre manière sur cela, cousin Pen ; quelque chose, comme Spottiswoode le dit de vous, de vif, de court et de sensé. »

Miss Wycherly porta la main à ses yeux et, pendant quelques instants, elle ne répondit rien. Tom Pynsent croyait que le tremblement de ses mains provenait de la fatigue.

" Je vous l'ai dit, cousin Pen, une femme ne doit pas conduire à quatre mains ; c'est quelque chose d'irraisonnable. Un couple est très joli à manier ; mais votre petite silhouette juchée sur un box, avec quatre chevaux, ne répond pas. . Vos mains sont toutes tremblantes, maintenant.

"Laissez Pen tranquille, Tom", dit Mme Pynsent. "Ma nièce est une Wycherly, et les Wycherly n'ont jamais cédé jusqu'à ce qu'ils soient assez sous terre."

" Je suis malade, ma tante ; très malade... un verre d'eau ; n'importe quoi pour me ranimer ; mon cœur éclate. " Miss Wycherly devint incapable de parler, et la compagnie l'entoura, lui offrant toutes sortes de condoléances et de remèdes. On lui procura un verre d'eau, et le breuvage froid et pétillant la rafraîchit. Elle sentait qu'il fallait faire un effort ; et cela a été fait malgré une maladie de cœur et une prostration d'esprit, mais l'effort a eu un effet bénéfique, car il a réveillé la victime d'un sentiment de misère dévastateur au souvenir des événements présents, et elle a été capable de sourire et de parler à son cousin. avec une certaine cohérence.

"Tom, je te souhaite du bonheur, et je suppose que je suis fatigué, car j'ai parcouru quatorze milles, mais je n'ai jamais été aussi malade auparavant."

"Vous êtes malade", observa Julia Wetheral, qui s'était assise près de Miss Wycherly: "ce doit être quelque chose d'extraordinaire qui pourrait *vous vaincre*, Penelope. Vous avez dû ressentir une fatigue d'esprit et de corps avec ces chevaux gais."

Miss Wycherly essaya de formuler une réponse enjouée, mais un flot de larmes jaillit.

"Ne me dis rien, maintenant, Julia, laisse-moi me taire parfaitement pendant un quart d'heure, et je récupérerai."

Tout le monde retourna à sa place précédente, sauf Julia, qui resta silencieusement aux côtés de Miss Wycherly, et la compagnie reprit sa conversation interrompue. Mme Pynsent avait ses pensées privées concernant la maladie soudaine de sa nièce, qu'elle murmurait à Lady Ennismore.

"Pen n'est jamais malade et ne se lasse jamais de conduire - elle conduisait un six en main et en riait. J'espère que Pen n'a pas pris goût à Tom : ma sœur Hancock n'a jamais pu supporter l'idée que des cousins se marient. "

Lady Ennismore sourit gracieusement. — « Vous êtes plus perspicace, Mme Pynsent, que moi : vous avez sans doute d'excellentes raisons pour vos suppositions.

" Seigneur, je ne suppose jamais rien, Lady Ennismore , ni ne vois quoi que ce soit avant que tout soit fini ; seule la maladie de Pen, en ce moment, semble étrange. S'il ne s'agissait pas de Tom, je ne peux pas imaginer la cause du petit chagrin de Pen. s'évanouir, juste au moment où elle devait le féliciter de ses fiançailles ! Je suis sûr que Pen ne s'évanouirait jamais pour une bagatelle ; et, quant à sa conduite, c'est tout mon œil : mon frère Bill l'a mise sur la voiture dès qu'elle Pourrait marcher."

"Peut-être s'agit-il d'une agitation mentale d'un autre genre", remarqua doucement Lady Ennismore.

" Caca, caca ! — Pen n'a aucune agitation mentale, Lady Ennismore. Qu'est-ce qui pourrait lui faire de s'évanouir à propos de quoi que ce soit, si ce n'était pas le mariage de Tom ? Ma sœur Hancock a toujours eu horreur de leur mariage, seulement je n'y ai pas pensé . .— Comment pouvais-je imaginer que Pen aimait Tom, alors qu'elle était toujours avec Charles Spottiswoode ?

Lady Ennismore parut poliment convaincue, par le raisonnement de son compagnon, que le malaise de miss Wycherly provenait de l'insensibilité de sa cousine à son attachement, lorsque la porte s'ouvrit grande pour annoncer lord Farnborough et lady Anna Herbert. Miss Wycherly jeta un œil alarmé vers le hall. Lord Farnborough s'avança majestueusement, sa fille sous le bras, et M. Spottiswoode les suivit trop sûrement. Elle commença : « Julia, je ne peux pas rester ici ; suis-moi dans la bibliothèque.

Les deux dames disparurent dans le petit tumulte d'une nouvelle réception, et lady Ennismore observa seule leur sortie rapide. Miss Wycherly ferma la porte de la bibliothèque pour se garantir de toute interruption ou intrusion ; elle ôta alors son chapeau, et, s'asseyant à la table de la bibliothèque, elle appuya sa tête sur ses mains, tandis que les larmes coulaient abondamment sur ses joues. « Julia, dit-elle, Julia, je ne peux pas supporter cela ; je l'ai perdu et mon cœur va se briser.

Julia s'assit en face de son compagnon et lui offrit vainement une consolation.

"N'essayez pas de me consoler, Julia", sanglota la pauvre Miss Wycherly.

"Je suis au-delà de toute consolation. La créature n'a jamais rendu visite à Lidham depuis cette abominable nuit chez Lady Spottiswoode, et maintenant il se cabre après Lady Anna Herbert. Oh, Julia, si vous pouviez comprendre la misère que je ressens!"

"Ma chère Pénélope, je crains que vous n'ayez jamais avoué votre faute à Charles Spottiswoode, à cause de tout ce chagrin. Avez-vous essayé de le voir ou lui avez-vous écrit depuis votre dispute ?"

Le sang Wycherly se précipita jusqu'au front de Pénélope. Elle releva la tête et essuya ses larmes.

"Qui ! *Je* demande docilement pardon à Spottiswoode ! *Je* demande méchamment pardon à un homme qui a été mon esclave jusqu'à ce que cette Lady Anna l'ait attiré ! *Je* lui dis de retourner à Lidham, parce que je ne peux pas vivre sans lui ! Je mourrai dix mille morts, avant de souiller mes lèvres en implorant pardon ! »

— Mais, Pénélope, tu n'es pas réduite à implorer pardon, répondit Julia avec un accent apaisant. "Il ne vous est pas conseillé d'agir d'une manière dégradante pour vos sentiments. N'avez-vous pas plaisanté de la manière la plus peu généreuse avec M. Spottiswoode lors de votre dernière réunion, et lui avez-vous fait une avance depuis lors, pour lui prouver que vous plaisantiez?"

Miss Wycherly baissa de nouveau la tête sur ses mains et répondit : « Il ne m'a donné aucune occasion de le faire, Julia : depuis cette soirée, il s'est consacré aux Farnborough.

"Et vous avez été également dévouée aux Tyndals, Penelope. N'avez-vous pas fait d'Henry Tyndal votre ombre ?"

"Une superbe cuillère !" » éjacula Miss Wycherly.

« Mettez fin à tout cela », reprit Julia, « et donnez à M. Spottiswoode des raisons de penser que vous regrettez votre conduite injuste ; refusez la présence constante d'Henry Tyndal et ne vous imposez pas les reproches de la cour à Herbert. Vous encouragez Henry Tyndal ; Penelope et M. Spottiswoode doivent s'en rendre compte.

" Je sais que j'ai mal agi, Julia, mais tout est allé trop loin ; je ne peux pas, je ne peux pas me soumettre au mépris de Spottiswoode ; il ne me pardonnera jamais, et je ne supporterai jamais l'indignité de chercher une réconciliation désespérée. Si j'ai subi les attentions d'Henry Tyndal, *il* a recherché Lady Anna Herbert. Non, nous sommes divisés pour toujours !

L'idée d'une séparation définitive d'avec l'affection de son amant semblait produire une agonie d'esprit trop puissante pour être supportée, car Miss Wycherly, se levant brusquement, saisit les mains de Julia et la regarda sérieusement en face.

" Julia Wetheral, j'agirai selon vos conseils, dites-moi seulement quoi faire, si quelque chose maintenant peut restaurer son cœur ; je suis assez misérable pour me soumettre à autre chose que la dégradation de rechercher l'affection éteinte d'un homme ! Vous ne le ferez pas. Si tu veux que je fasse une mauvaise chose, Julia, pense donc pour moi et calme mon cœur.

« Je *vais* vous dire quoi faire, Pénélope ; revenez avec moi au salon ; ne prêtez pas votre attention à M. Henry Tyndal, et ne paraissez pas si indifférente envers un homme que vous avez chassé de vous avec méchanceté.

"Julia," répondit Miss Wycherly, respirant fort, "je ne peux pas supporter de voir Spottiswoode avec une autre personne. Je ne peux pas être témoin de l'attention qu'il porte à Lady Anna. Je resterai ici jusqu'à ce qu'ils *soient* partis, ou je devrais mourir sur le coup. Si vous Je pourrais comprendre mes misérables sentiments, vous me plaindriez, et ma propre folie les a produits ! »

Miss Wycherly se promenait dans la bibliothèque dans une grande détresse, ce qui transperçait le cœur de son amie. Elle ne pouvait qu'offrir sa sympathie et lui demander de changer de manière envers M. Tyndal. Le chagrin produit de nombreux effets ; sur certains esprits, la main du chagrin tombe lourdement, mais elle engendre la patience et la douceur ; chez d'autres, elle produit de l'irritation et une violence accrue de l'humeur. Il en fut ainsi de Miss Wycherly, dont l'esprit s'irritait au souvenir de sa propre folie, et attaquait même les conseils prudents de son amie.

« Je vous le dis, Julia, je suis prêt à repousser les Tyndals loin de mes yeux ; car qui peut les mépriser plus que moi ? Je connais bien mon erreur, sans exiger que personne accumule mes transgressions sous mes yeux à chaque instant. Le reproche ne guérit jamais une blessure.

« Je ne parle pas de reproche, Pénélope, » répondit Julia avec un accent qui surmonta le caractère colérique de Miss Wycherly ; "Je vous indique seulement les moyens de vous servir, parce que vous me l'avez demandé."

« N'écoutez pas mes paroles, Julia », s'est exclamée Miss Wycherly, continuant sa marche agitée dans la bibliothèque ; "Je parle avec une amère misère et je ne sais pas ce que je dis. Ne me quitte pas, car je sais que tu es gentille et que tu n'as pas envie de t'offenser, et je suis presque fou de vexation. Dis-moi quoi faire, Julia, et Je jure d'être guidé par toi.

"Je répète donc mes paroles, Penelope. Revenez avec moi dans le salon; n'accordez pas toute votre attention à M. Henry Tyndal, et supportez l'attention de M. Spottiswoode sur Lady Anna: cela ne durera pas longtemps."

"Oh, Julia !" soupira Miss Wycherly, si seulement je pouvais vous considérer comme un vrai prophète... mais je ferai ce que vous voudrez ; j'essaierai de supporter la vue de Lady Anna, mais cette idée me donne un frisson. Voyez comme je tremble."

"Tu trembles, Pénélope, mais un effort déterminé parviendra à l'apprivoiser."

Julia frotta les mains de Miss Wycherly, qui étaient mortellement froides, et remit son chapeau, tandis que la pauvre fille était assise, tremblante et incapable de s'aider elle-même. Julia lissa aussi les boucles qui tombaient en abondance sur ses joues pâles. "Et maintenant, Pénélope, prends mon bras et faisons un tour régulier dans la pièce pour tester tes pouvoirs."

Miss Wycherly prit le bras offert à Julia et se dirigea vers la porte. « Allons tout de suite au salon, dit-elle. "Avec vous, j'ai cédé, parce que je suis assuré de votre sympathie et de votre secret; mais à aucun autre œil je ne trahirai mon repentir ou mon chagrin. Je peux avoir l'air malade - je suis malade - mais personne ne dira que Penelope Wycherly se languit de Charles Spottiswoode."

Le sentiment de Miss Wycherly agissait immédiatement sur ses nerfs et sur ses manières : personne ne pouvait supposer qu'elle venait de souffrir d'une forte crise nerveuse, à l'air recueilli de son entrée dans la société. Ce n'était que son teint pâle et son attitude calme qui trahissaient une maladie récente à ses amis ; et Mme Pynsent, convaincue que sa nièce ne pourrait jamais lutter contre sa déception envers Tom, lui offrit chaque petite attention apaisante et la fit même asseoir là où elle ne pouvait pas observer sa cousine, toujours en conversation avec Anna Maria : sa chaise était placée près de la fenêtre. , juste en face de M. Spottiswoode et Lady Anna Herbert.

"Là, Pen, ma chérie, l'air te rafraîchira ; mais tu as été trop loin, j'ose dire : là, regarde droit devant toi et ne te retourne pas."

Lady Anna Herbert a prononcé un discours très poli, espérant que Miss Wycherly n'avait pas été gravement malade, et Miss Wycherly a traversé les formes de reconnaissance avec Madame avec une grande présence d'esprit. M. Spottiswoode s'inclina légèrement ; mais il ne lui parla pas et ne se joignit pas à la courte conversation qui s'ensuivit entre les dames. Miss Wycherly se tut et lutta visiblement, aux yeux de Julia, pour trouver la résolution de supporter la scène. Lady Ennismore interrompit la réunion en commandant sa voiture, et la situation de Miss Wycherly devint alors oppressante. Tom Pynsent s'avança vers son cousin avec un air intéressé. "Cousin Pen, je vais reconduire votre voiture à la maison, car Miss Julia Wetheral dit que vous n'êtes pas apte à tenir les rênes, et je le pense aussi."

Lady Spottiswoode et sa fille supplièrent Miss Wycherly de permettre à M. Pynsent de prendre sa place et de renoncer à l'idée de conduire.

"L'air me ranimera", dit Miss Wycherly, ses lèvres tremblantes en parlant. "Je suis fatigué, je crois, et je laisserai volontiers Tom conduire ; mais je ne peux pas m'asseoir dans la voiture. Je dois être en l'air."

Mme Pynsent compatissait pour sa nièce, et elle résolut de lui éviter de souffrir la détresse de rester assise quelques heures aux côtés de Tom, qui était maintenant pour ainsi dire marié à Miss Wetheral. Elle a postulé auprès de M. Spottiswoode.

" Tiens, Charley, ne peux-tu pas reconduire les dames à la maison ? Tout est sur ton chemin, tu sais, et tout à fait hors de celui de Tom. Supposons que tu conduises ton groupe à Shrewsbury, et que Pen se rende elle-même à Lidham ; la distance est d'un kilomètre. bagatelle de Shrewsbury."

M. Spottiswoode se montra prêt à assumer la fonction de cocher, si Miss Wycherly approuvait son talent : Miss Wycherly saisit cette dernière occasion de voir et de parler à son amant perdu : elle se leva de sa chaise et se rassit .

"Je serai heureux si tu... oui." Pas un mot de plus ne pouvait sortir de ses lèvres, même si elle essayait d'articuler. M. Spottiswoode regarda sérieusement son visage pâle et parut frappé par son agitation. Le cœur de Mme Pynsent était troublé par sa pauvre nièce, Pen.

"Cet arrangement fera l'affaire, les garçons. Tom, montrez simplement à Miss Wetheral la nouvelle photo dans le bureau avant qu'elle parte, et Charley, le palefrenier de Miss Wycherly montera à cheval. Je dirai à Bill Wycherly qu'il devrait envoyer le cocher avec Pen, pas un compagnon de palefrenier."

Lord Farnborough et sa fille se levèrent pour prendre congé. Il parut à l'œil jaloux de Miss Wycherly que Lady Anna parlait en riant à M. Spottiswoode au sujet de sa nouvelle vocation, mais elle ne pouvait saisir les mots, ni sa réponse : Lady Anna lui fit une révérence en passant alors qu'elle rejoignait Lord Farnborough : et ils étaient partis quand elle s'effondra passivement sur un canapé à côté de Julia, épuisée par ses efforts. "Julia, ce jour décide de mon destin : je suis plus faible qu'un enfant."

M. Henry Tyndal s'approcha d'eux pour leur exprimer ses regrets de la fatigue de Miss Wycherly : elle ferma les yeux et se détourna de lui avec dégoût, s'écriant brusquement :

"Je souhaite être tranquille et seul, M. Tyndal."

"Je suis heureux que vous ne reveniez pas", a persévéré Henry Tyndal; "J'ose dire que Spottiswoode vous conduira très bien ; il est très doué pour les rubans. Je suis sûr que je vous conduirais avec le plus grand plaisir du monde, Miss Wycherly, mais je ne suis pas doué pour conduire. Je Je suis heureux, cependant, de monter à côté de votre voiture : vous monterez à l'intérieur, bien sûr : j'espère... je vous prie de monter à l'intérieur.

Miss Wycherly jeta un regard furieux à l'homme avec lequel elle avait été si intime pendant plusieurs jours et qu'elle avait permis d'être constamment à ses côtés.

"Je n'ai besoin de l'opinion de personne, M. Tyndal, pour régler mes actions, et je serai obligé de vous retirer de devant moi."

"Je crains que Miss Wycherly ne soit très malade", dit Henry Tyndal en regardant Julia avec curiosité. « Que pouvons-nous faire pour elle, Miss Wetheral ?

"Pour l'amour du ciel, laissez-moi !" s'écria Miss Wycherly, perdant toute patience à l'idée qu'il se mît dans ses arrangements ; "Je ne serai pas ennuyé par votre stupidité obstinée."

« Stupide, Miss Wetheral ! Maintenant, que peut vouloir dire Miss Wycherly par stupidité, alors que j'ai si peur qu'elle rentre chez elle en voiture ? »

Julia vit le teint de son amie se ranimer, et son œil s'éclairer de mille feux : dans un instant, un torrent devait submerger le malheureux Henry Tyndal ; mais, comme pour prouver son aveuglement complet, il mit lui-même le pied dans le précipice en lui proposant de lui prendre la main. Miss Wycherly sentit l'étendue de son imprudence, en subissant par ses effets la fréquentation d'un homme qu'elle n'avait jamais eu l'intention d'épouser ; mais la raison, à ce moment-là, ne faisait pas comprendre à son esprit impatient que la faute n'en était qu'à elle. Toutes les suggestions de la raison étaient dominées par la colère, car les yeux de Charles Spottiswoode étaient fixés sur elle et il avait été témoin de l'action. Miss Wycherly repoussa la main d'Henry Tyndal et se leva de son siège en répondant avec une grande impétuosité :

« Si jamais vous osez m'approcher avec familiarité, je vous dirai à quel point j'abhorre l'insolence et je ressens l'affront. Comment osez-vous essayer de me toucher, M. Tyndal ?

M. Tyndal était offensé, mais il n'avait jamais imaginé qu'une insulte et une insolence pouvaient être impliquées dans son mouvement bien intentionné : il resta donc silencieux et boudeur pendant quelques instants. Miss Wycherly le dépassa et prit place entre Lady Spottiswoode et sa tante. Mme Pynsent était heureuse de constater que son fils était toujours absent , et son inquiétude était sincère, en s'efforçant d'éloigner sa nièce de Hatton et d'empêcher la réapparition de Tom : elle était sûre que Sally Hancock penserait avec elle que, une fois Tom marié , Pen n'y penserait plus. Le départ de Lady Ennismore a détruit tous ses plans pour la tranquillité d'esprit de Penelope ; car Miss Wetheral fut rappelée de la contemplation du nouveau tableau, et là où menaient ses pas de fée, Tom Pynsent suivit. Ce fut en vain que Mme Pynsent s'affairait autour de sa nièce et la recommandait aux soins de M. Spottiswoode ; La première étape de Tom fut d'amener Anna Maria chez son cousin.

"Nous avons à peine parlé ensemble, n'est-ce pas, Pen, dans cette maudite agitation ? mais voici ma petite femme, viens vous demander comment vous allez, et vous dire que vous devez toujours être heureux de nous voir à Lidham, quand vous vous installez avec vous. sais qui. » Tom regarda Henry Tyndal d'un air entendu.

"Nous avons toujours été de bons amis, Pénélope, et une relation plus étroite ne nous désunira pas", a déclaré Anna Maria en se serrant la main. Tom Pynsent, infiniment trop heureux pour rester immobile, repartit avec son prix, et Miss Wycherly resta chez les Spottiswoodes. M. Charles Spottiswoode accordait toute son attention à quelques gravures en couleur sur des sujets de chasse, lorsque Mme Pynsent l'appela.

"Tiens, Charley, ton groupe t'attend, et tu es assis abasourdi, comme un amant ensorcelé. Pen, à qui penses-tu que Charley pense ? Qui est de loin sur sa route vers Farnborough Stacey, Charley ? "

M. Spottiswoode rangea précipitamment les empreintes ; et Miss Wycherly sombrait rapidement dans la dépression qui suit un effort de toute sorte, lorsque Tom Pynsent revint, en pleine forme, après avoir aidé le groupe Wetheral à monter dans leur voiture. Il s'est envolé vers Miss Wycherly.

« Cousin Pen, ma petite femme m'ordonne de dîner à Wetheral aujourd'hui, alors je veillerai à ce que vous soyez correctement emballé sous la garde de Spottiswoode : c'est une très bonne chose que Spottiswoode soit là, sinon j'aurais dû vous reconduire chez vous dans une immense passion de rester là. " Mon chemin. Viens par ici, Pen, ma petite femme t'envoie un message, et sa sœur aussi : je dois leur dire comme un profond secret. "

"Tu seras pendu, Tom, avec ton secret !" » dit sa mère, « et n'empêche pas Pen de sa fête.

Tom Pynsent entraîna Miss Wycherly dans la grande baie vitrée, malgré l'opposition.

« Je ne comprends pas encore les manières des femmes, Pen, mais ma petite femme m'a ordonné de dire ces mots : « Sois ferme ; et sa sœur m'a demandé de dire : « Tout doit bien finir, si on est patient. Maintenant, diable, puis-je comprendre le sens de l'une ou l'autre phrase, n'est-ce pas ? »

"Oui, je comprends, Tom ; et dis-leur ce soir pour réponse : 'Amen'."

« Vous êtes tous un paquet d'énigmes, Pen ; qu'est-ce que « amen » a à voir avec vos affaires. Je dis, Pen, qu'est-ce que tout ça avec Spottiswoode ? »

Miss Wycherly essaya de répondre à la question de sa cousine avec légèreté, mais elle fondit en larmes.

"Oh, ho, c'est ça, Pen, n'est-ce pas ?" Tom Pynsent prononça les mots lentement, comme s'il s'était progressivement éveillé à une nouvelle idée. "Tout doit bien finir, soyez ferme et amen. Je vois quelque chose maintenant, par Jupiter."

Sa cousine ne répondit rien, mais les larmes coulaient sur ses joues. Tom Pynsent était désolé pour elle et il passa son bras autour de sa taille, pour adapter l'action à la parole.

" Peu importe, Pen ; si vous vous êtes disputé, touchez votre petit ami avec un peu de sucre candi pendant que vous allez à Shrewsbury. Lancez-le doucement, Pen, et Spottiswoode tournera comme le tournesol. Ne pleurez pas, cousin Pen, ça me rend triste... bon sang, ne pleure pas !"

Mme Pynsent a éprouvé une anxiété considérable lors du *tête-à-tête* , mais, lorsque son fils est devenu tendre, son intervention est devenue impérative.

"Tommy, pourquoi serrez-vous votre cousin là, alors que vous êtes sur le point de vous marier ? Les secrets sont des choses mal élevées, maître Tommy."

La détresse de Miss Wycherly devint apparente et elle ouvrit la fenêtre ; sa cousine, avec bonne humeur et maladresse, s'efforçait de la cacher à l'observation, en lui montrant les beautés du paysage.

"Voilà, Pen, sont les arbres dont j'ai parlé (éclaircissez et séchez vos yeux, Pen) et mon père parle de les planter sur cette colline (ne laissez personne deviner que vous êtes déprimé, Pen). Je pense que je le préfère tel qu'il est actuellement. Spottiswoode, Tyndal, donnez-moi votre avis.

Les messieurs furent bientôt occupés à discuter de l'opportunité de planter ou de ne pas planter une belle houle dans le parc, chacun argumentant sur ses opinions, permettant à Miss Wycherly de retrouver un certain degré de sang-froid ; et, lorsque son équipage bien équipé se dirigea vers la porte, elle put faire ses adieux avec un calme passable. Tom Pynsent offrit son bras à Lady Spottiswoode.

"Maintenant, ma dame, trois messieurs ne peuvent pas se couper en deux, alors je vais m'occuper de vous pendant qu'ils se battent pour votre fille et Pen."

M. Spottiswoode resta indécis un instant, mais les M. Tyndal prirent possession de Miss Spottiswoode ; aucun de ces messieurs n'a approché Miss Wycherly. M. Spottiswoode fut, bien entendu, obligé de la conduire à la voiture, mais cela se passa dans un profond silence. Tom Pynsent, désormais conscient de l'état d'esprit de sa cousine, gérait tout pour elle.

"Voilà, mesdames, vous êtes à l'aise. Pen, laissez-moi *vous installer* confortablement sur votre trône."

Mme Pynsent a crié depuis la fenêtre du salon : « Je dis, Tom, mets Pen à l'intérieur !

Tom Pynsent, cependant, assit sa cousine en toute sécurité sur le « trône », comme elle avait toujours désigné la loge, et M. Spottiswoode prit place à ses côtés ; les M. Tyndal montèrent également à cheval et s'en allèrent.

M. Spottiswoode fit une pause pour admettre que Tom Pynsent avait soigneusement arrangé la cape de son cousin, mais Mme Pynsent cria de nouveau par la fenêtre :

"Je dis, Tom, tu arriveras trop tard pour Wetheral!"

Tom Pynsent remarqua les exclamations de sa mère par un mouvement brusque du coude, et resta jusqu'à ce qu'il ait tout réglé avec précision. Il serra alors avec force la main de son cousin et descendit sur les marches de la porte. "Tout va bien, Spottiswoode."

La voiture fut bientôt perdue derrière la butte qui avait fait l'objet de disputes.

Les M. Tyndal ne parurent plus à côté de la voiture, et un long silence fut rompu par une remarque de M. Spottiswoode.

"Je me demande si nous ne voyons rien des Tyndals."

Miss Wycherly répondit, à moitié hésitante : « Je crois avoir offensé M. Henry Tyndal.

« Cela doit être regretté », fut la réponse de M. Spottiswoode, et un second silence s'ensuivit ; le reste de la promenade s'est déroulé sans un mot de part et d'autre. Lady Spottiswoode pressa miss Wycherly de rester avec eux et de dîner ; mais le cœur de Pénélope était trop mal à l'aise pour accepter son hospitalité. Son visage pâle et sa voix pressée implorant des excuses parlaient plus puissamment que les mots ne pourraient le faire, et ses amis s'abstinrent de l'obliger à obéir. M. Spottiswoode tenait toujours les rênes et ne manifestait aucune intention de quitter la boîte. Miss Wycherly n'osa pas croiser son regard, alors qu'elle le remerciait pour la peine qu'il s'était donnée.

"Vous ne devez pas encore me rendre grâce, car ma tâche n'est pas terminée", répondit M. Spottiswoode, "je vous conduirai sain et sauf à Lidham."

"Priez, pas pour le monde !" s'écria miss Wycherly, fixant ses yeux sur sa compagne, dans l'énergie de parler ; Le visage de M. Spottiswoode avait une expression douce et un sourire frémit sur ses lèvres, mais il s'enfuit à son exclamation et ses manières reprirent leur réserve. Elle se souvenait de l'ordre de Julia d'être douce ; elle se souvenait de la recommandation de son cousin de « se lancer en douceur » ; elle aperçut aussi M. Henry Tyndal promenant son cheval au loin.

"Oui, oui, Charles Spottiswoode, continuez et conduisez vite, n'attendez personne !"

"Pas pour Tyndal ?" » demanda M. Spottiswoode d'un ton provocant.

"Pas pour un être humain, continuez, je vous en supplie !"

M. Spottiswoode obéit, et la voiture se dirigea rapidement vers Lidham.

Trois milles furent parcourus, et Lidham s'élevait en grandeur au milieu de ses bois, avant que Miss Wycherly essayât de parler ; elle avait mis sa mémoire à rude épreuve pour évoquer un sujet de conversation, mais cela la trompait ; elle avait attendu une remarque de son compagnon sur laquelle fonder sa gentillesse projetée, et elle n'était pas parvenue à son oreille - son cœur avait maintenant envie de retrouver son aisance et son bonheur d'antan, mais aucune occasion ne s'offrait pour tenter de reprendre. Aborder volontairement le sujet était une pensée qui s'est enfuie dès sa naissance. Quoi! reconnaître ses torts et s'excuser d'avoir fait souffrir un cœur digne ? Demander pardon, alors qu'elle avait insulté un être humain dans les sentiments les plus chers ? et, quand son esprit aspirait à être en paix avec son amant, plein de sa propre injustice et de son tort ? interdisez-le, dignité féminine !

M. Spottiswoode traversa la loge de Lidham, et pourtant Miss Wycherly persévéra dans son silence ; peu importe, M. Wycherly était en vue, et l'heure du repentir était passée ; elle devait désormais se soumettre à un remords rongeant et impitoyable pour sa légèreté de conduite et pour le savoir qu'elle avait gâché l'occasion même qu'elle avait convoitée, d'essayer son pouvoir sur le pardon de son amant. À sa « dignité », elle doit sacrifier un naïf aveu de douleur pour une erreur, aussi cruelle qu'injustifiée ; et les exigences de « dignité » ont supplanté la revendication de droit. De même, les femmes créent souvent leur propre misère, en osant offenser , tout en cédant sous la humiliation de révoquer un discours peu généreux.

M. Wycherly retourna à la maison et était prêt à recevoir sa fille et M. Spottiswoode lorsqu'ils arriveraient selon sa manière habituelle. Il ne lui est jamais venu à l'esprit que l'absence assez longue de ce dernier à Lidham était un pronostic certain d'un malentendu entre les parties les plus intéressées par les visites.

"Eh bien, Spottiswoode, tu fais l'école buissonnière, mais Pen t'a enfin rattrapé, je vois. Elle et moi pensions que tu étais parti pour toujours, mais je suis cependant content de te voir." M. Wycherly tendit sa fille de la calèche. "Eh bien, maintenant, descends, car le dîner est prêt depuis une demi-heure; à bas, mon bon ami."

M. Spottiswoode a refusé de rester à dîner ; il prendrait son propre cheval et retournerait à Shrewsbury.

" Mon bon garçon, qu'avez-vous ? vous ne penserez pas à perdre votre dîner ? C'est absurde, mon cher monsieur ; restez et prenez votre dîner, et rentrez ensuite chez vous, si vous voulez. Tiens, Pen, essayez votre éloquence. "

Mais Miss Wycherly s'était envolée, triste et en colère, vers sa propre chambre. M. Spottiswoode s'aperçut de son départ, et ce départ décida du sien ; on ne parvint pas à le convaincre de reporter son retour chez lui au soir. Il était évident que Miss Wycherly s'était écartée de son chemin et que ses manières à son égard étaient offensantes ; il ne pouvait songer à rester à Lidham pour s'exposer à des ennuis répétés ; M. Wycherly a insisté en vain.

"Eh bien, Spottiswoode, vous êtes déterminé, donc je n'y peux rien ; mais je pense qu'il y a quelque chose dans le vent."

"Je retourne à la maison de ma mère", répondit M. Spottiswoode en lui serrant la main.

"Faites mes compliments", a déclaré M. Wycherly, "et dites-lui que je dis que vous êtes une mule obstinée."

CHAPITRE IX.

Miss Wycherly commença à perdre tout espoir de retrouver sa place dans le cœur de M. Spottiswoode, à moins qu'elle ne parvienne à se résoudre à faire amende *honorable* ; et son esprit ne se plie pas à cette misérable alternative. Au lieu de cela, elle supporterait l'horrible idée de le perdre ; elle préférait souffrir les affres de la jalousie pour distraire son cœur, plutôt que de « se prosterner » devant celui qu'elle avait offensé, ou de dire un mot qui pût lui faire croire qu'elle avait rétracté sa coquetterie offensante. Pendant quelques jours, son esprit s'irrita dans la solitude et dans le silence, et Julia reçut le message suivant, une semaine après leur rencontre à Hatton.

> "Pour l'amour du ciel, Julia, viens me voir pendant une heure et laisse Lord Ennismore derrière toi ! Ne l'amène pas à Lidham, car je déteste la vue et le bruit des amants ; viens seule et écoute les malheurs des pauvres.
>
> " PÉNÉLOPE WYCHERLY ."

Julia se présenta à sa convocation, mais Lord Ennismore ne resta pas en arrière ; il accompagna sa mère et sa future épouse dans la voiture, et Lady Ennismore déposa Julia à Lidham, promettant de l'appeler à leur retour de Shrewsbury. Julia trouva son amie pâle et malade à force de veiller et de s'inquiéter ; Miss Wycherly la reçut à bras ouverts.

"Oh, Julia, si tu savais ce que j'ai souffert depuis notre dernière rencontre, tu me plaindrais ! Je suis si heureuse que tu sois venue me voir sans tes surveillants !"

"Qui sont mes surveillants ?" » demanda Julia en riant du terme.

"Vous savez que je dois parler des Ennismore, Julia : on ne vous verra jamais sans mère et fils. Asseyez-vous, ma chère, et écoutez ma plainte."

Miss Wycherly fit à Julia un récit exact et long de tout ce qui s'était passé depuis leur rencontre à Hatton, et sa voix devint agitée alors qu'elle s'attardait sur le silence de M. Spottiswoode pendant le trajet et sur sa détermination apparente à ne pas lui donner l'occasion de parler. exprimer ses sentiments. "Cela, Julia, était la partie la plus cruelle de sa conduite", a-t-elle poursuivi. "Comment une femme peut-elle défendre sa cause, quand un homme est résolu à se taire ? J'ai peut-être mal agi au début, mais c'est à lui que revient la responsabilité. Je n'ai qu'à être misérable toute ma vie et à m'enfermer dans Lidham."

Les larmes lui montèrent aux yeux, mais elle lutta pour maîtriser toute apparence d'émotion. Julia s'apprêtait à parler, mais un geste de la main la dissuada.

"Laissez-moi dire tout ce que j'ai à dire, Julia, puis applaudissez-moi ou blâmez-moi comme bon vous semble. Si j'ai été insensé de faire preuve de caprice et de folie à ce moment critique, Spottiswoode a depuis lors fait preuve de cruauté et de mauvaise humeur. Il savait que je " J'avais l'intention de l'accepter à un moment ou à un autre, et il s'est empressé inutilement d'agir si violemment et si promptement à la suite d'un de mes discours insensés. Supposons que tout homme s'envole devant l'espièglerie d'une femme ? Je vous assure, Julia, que j'étais très malade quand Je viens de Hatton ; et pourtant cette créature malveillante ne s'est pas enquise de moi. Je pense que vous ne pouvez pas supporter une telle démonstration d'humeur. »

"Je soutiens M. Spottiswoode", répondit Julia, "sur de nombreux points, et je ne peux pas vous flatter, Penelope, en disant que vous avez bien fait sur un point particulier."

"Julia!" s'écria miss Wycherly, « n'abandonnez jamais une amie en détresse, et ne prenez jamais le parti d'un homme contre elle !

"Je vous donne mon avis, Penelope, et M. Spottiswoode n'entendra jamais de moi-même le fond de notre conversation. Vous l'avez contrarié et offensé; vous avez flirté très publiquement avec Henry Tyndal; et vous avez laissé M. Spottiswoode imaginer vous vous êtes refusé lui-même, après avoir accepté ses attentions pendant des années – oh, Pénélope, depuis votre enfance même.

Miss Wycherly rougit et ses larmes commencèrent à couler, mais elle ne répondit pas. Son amie continua :

« Une femme peut taquiner un homme qui lui est relativement étranger, et elle peut croire qu'elle met à l'épreuve son caractère et son affection ; mais M. Spottiswoode est né et a été éduqué parmi nous, et son attachement a été trop bien connu du monde. voisinage, et à vous-même, pour douter de sa véracité. Doutez-vous de son affection, Pénélope ?

Miss Wycherly secoua la tête, mais elle n'avait pas confiance en elle pour parler.

"Alors pourquoi le traiter avec légèreté et le jeter au pouvoir de Lady Anna Herbert ?"

"Mon Dieu, Julia !" cria Miss Wycherly en se levant de son siège, le savez-vous avec certitude ? Est-ce qu'il pense positivement à Lady Anna ; me quitte-t-il définitivement pour toujours ? Oh ! ne me le dites pas par pitié !

" Je ne le pense pas, Pénélope, parce que je sais qu'il vous aime trop longtemps pour prendre soin d'une autre ; mais vous avez été très méchante, et cela a rompu le lien d'estime entre vous. Prenez garde à ne pas trop serrer les rênes. , et le perdre après tout rétablissement."

"Oh, si vous êtes mon amie, Julia", s'écria miss Wycherly en s'agenouillant devant elle avec douleur, "si vous avez de l'amour pour votre camarade de jeu dans votre jeunesse et pour votre ami depuis que nous avons grandi ensemble, agissez pour moi dans cette situation, et rends-moi l'amour de Spottiswoode.

"Alors renvoie Henry Tyndal de votre société constante, Penelope."

"Trop heureuse de le faire, Julia !"

"Laissez M. Spottiswoode voir par votre conduite et vos manières, que vous regrettez de l'avoir peiné, Penelope."

"Hélas ! il ne me donnera jamais d'occasion, Julia."

" Alors faites-en un, Pénélope. Si vous l'aimez aussi véritablement que vous le dites, il vaut le sacrifice d'un orgueil mal jugé. Vous l' avez offensé ; exprimez courageusement vos regrets et regagnez son estime. "

«Je mourrais avant que les mots puissent être prononcés, Julia», dit son amie en se levant de son attitude d'humilité et en se rasseyant. « Je mourrais en avouant ma douleur. Ne me demandez pas de reconnaître mon erreur; ce serait une tâche amère, et je ne pourrai jamais intenter une action en justice pour un mari – non, cela, je ne pourrai jamais, jamais le faire.

"Ma chère Pénélope..."

" Pensez à une autre façon, Julia, mais pas à cette tâche terriblement dégradante qui consiste à implorer pardon, à vous prosterner devant un amant offensé ! Je ne serais plus jamais capable d'affirmer mon pouvoir ! "

"Nous voyons les choses très différemment, Penelope. Souvenez-vous des sentiments extrêmement vifs de M. Spottiswoode et de la douleur qu'il a endurée lors de votre flirt avec Henry Tyndal !"

"Il l'a provoqué lui-même."

" Et vous vous contentez de démissionner de M. Spottiswoode pour l'indulgence d'une fausse fierté, Pénélope — pour perdre l'affection d'un amant bon et constant, parce que vous ne pouvez pas daigner dire que vous aviez tort ! Alors Lady Anna sera une femme heureuse si elle peut vous réussir."

«Vous me rendez fou en nommant Lady Anna ! » s'écria Miss Wycherly. "Personne ne me succédera dans le cœur de Charles Spottiswoode, sinon je ne resterai pas à Lidham pour le voir. Je crois que je suis fier, Julia, trop fier pour ma tranquillité d'esprit, mais je ne la conquérirai jamais ; cela me poussera dans ma tombe."

"Lutte contre une passion si ignoble, Pénélope."

La voix de M. Wycherly résonnait dans la salle, appelant sa fille. « Je dis Pen ! - ici ! salut, Pen ! »

"Je ne peux pas le rencontrer avec ces yeux rouges", observa précipitamment Miss Wycherly. "Ma chère Julia, parle pour moi!"

Julia rejoignit M. Wycherly dans le hall, qui s'excusa poliment pour sa vocifération ; il n'était pas au courant de sa présence à Lidham ; il venait seulement chez Pen, pour commander du pain et du fromage pour Spottiswoode, et un ou deux chiens affamés qui ne voulaient pas descendre de cheval ; mais les domestiques étaient partis chercher les rafraîchissements, et il ne voulait pas la retenir, ni taquiner Pen, qui n'allait pas bien.

« Si M. Spottiswoode est à la porte du vestibule, j'aimerais beaucoup le voir quelques instants », fut l'observation de Julia.

"Il est ici, ainsi que Tyndal, père et fils. Je ne parviens pas à faire descendre aucun d'entre eux ; quand ils vous verront, Miss Julia, un ou deux pourraient changer d'avis et préférer manger à l'intérieur. Je le dirai. Spottiswoode, vous êtes ici ; ou si vous prenez mon bras et vous montrez, l'effet sera plus grand.

Julia accompagna M. Wycherly jusqu'à la porte, et, après quelques compliments généraux, elle s'adressa particulièrement à M. Spottiswoode, à voix basse.

« M. Spottiswoode, je souhaite vous parler ; pouvez-vous quitter votre groupe ?

"Certainement ; je me sentirai honoré par n'importe quel ordre de votre part." M. Spottiswoode descendit de cheval et confia son cheval à l'un des palefreniers de Lidham.

"Là!" s'écria M. Wycherly. "Je vous l'avais dit, Miss Julia, je vous avais dit ce qui allait se passer, n'est-ce pas ? Tyndal n'est bon à rien, mais son fils suivra l'exemple."

C'était M. John Tyndal qui accompagnait son père, et ils ne purent accepter l'invitation alléchante : « ils prendraient simplement une collation à la hâte sur leurs chevaux et continueraient ; Wycherly les rejoindrait-il ?

« Et laisser Spottiswoode aux soins des dames ?

"C'est sûr ; Spottiswoode était un homme à femmes, et ils ont toujours été des animaux caressés."

"Eh bien, Miss Julia," dit M. Wycherly, " je remets Spottiswoode entre vos mains, et vous êtes responsable des conséquences. Pen et vous le divertirez tant qu'il se comportera bien."

Julia promit d'être son ange gardien, et elle se rendit avec M. Spottiswoode au salon, où Miss Wycherly était allongée sur le canapé, pensive et désespérée de revoir un jour des jours heureux, si elle devait les acheter par elle-même. soumission. Elle se releva lentement tandis que la porte s'ouvrait.

"Quelle fois que tu flirtes avec papa, Julia !" s'exclama-t-elle avec reproche. A ce moment, elle aperçut M. Spottiswoode, et un cri de surprise sortit de ses lèvres, mais elle ne s'avança pas pour le recevoir. M. Spottiswoode se tenait près de la porte et, mécontent de la froideur de son accueil, il ne parla qu'à Julia.

« Miss Wetheral, vous souhaitiez me parler ; puis-je vous demander la faveur de votre communication ?

"Cela est résumé en peu de mots, M. Spottiswoode. Mon amie Pénélope est affligée et affligée de vous avoir offensé sans provocation, et elle aspire à regagner votre estime."

"Non... non... ce n'est pas vrai !" cria Miss Wycherly, cachant son visage parmi les oreillers du canapé.

"M. Spottiswoode," continua Julia, "vous êtes tous deux malheureux, et ce malentendu ne finira jamais sans le secours d'un ami commun. Je vous le dis maintenant, Pénélope regrette son erreur, mais craint de s'amoindrir à votre avis, en faisant justice pour elle-même et pour vous. Elle est malheureuse de s'être disputée, et pourquoi ne le sauriez-vous pas et ne seriez-vous pas amis ?

"Par mon âme, Pénélope, je pardonne la douleur que vous m'avez causée", dit M. Spottiswoode en s'approchant d'elle, "si je peux vraiment croire que vous vous repentez de votre mauvais traitement."

Miss Wycherly recula devant son contact tandis que son amant lui proposait de lui prendre la main.

"Je ne me repens pas... je ne regrette rien... oh, Julia ! était-ce genre de me trahir ! Je ne croirai jamais que tu puisses m'aimer et pourtant avoir fait cela !" Elle se leva pour s'enfuir de la pièce, mais le bras de M. Spottiswoode, doucement enroulé autour de sa taille, l'arrêta.

« Reste, Pénélope, et dis-moi pourquoi tu évites un homme qui t'aime et qui a supporté ce que j'ai fait pour toi ? Dis-moi pourquoi tu crains de dire une chose gentille, quand elle peut en contrebalancer mille dures ? angoisse un cœur qui ne *t'a jamais donné* d'inquiétude ?

"Vous m'avez assez mis mal à l'aise avec votre attention envers Lady Anna", répondit Miss Wycherly avec sérieux, sans toutefois tenter de se dégager.

"Tu penses ça sérieusement, Pénélope ?" dit M. Spottiswoode en la regardant d'un air interrogateur.

"Oui, je le sais : votre flirt là-bas était pire que le mien avec Henry Tyndal ; tout le monde savait *qu'on* ne s'occupait pas de lui, mais *vous* étiez abominable."

"Regarde-moi en face, Pénélope, et répète-le si tu l'oses."

Miss Wycherly n'a pas répété l'accusation : comment pourrait-elle le faire ? Son amant la serra contre son cœur et toute pensée inquiétante fut apaisée. Elle se tourna vers Julia et lui tendit la main.

"Julia, je n'oublierai jamais que tu as provoqué cette réconciliation. J'étais trop fier pour reconnaître ma faute, et si tu n'étais pas intervenu, nous n'aurions jamais dû nous revoir en harmonie. J'ai d'abord été angoissé par la colère, mais c'est vrai. c'est passé maintenant ; et, pour l'amour du ciel, ne nous disputons plus, Charles Spottiswoode ! »

"Alors tu m'auras sans autre entretien avec le capitaine Jekyl, Penelope ?"

"Je ne me souviens pas de toutes ces bêtises."

"Je ne le ferai pas. Miss Wetheral, je vous suis profondément reconnaissant pour votre conduite pleine d'entrain et amicale envers nous deux. Sans votre intervention, je ne serais pas entré à Lidham de nouveau. Nos obligations mutuelles, Penelope, sont grandes à cet égard. excellent ami."

"Quand Julia voudra une maison ou un ami, elle se souviendra de Lidham, Charles."

"Merci", dit Julia en souriant; "Si jamais un tel moment arrive, je comparaîtrai devant vous pour chercher ma demeure de repos."

La voiture de Lady Ennismore fut annoncée et Julia se leva pour partir. "J'ai accompli une action qui me fera toujours plaisir à contempler", a-t-elle déclaré en serrant la main des deux réconciliés. " J'ai attaché la chaîne à mes deux amis, et elle ne se brisera plus. Pénélope, je vous en prie dans une certaine occasion ; il faudra que vous me suiviez à l'autel quand mon heure viendra. "

"Je te suivrai jusqu'à la mort, ma chère," répondit son amie, "à l'autel, à la richesse, à la misère ou au tombeau."

"Non, seulement à l'autel, Pénélope ; je vous préviendrai dûment."

M. Spottiswoode la conduisit à la voiture et réitéra ses remerciements. Lord Ennismore la reçut, et Julia quitta de nouveau Lidham, en compagnie de ceux que Miss Wycherly appelait ses surveillants.

Le château de Wetheral était désormais le théâtre d'une agitation et d'une gaieté considérables. Lady Wetheral était apparemment destinée à réaliser tous les vœux de son cœur, car elle avait arrangé et réussi à exécuter son projet de marier ses deux filles le même jour. Les Boscawen furent invités à assister à leurs noces ; et Lady Ennismore, Mme Pynsent et Lady Wetheral, unies pour souhaiter que la journée soit tôt. Lady Ennismore parla en termes de compliments élégants et exprima son anxiété maternelle de voir son fils heureux s'installer avant de se retirer dans son siège dans le Lincolnshire ; mais Mme Pynsent n'essaya pas d'introduire des fleurs d'éloquence dans son discours.

" Tiens, ne traînons pas, mais laissons Tom se marier ; à quoi bon se battre ici sans rien faire ? Je suis pour se mettre intelligemment au travail et fixer un jour. Viens, ce jour, trois semaines, je dirai : et Tom me soutiendra."

Lady Wetheral comprit que tout pouvait être laissé en toute sécurité aux soins de Mme Pynsent, en ce qui concerne le temps ; elle s'occupa donc de la tenue ornementale et complimenta Mme Pynsent en mettant la journée à sa disposition. Mme Pynsent décida immédiatement.

"Eh bien, je dis ce jour dans trois semaines, et sans tarder."

A partir de cette heure, tout n'était que mouvement et concertation : lady Ennismore et son fils retournèrent à Bedinfield pour préparer la réception de la mariée, et ils devaient réapparaître à Wetheral la semaine des noces. Tout le monde devait être rassemblé à Wetheral le lundi précédant la cérémonie, mais les Boscawen devaient y passer quinze jours, afin qu'Isabel puisse profiter de la vue des parures de mariée.

Lady Wetheral reçut Isabel avec tous les honneurs dus à sa position dans la société. L'exaltation future d'Anna Maria et de Julia doit les placer au-delà d'Isabel dans la pompe et les circonstances ; mais Mme Boscawen occupait toujours un poste déterminé et elle était la maîtresse de Brierly. Mme Boscawen fut donc reçue à Wetheral avec beaucoup de cérémonie et un accueil poli. Isabel, cependant, revint à sa première maison avec un être changé : la jeune fille au cœur léger qui avait quitté Wetheral depuis à peine un an, dans des sourires et des anticipations joyeuses, revint comme une matrone en apparence, grave et sobre dans ses manières, et apparemment effrayée jusqu'au silence par l'observation sévère de son mari . Elle n'était plus la vive, joyeuse et folle Isabel Wetheral ; son rire avait disparu, et même les sourires qui se succédaient rapidement sur son visage brillant se glissaient maintenant lentement et rarement sur ses lèvres. Sa mère complimenta Isabelle du changement si rapide et si complet.

"Je ne me lasse jamais de vous admirer, ma chère Mme Boscawen; et je n'imaginais pas que ma fille qui s'ébattait serait si vite transformée en une matrone élégante et tranquille. Vos manières sont tout à fait parfaites, mon amour."

Un sourire placide retroussa les lèvres d'Isabel à ce compliment.

"Je suis très calme maintenant, je crois ; M. Boscawen n'aime pas rire."

"Ce n'est pas un accomplissement", a déclaré Lady Wetheral; "Toute créature commune peut rire. Je crois que le rire le plus bruyant est considéré comme la personne la plus agréable parmi les gens ordinaires. Je déteste le rire."

"J'ai énormément aimé rire", répondit Isabel avec un soupir. "J'aimerais encore rire, mais il n'y a rien de risible à Brierly. M. Boscawen n'aime pas que les jeunes restent à la maison, et je me mêle entièrement aux personnes âgées depuis mon mariage."

"Votre situation, mon amour ! M. Boscawen tient à vous faire taire, j'ose dire."

"Je préférerais avoir un ou deux amis avec moi pour animer Brierly", répondit gravement Isabel. "M. Boscawen aimait me voir joyeuse avant notre mariage, mais maintenant il dit que c'est mal. Je pense que mes sœurs sont stupides de se marier. Anna Maria, tu ferais mieux de rester célibataire, car M. Boscawen dit que les jeunes femmes mariées ne devraient pas apparaître vif et prêt à discuter avec des messieurs, et vous savez que nous avons discuté ici.

"M. Boscawen est âgé, mon amour; les messieurs âgés sont très particuliers", observa Lady Wetheral d'un ton apaisant.

"Vieux ou jeunes, ils sont à peu près les mêmes, je crois; mes plaisanteries ont extrêmement amusé M. Boscawen jusqu'à mon mariage. Papa a toujours aimé me voir heureux aussi; la sœur de M. Boscawen, Tabitha, lit de telles conférences si je ris! Je je ne l'aime pas du tout."

"Je pense que vous êtes extrêmement belle et en bonne santé, Mme Boscawen. Le mariage vous a amélioré - l'emprisonnement dans deux mois, dites-vous ? J'aimerais pouvoir vous offrir mon aide, mon amour ; mais vous savez quelle pauvre créature nerveuse je suis. ".

"M. Boscawen dit que je dois seulement avoir sa sœur Tabitha avec moi."

"Un excellent arrangement, mon amour. Miss Tabitha n'aura pas l'anxiété qui *me rendrait* pire qu'inutile. J'ose dire qu'elle est une personne stable."

"Je ne l'aime pas du tout, maman; je préférerais t'avoir à Brierly."

"Moi, mon amour ! Oh, non ! Je suis trop nerveuse, pas à moitié aussi apte au service d'infirmière que la bonne Miss Tabitha. Ces vieilles filles, vous savez, sont calmes et utiles dans leur ignorance. Je devrais être nerveuse, et faites-le ainsi ; Boscawen a arrangé très prudemment.

Isabel a avoué en privé à ses sœurs que si elle avait seulement soupçonné le résultat de son mariage, rien n'aurait dû l'inciter à se marier. Ce beau manteau à griffes de léopard n'avait servi à rien ; pas une seule fois elle n'a eu l'occasion de le porter. Boscawen lui faisait lire chaque jour quelques heures d'histoire, qu'elle oubliait dès qu'elle fermait les livres ; puis Boscawen la tourmentait avec des leçons de géographie, et attendait d'elle qu'elle comprenne la comptabilité et l'entretien ménager, chose qu'elle détestait ; peut-être qu'en devenant mère, elle aurait plus de pouvoir, mais à l'heure actuelle, elle n'était ni plus ni moins qu'une fille à l'école.

Isabelle fit une grande attention à Christobelle ; et tandis que ses sœurs aînées étaient absorbées par les préparatifs de leurs noces prochaines, elle était sa compagne à toute heure ; et elle aimait avoir constamment sa plus jeune sœur à ses côtés. M. Boscawen a librement cédé à sa dame son amour pour la société de Christobelle et s'est dit satisfait de son choix.

"Je n'ai aucune objection, Isabel, à ce que votre plus jeune sœur soit avec vous, et si vous pouvez obtenir le consentement de votre père, vous pouvez l'emmener à Brierly. J'aime bien son tour de lire ; vous pouvez lire ensemble. Je ne vous souhaite pas être mêlé aux stupides préparatifs qui se font entre vos sœurs et votre mère - bijoux et robes, toutes absurdités. Je souhaite que vous vous occupiez particulièrement de l'histoire, afin que vous ne manquiez pas des informations nécessaires; et j'espère que vos matinées seront consacrées pour étudier, comme d'habitude. Votre plus jeune sœur peut être avec vous et vos études peuvent se dérouler ensemble.

"Je pensais que cette quinzaine était un jour férié, M. Boscawen", dit Isabel tristement.

"Ma chère Isabelle, tu as beaucoup à rattraper, et à ton âge beaucoup s'acquiert. J'ai été affligé de t'entendre, il y a peu de temps, affirmer à ma sœur que tu pourrais gagner la France par terre."

"Eh bien, M. Boscawen, je ne savais pas le contraire."

"Mais sachez-le, ma chère Isabel, une femme ignorante à la tête d'une table d'hommes est terrible. Je veille continuellement à réparer vos bévues."

"Je n'ai commis aucune erreur avant de me marier, M. Boscawen."

M. Boscawen eut un sourire sinistre à l'affirmation d'Isabel et lui tapota l'épaule avec gentillesse.

"Oui, vous l'avez fait, et ces bévues m'ont amusé; mais, ma chère Isabel, un amant est charmé par les fautes et les bévues qui rendent un mari malheureux, alors lisez et perfectionnez-vous en connaissances. Chrystal est la meilleure compagne pour vous à Wetheral. ". Conformément au souhait de M. Boscawen, Isabel et Christobelle étudièrent ensemble, et l'enfant de dix ans connaissait encore mieux les éléments du savoir que la femme de dix-huit ans. Isabel avait une objection insurmontable à toute étude, et lorsque M. Boscawen laissait les sœurs ensemble pendant une heure, Isabel quittait sa triste histoire pour s'emparer de la petite collection de livres d'histoires de Christobelle, ou bien elle exprimait ses sentiments déçus en l'avertissant. ne jamais se marier du tout, mais surtout un vieil homme. Tout cela n'était que vanité et vexation d'esprit ; elle n'avait jamais vu de compagnie à Brierly ; et M. Boscawen résolut de n'en recevoir aucune jusqu'à ce qu'elle puisse diriger son propre établissement ; ce moment n'arriverait jamais, car elle ne pouvait jamais commander autre chose que des côtelettes de mouton et de la purée de pommes de terre. Et Miss Tabitha grondait et faisait des sermons en vain. Cependant, M. Boscawen a dit qu'elle pourrait avoir Christobelle avec elle, et que c'était une bénédiction ; car quand elle viendrait, elle sortirait peut-être un peu plus.

Tel fut le cours de la vie d'Isabel, après s'être mariée précisément pour avoir une liberté incontrôlée, pour monter toute la journée dans le cabriolet et remplir Brierly autant qu'il le pouvait.

Tom Pynsent était très indigné du mode de vie d'Isabel. "Pourquoi diable un homme se mariait-il, si une femme devait seulement devenir une fille ? et qu'est-ce qu'une femme était d'autant meilleure qu'elle avait la tête remplie de connaissances. De son côté, il espérait qu'Anna Maria ne pourrait pas dire un grand A. d'une patte de taureau, et elle ne recevrait aucun enseignement à Hatton.

M. Boscawen a persévéré dans son système et a seulement souri sombrement aux observations qui ont été comblées en sa présence. Aucune excuse, aucune petite gaieté matinale ne lui permettaient de libérer sa femme de ses études. Jusqu'à quatre heures de l'après-midi, Isabel s'adonnait aux arts et aux sciences ; et à cette heure-là, son mari la faisait se promener dans la voiture qui lui avait tant ravi la vue le jour de son mariage : elle l'appelait maintenant sa prison.

Le système d'éducation de M. Boscawen, aussi désagréable qu'il se soit révélé au goût d'Isabel, était un système de douceur et d'une grande importance pour son esprit. Il n'était jamais dur dans ses observations et il supportait avec beaucoup de patience la réticence de sa jeune épouse à améliorer ses ressources. Rien ne pourrait être expliqué de manière plus agréable que les vues de M. Boscawen sur chaque sujet. Il donnait un enseignement si doux et variait ses études de manière si insinuante, que les matinées se passaient en activités à la fois vraiment instructives et agréables.

Dès son jeune âge, Christobelle se réjouissait de la douce administration de M. Boscawen, et personne auparavant n'avait le pouvoir de la retirer du bureau de son père. Lors de la visite d'Isabel, Christobelle vivait dans sa loge ; et quand M. Boscawen sortit, Christobelle tournait autour de lui et écoutait ses sentiments aimablement exprimés sur chaque bagatelle qu'elle lui présentait. M. Boscawen n'avait que deux défauts ; il avait une expression de visage des plus repoussantes ; et il épousa une jeune fille rieuse, à peine sortie de la crèche, qui ne pouvait pas apprécier ses vastes connaissances, et qui ne pouvait jamais prouver la compagne que son goût intellectuel convoitait. Attrapé par la vivacité et la beauté d'une jeune fille enjouée, il s'était vainement promis de prendre plaisir à surveiller son éducation et à conduire ses talents vers les réserves que pouvait lui donner l'instruction : la mortification était le résultat de son inquiétude.

M. Boscawen n'était pas le premier sage qui tomba amoureux et crut pouvoir rendre une jeune créature heureuse en s'efforçant d'élever ses capacités à son propre niveau. Beaucoup ont tenté l'expérience et ont échoué, parce qu'ils ne croyaient pas que l'œil brillant puisse émaner d'esprits gais sans rapport avec l'étendue de l'intellect, et parce qu'ils s'attendaient à ce que l'âge et la gravité puissent s'assimiler aux sentiments et aux opinions de la jeunesse. Isabel n'était pas adaptée à la similitude de sa vie à Brierly : si elle avait épousé un homme plus adapté à son époque de vie, son esprit joyeux aurait affronté les soucis de ce monde avec légèreté et en souriant ; mais l'affreux visage de son mari qui pesait toujours sur elle, son inquiétude perpétuelle concernant ses manières, ses remarques si douces et si sévères, tout lui pressait l'esprit et alourdit son moral.

Chaque fois qu'Isabel parlait, son regard se posait avec inquiétude sur M. Boscawen ; et il était évident qu'elle avait été incitée à une certaine prudence, par les infatigables conférences de Miss Tabitha Boscawen, sur la nécessité pour les femmes mariées de réfléchir avant de parler de quelque sujet que ce soit. Lady Wetheral était enthousiaste dans son éloge de l'apparence et des manières améliorées d'Isabel, mais ses sœurs et Miss Wycherly pleuraient le changement qui avait eu lieu. Miss Wycherly a exprimé ouvertement son opinion.

"Je déclare, et je l'ai toujours déclaré, que c'était un acte coupable de donner Isabel à cet horrible, longiligne et brun de M. Boscawen. La pauvre créature n'était pas capable de juger par elle-même, et elle imaginait que chaque homme âgé était comme son père. . Je pense que de tels matches contre nature devraient être empêchés par une loi du Parlement."

Isabelle s'éloigna un matin de son lourd volume de Rapin pour examiner la garde-robe des deux mariées, arrivées de la ville et magnifiquement accrochées dans leurs appartements. Miss Wycherly et Miss Spottiswoode jugeaient également la beauté de leur fabrication et de leurs matériaux, et toute la population féminine de Wetheral était admise à admirer et à s'étonner de cet arrangement coûteux. Les yeux d'Isabel brillèrent à cette vue et, avec un véritable plaisir de jeune fille, elle examina et applaudit chaque article qui attirait son attention.

"Oh, Julia, ce satin est à toi, j'en suis sûr ! Oui, c'est Lady Ennismore à première vue ; comme c'est beau ! Ah, Julia ! J'espère que tu le porteras plus souvent que je n'ai porté ma jolie soie bleue : je Je le porterai le jour de votre mariage, et ce ne sera que la deuxième fois qu'il apparaîtra sur une scène. J'ose dire qu'il aura l'air démodé maintenant comparé au vôtre. Un petit volant, voyez-vous, comme c'est joli ! mon bleu la soie n'a pas de volant. Elle passa à l'écrin qui contenait les bijoux présentés à Julia par Lady Ennismore.

"Eh bien, Julia, c'est *un* spectacle ! Comme c'est étincelant et brillant ! Je me demande combien de fois tu les porteras ? M. Boscawen n'aime pas que je porte la belle broche que papa m'a donnée ; il dit que c'est pour s'occuper de l'extérieur de " Le plat au lieu de l'intérieur, puis il a dit quelque chose en grec ou en français, je ne sais pas lequel ; mais mon pauvre ornement était de nouveau recouvert de papier argenté. J'espère que Lord Ennismore vous permettra de vous habiller élégamment, Julia. "

"Je ne me suis jamais beaucoup souciée de la tenue vestimentaire, Isabel", a déclaré Julia; si le cher Auguste n'aime pas la toilette, j'y renoncerai bien volontiers.

" Le voudriez-vous, en effet ? Ah ! mais vous aimez beaucoup Lord Ennismore, et il aime tout ce que vous faites et dites : M. Boscawen aussi l'a fait autrefois. Oh, Anna Maria, cette robe en mousseline, travaillée si divinement ! Un réconfort est , Tom Pynsent vous permettra de porter de la mousseline et du satin de jour comme de nuit, si vous le souhaitez. Je ne sais rien de Lord Ennismore , mais je *connais* la bonhomie de mon ancien partenaire Tom. Comme j'aimerais que M. Boscawen soit comme Tom Pynsent ! M. Boscawen est cependant très gentil : je suis sûr qu'il ne me contredit jamais en rien, mais il me persuade dans ses mesures, ce qui est exactement la même chose. Je ne pourrais jamais discuter ; et si je le faisais, M. Boscawen parle tellement de langues que je ne pourrais jamais les contredire toutes. Comme j'ai parlé ! - Je pourrais presque m'imaginer célibataire. Qu'est-ce que c'était ? - une cloche ? Je dois m'enfuir, ou M. Boscawen me trouvera un absentéiste. quand il reviendra. »

« Regardez, Isabel », s'est exclamée Miss Wycherly, « voici une popeline joliment taillée ; ne vous enfuyez pas ! »

"Ma chère, je dois le faire ; ne me tentez pas ; je suis sûr que c'était la sonnette de M. Boscawen, pour me demander où j'étais. C'est l'heure de l'antenne, et j'ose dire que ma prison est à la porte."

Isabelle s'enfuit, alarmée, de peur que son mari n'eût aperçu sa fuite hors de la loge.

"Délicieux spécimen de mariage !" observa Miss Spottiswoode.

" Ce n'est pas une vision confortable de l'État ", répondit Miss Wycherly ; "Mais Isabel et M. Boscawen n'ont jamais été destinés à devenir mari et femme. Cela a été l'une de ces procédures inexplicables qui se produisent parfois et qui causent du malheur à deux personnes très excellentes. L'un ou l'autre aurait été heureux dans un contexte différent : je Je pense qu'Isabel aurait dû épouser John Tyndal.

"Et pourquoi John Tyndal ?" » demanda précipitamment Miss Spottiswoode.

Miss Wycherly sourit. "Seulement, si cela s'était produit, Sophy, la bonhomie de John Tyndal aurait cédé la place aux goûts d'Isabel."

"Il est l'âme de la bonne nature et de la gentillesse", répondit Miss Spottiswoode, "et pourtant il n'aurait peut-être pas été heureux avec Isabel."

"Peut-être pas, s'il préférait une autre dame ; mais ne rougis pas, Sophie. J'ai toujours offensé son frère ; Henry Tyndal me rencontre maintenant, et ne me verra pas, ni ne s'inclinera en passant."

"Parce que tu t'es très mal comportée avec lui, et avec Charles aussi, Pénélope."

"Eh bien, maintenant, Sophy, c'est du passé et pardonné, alors pensons aux vêtements de mariage des filles et à toute l'agitation de cette journée de semaine."

Les dames ont de nouveau commencé à commenter la beauté des robes, et tous les sujets ont cédé la place au sujet captivant de la robe et des bijoux.

Tom Pynsent était fermement décidé à ne pas accepter la démission de Hatton par son père lors de son mariage ; et Sir John Wetheral le maintint dans sa résolution. Lady Wetheral perdit toute patience face à de telles déterminations.

« Je suis sûr, Sir John, que les Pynsent sont impatients de quitter Hatton et de renoncer à la peine de gérer une si grande propriété. Combien plus heureux le vieux M. Pynsent serait dans un coin tranquille, s'amusant, si vous n'aviez pas envie d'une telle folie. et vacciner Tom avec la maladie ! Je me demande, mon cher M. Boscawen, que vous n'exhortez pas Sir John à laisser M. Pynsent faire ce qu'il veut dans cette affaire.

" *Aparte mala cum est mulier, tum damum est bona* ", a déclaré M. Boscawen.

« Vous êtes d'accord avec moi ? Est-ce que c'est votre sens une fois traduit ? »

"Je ne le fais pas", répondit doucement M. Boscawen; "Je donne mon jugement entièrement en faveur de Tom Pynsent."

"Tu n'as pas accordé à ce sujet toute ta considération, mon amour", observa son mari.

"Cette chose n'exige aucune considération, Sir John : vous contrariez M. Pynsent dans ses souhaits et me préparez de graves souffrances. J'ai toujours espéré et cru qu'Anna Maria serait près de moi, et vous essayez de la bannir du comté. Je avoues que je suis mal préparé à ce coup, Sir John Wetheral, et j'espère que je ne serai pas extrêmement malade à cause du choc.

Sir John s'efforça d'expliquer les objections de sa dame à l'arrangement actuel ; mais son esprit était totalement submergé par la réflexion que Hatton ne devait pas encore héberger sa fille.

"Je ne vous comprends pas, Sir John. Rien ne peut expliquer ma détresse de vous voir déterminé à expulser ma fille de Hatton, et je ne peux qu'en appeler à Tom Pynsent contre votre dure résolution. Je l'implorerai de laisser ma fille être près de sa mère. »

L'esprit de Tom Pynsent était composé de matériaux aimables , mais ses perceptions du bien étaient toujours claires, et sa conduite faisait honneur à ces perceptions, en résistant, formidablement et obstinément, à toute tentative visant à l'attirer hors du chemin tracé par son esprit direct et bienveillant. principes de jugement. Les plaintes éloquentes et parentales de Lady Wetheral éveillèrent ses meilleurs sentiments, mais Tom Pynsent était à ce moment, comme il l'avait toujours été, parfaitement aveugle à toutes les allusions et à tous les desseins cachés. Il comprit ce que voulait dire Madame, simplement comme un parent pleurant sa séparation d'avec une fille aimée et douce, et son excellent cœur lui incitait à tous les moyens de consolation.

"Que Dieu bénisse mon âme, Lady Wetheral, je me sens tout à fait brutal en emmenant Anna Maria hors du quartier, alors que vous souffrez tant - je suis sûr que je suis prêt à faire n'importe quoi pour atténuer vos regrets ! Anna Maria, ma chère petite canard, que ferons-nous pour Lady Wetheral ? »

« Être séparée de deux filles à la fois, » remarqua désespérément Lady Wetheral, « perdre deux enfants à la fois est une grave misère. Julia *doit* vivre dans le Staffordshire ; elle doit, et, bien sûr, devrait, s'installer dans la maison de son mari. propriété : mais ma très chère Anna Maria n'a sûrement pas besoin de nous abandonner ! »

"Je vais vous dire tout de suite ce que je déciderai", s'écria Tom Pynsent.

Sa Seigneurie écoutait avec une intense impatience.

"Je vais décider tout de suite et accepter l'offre de mon père de vivre———"

Lady Wetheral saisit la grande main rouge de Tom Pynsent. "Tu as apaisé mon cœur, Tom, à l'inquiétude profonde d'une mère... je te comprends... mon Anna Maria vivra près de moi. Tu seras brillante, comme je l'avais prévu, ma chère fille !"

"Je ferai ce que je n'aurais jamais cru pouvoir faire", a poursuivi Tom Pynsent ; " mais je suis sûr que je ne vous séparerai pas de votre fille, si vous l'aimez aussi bien que moi. Allons, j'accepterai l'offre de mon père d'une grande maison à Dog Pole ; et bien que je n'aie jamais vécu dans une ville, je le ferai pour calmer votre cœur, Lady Wetheral.

Sa Seigneurie s'affala sur une chaise – elle ne put qu'articuler faiblement : « Oh… non, non !

"Oui, mais je le ferai, cependant, Lady Wetheral. Je déplacerai le chenil à Coleham, et ensuite je pourrai chasser; je m'amuserai le dimanche à montrer les chiens à ma femme, et je dois fréquenter les pauvres diables de joueurs. dans un soir, pour amuser ma petite femme ici. Je le ferai , sur mon âme : je ne plaisante pas, Lady Wetheral.

"Non, cela ne peut pas être le cas, je vois que c'est faux, non, vous ne vivrez pas à Shrewsbury pour *me plaire* ", dit Madame en se tordant d'horreur ; "Ma fille tomberait malade dans une atmosphère fermée. Vous en seriez dégoûté aussi. Je vois très bien mon erreur, non, il ne faut pas. Un petit effort secouera les regrets maternels." Lady Wetheral tremblait même au souvenir de l'offre de Tom Pynsent. Sa fille qui vit à Dog Pole et qui va au spectacle comme une femme de mécanicien ! — oh ! qu'elle meure d'abord ! Elle fut obligée d'avoir recours à ses sels.

Anna Maria fut surprise de la vive émotion qui s'empara de sa mère. Elle a offert une consolation à sa manière.

"Mais, maman, si tu es si affligée de notre départ, je te prie de différer un peu mon mariage, jusqu'à ce que le souvenir de Julia se soit apaisé. Je ne peux pas supporter de te voir souffrir, maman. Que mon mariage soit suspendu. dans quinze jours... je sais que Tom acceptera pour mon bien, n'est-ce pas, cher Tom ?"

"Je préférerais vivre à Dog Pole plutôt que de reporter mon mariage", répondit fermement Tom Pynsent.

« Ni l'un ni l'autre, » dit lady Wetheral en se levant ; "Je n'entendrai parler d'aucun changement. Je suis stupide dans mon affection, mais je dois avoir du courage, comme les autres mères. Je dois me rappeler que j'ai Clara et la pauvre petite Chrystal pour me réconforter. Décidez de votre lieu de résidence, et ainsi de suite. n'est ni une ville ni un village, je serai satisfait.

Lady Wetheral quitta la chambre dans un état d'esprit des plus pitoyables ; elle avait été déçue dans son souhait de voir Anna Maria placée immédiatement à la tête de l'établissement Hatton, et, ce seul souhait déçu, elle avait l'impression que toute autre vision satisfaite de grandeur sombrait dans le néant ; une défaite effaçait mille victoires ; telle est la nature d'un esprit peu habitué à rencontrer des obstacles dans son cours rapide.

"À M!" dit sa belle *fiancée*, alors que la porte se refermait sur eux, "je vais faire un vœu."

"Tu as fait un joli vœu tout à l'heure, petit coquin, n'est-ce pas ?" répondit son amant en jetant ses bras autour d'Anna Maria et en la serrant jusqu'à ce qu'elle s'écrie :

"Oh, pour l'amour du ciel, Tom ! ton bras est comme une machine à vapeur en marche !"

" J'ai bien peur d'être rude, " dit Tom en frottant anxieusement le bras qui était retenu à son côté par son étreinte, " mais je suis un chien maladroit par nature. Viens, quel est ton souhait, et tu l'auras. mais ne retardez plus le jour du mariage, remarquez.

"J'aimerais, Tom, aller à Paris."

"Par jupiter!" s'écria Tom Pynsent extrême étonné, par tous les saints et saintes femmes, que ferons-nous à Paris, ma fille chérie ?

"Juste pour voir Paris, mon cher Tom, et y passer quelques semaines."

"Je crois que je me vois à Paris, merde de moi !" s'écria son amant, excité quelque chose au-delà de son langage discret habituel en présence d'Anna Maria : "les Français me hueront dans les rues ; eh bien, nous n'arrivons pas à nous dire une phrase en français entre nous !"

"Nous pouvons engager quelqu'un pour parler pour nous, cher Tom, et tout le monde parle français maintenant, sauf nous. Je veux voir Paris et Blucher, et qu'est-ce que cela peut signifier, que nous parlions anglais ou français ?"

"Comment allons-nous manger leurs grenouilles infernales et leur ail, Anna Maria ?" » demanda Tom Pynsent avec un frisson, « et que ferons-nous dans une grande ville, sans connaître leur jargon ? Ma chère fille, nous serons comme les bébés dans les bois !

"Non, non, Tom, nous nous entendrons comme les autres, et Sir John Spottiswoode se plaît à Paris ; il souhaite que sa mère et sa sœur le rejoignent, dit Penelope. Nous le trouverons ; et, alors, si Paris ne vous plaît pas, nous pouvons rentrer à la maison, tu sais.

"Je n'ai jamais été en mer de ma vie, Anna Maria; je n'ai même jamais été sur la Severn. Bon sang , je serai comme les chiens fautifs, et vous, ma pauvre fille, voudrez retourner dans le Shropshire."

"Non, je ne le ferai pas", a déclaré Miss Wetheral; "Dis, Tom, tu m'emmèneras à Paris !"

" Je t'emmènerai au bout du monde, ma chérie, si tu le souhaites ; comment va ce petit bras ? Je ne suis pas fait pour prendre en charge une créature comme toi, avec mes manières rudes, mais tu auras tout ton petits caprices satisfaits.

Ainsi fut décidée une visite à Paris ; et Tom Pynsent, renonçant à son pays et à ses goûts véritablement anglais, céda aussitôt aux souhaits d'Anna Maria et commença les préparatifs d'une expédition à l'étranger. Aucun personnage ne possédait certainement une gentillesse plus réelle que Tom Pynsent, altruiste et affectueux, car, de tous les hommes sur terre, il était le moins calculé, par ses goûts et ses habitudes, à savourer même un bannissement temporaire de sa terre natale.

CHAPITRE X.

Il y avait du wassail au château de Wetheral avant les noces ; scène de gaieté qui répugnait aux idées de bienséance de Sir John, mais qui n'était pas arrêtée par la simple expression de ses désirs. En vain il protestait contre la légèreté qui l'entourait ; en vain il désapprouvait le déroulement des dîners qui précédaient si immédiatement un événement d'une profonde importance pour le bonheur de deux enfants. Sa dame a protesté que les « convenances » n'étaient pas violées par une maison pleine de compagnie.

« Si, Sir John, vos filles étaient à la veille de se marier avec des hommes plébéiens riches, ou si elles avaient choisi de choisir des hommes professionnels, ou même des hommes de poids inférieur dans leurs comtés respectifs, je vous l'accorde, ce serait une démonstration inutile ; dans le cas présent, le quartier s'attend à une gaieté qui jette une sorte d'auréole autour de l'événement prochain. Une fille, mon amour, devient comtesse jeudi prochain, et une fille épouse la plus belle propriété du Shropshire. Je m'étonne que vous ne jubiliez pas. avec moi ! J'ai été complimenté avec des cœurs brûlants, j'en suis sûr, par tous mes amis mariés, et, comme Lady Farnborough l'a dit très justement hier, j'ai monopolisé les premiers matchs dans les comtés de Salop et de Staffordshire. Je suis conscient que j'ai " Je l'ai fait ; je suis conscient que j'ai pris grand soin de promouvoir le bien-être de mes enfants. Je peux dire aussi que le partenaire de Julia était exclusivement le mien, dans son invention et sa maturité. "

"Ma chère Gertrude," répondit calmement Sir John, "je suis satisfait si mes filles se marient selon leur propre satisfaction, en ce qui concerne elles-mêmes; mais je ne peux pas me réjouir de perdre deux membres de ma famille, alors que je doute fortement de la bonheur de l'un d'eux."

"Mon cher amour ! tu as les idées les plus étranges ! mais tu as toujours été inexplicable. Je suis fier de recevoir les félicitations de mes amis. J'aurais aimé qu'Anna Maria ait persuadé Tom de rester à Hatton, quand il a été nommé pour la première fois, car le vieux Pynsent peut vivre ces vingt années ! Cependant, comme Hatton est hors de question, je suis heureux qu'ils partent à l'étranger. Je ne voudrais pas qu'Anna Maria soit placée dans une situation moins magnifique que Hatton, et que des gens de distinction se rassemblent maintenant à Paris pour voir le souverains alliés. Tom a acheté un très beau char de voyage ; ses rendez-vous seront parfaits.

"Je pense, Gertrude, que moins d'agitation vous serait plus agréable, à la veille de vous séparer de votre fille pour douze mois."

Lady Wetheral soupira. " Un peu d'amusement, peut-être, est utile pour adoucir mes regrets, et Mme Boscawen, pauvre enfant, est si ravie des divertissements ! Comment M. Boscawen a réussi, je ne peux pas imaginer ; je n'ai jamais pu *faire* taire Isabelle, mais il a réussi. " Et Isabel est vraiment une petite star maintenant dans la société. *Je* l'avais complètement abandonnée. Mme Boscawen, pauvre enfant, était en extase devant les garde-robes de ses sœurs. Elles ont des bijoux qu'une tête couronnée pourrait certainement apprécier ; tandis que, Boscawen n'a rien donné à Isabel. J'avoue que je suis parfois indigné que la Dame de Brierly soit habillée si simplement, mais je n'ai jamais aimé le caractère de Boscawen.

"Il considère Isabel trop jeune pour se livrer à des folies, ma chère Gertrude."

« Du caractère, du caractère, » répondit milady ; "Un vieil homme épousant une jeune femme doit tenir compte *de ses* goûts et *de ses* souhaits. Pourquoi Isabel est-elle devenue Mme Boscawen, sinon pour bénéficier d'avantages et s'entourer de confort ?"

"Alors Isabel doit apprendre par expérience la méchanceté de se sacrifier à des vues mercenaires. Chrystal," continua Sir John en s'adressant à son plus jeune enfant avec sérieux dans la voix et les manières, "votre éducation a été confiée à mes soins. Ne laissez jamais votre "Reposez votre esprit sur les folies dont les femmes se plaisent à jouir aux dépens du bonheur et de la respectabilité. Que vos désirs, mon enfant, reposent sur des vues meilleures et plus nobles, et conseillez à vos sœurs aînées, lorsqu'elles percevront l'erreur de chasser des plaisirs inutiles, de Éloignez-vous de l'ambition et pensez quelle boisson amère a été présentée à leurs lèvres. »

"Mon cher amour, une homélie parfaite !" s'écria sa dame en souriant, et le nom très imprononçable de ma plus jeune fille sera moins désagréable que son caractère, si elle veut prêcher à sa famille sur votre recommandation. Je suis tout à fait amusé par votre humilité, considérant les splendides mariages que vos filles ont faits. " Je ne suis pas si doué de sentiments humbles ; je suis assez bête pour me réjouir de leur bien-être. Les Kerrison, mon amour, dînent avec nous aujourd'hui. Sir Foster et moi sommes presque amants ; je suis ravi de ses sentiments, très excellents. " Mec ! Je lui ai dit qu'il devait nous permettre de nous enfuir avec sa jolie fille pendant quelques semaines, après que mes chères filles soient parties dans leurs nouvelles maisons. Clara et toi, Chrystal, tes sœurs vont nous manquer. Je serai moi-même très déprimé. Chères filles ! J'ai dit à Sir Foster que la vivacité d'esprit de Miss Kerrison nous serait d'un grand bénéfice ! Il semblait flatté, pensai-je, par ma remarque, et il fit un salut si poli en signe d'acquiescement ! Sir Foster est vraiment un gentleman du vieux l'école ; une image tout à fait."

Lady Wetheral devint bavarde en faisant l'éloge de Sir Foster ; et dans sa plénitude de louanges, le but de son cœur s'est trahi.

"Je suis tellement provoqué quand j'entends les gens répéter tous les rapports vains qui émanent de palefreniers licenciés et de petits domestiques. Juste la classe même de la société qui se livre si largement à des abus ingrats. Je peux déduire des sentiments de Sir Foster, à quel point sa nature est douce. " Cela doit être, et sa grande famille, j'en suis sûr, est excellemment dirigée. Quel ordre et quelle économie dans chaque département ! Je juge, bien sûr, d'après les détails de source, car Sir Foster et moi-même avons beaucoup parlé de ce sujet à Hatton hier, Je lui ai dit que sa fille améliorerait ma Clara en matière d'économie ; ses idées, dis-je, étaient actuellement grossières et non digérées sur le sujet, mais je savais que ses goûts allaient dans ce sens.

" Alors Clara et Kerrison vont se marier, n'est-ce pas ? "

"Vous pouvez vraiment me faire appel, mon amour, car, en effet, vous n'avez que peu de part dans l'avenir de vos enfants. Oui, j'ai choisi Kerrison et Clara. Aucune alliance ne peut rivaliser avec celles qui seront célébrées jeudi, mais je supporte à l'esprit le vieux proverbe : « épousez vos fils quand vous le voudrez, mais épousez vos filles quand vous le pourrez ». Ripley est la prochaine situation éligible dans le Shropshire, maintenant Hatton est assuré. Si seulement Clara veut contrôler son caractère ! Je suis sûr d'avoir suffisamment donné de conférences sur le sujet, et je lui dis que quatre ou cinq semaines de douceur sont tout ce que je lui demande. ".

"Gertrude, vous avez tort, vous êtes méchante", s'écria Sir John, prenant pour une fois sa détermination et se levant de sa chaise, "j'ai été faible et méchant moi-même en vous laissant une telle liberté incontrôlée sur l'esprit de mes enfants, et, Dieu me vienne en aide, j'aurai des raisons de m'en repentir trop tôt. Je vous dis que Clara n'épousera *pas* Kerrison. Je vous le dis, Gertrude, je ne la laisserai pas sacrifier à cet homme violent et grossier de Ripley, pour conduire une femme dans la misère. ou le péché, parce que votre ambition sera satisfaite ! »

L'énergie soudaine de son mari était tout à fait inattendue, son effet était puissant ; Madame s'enfonça dans le siège qu'il venait de quitter.

" Vraiment, Sir John, votre violence tue mes pauvres nerfs. Je ne suis pas capable de lutter contre de si terribles manifestations d'humeur. Ma pauvre constitution exige une tranquillité parfaite, équivalant presque à un silence total, et ces explosions de passion me font beaucoup de mal. En effet, Sir John, vous avez maîtrisé une pauvre créature nerveuse. Les mains de sa dame tremblaient tandis qu'elle parlait, sa voix faiblit et les larmes coulaient sur ses joues.

Sir John Wetheral a-t-il jamais résisté aux supplications de sa dame lorsqu'elles prenaient la forme de souffrance, et a-t-il parlé avec l'éloquence silencieuse du chagrin ? Quand a-t-il jamais créé un chagrin ou causé un reproche sincère, sans endurer une inquiétude bien plus grande, du fait de la connaissance d'avoir causé de la douleur ! Il prit la main de sa dame et se pencha gentiment vers elle.

"Gertrude, c'est un triste travail, et les conséquences de ma faible indulgence seront encore plus tristes . Je vous ai cédé à tous les souhaits de votre cœur, et j'ai soumis mon meilleur jugement à vos larmes, jusqu'à ce que mon autorité ait disparu, et Je suis un secret dans toutes les affaires liées à mes enfants. Dans ce cas particulier, cependant, je serai entendu et obéi. Je n'autoriserai pas une allusion lointaine au mariage de Clara avec Sir Foster ; et à l'instant où je crois, ou j'ai des raisons de le faire, *suspect* , toute tentative privée d'entraîner Clara dans une relation aussi haineuse, à cet instant je retirerai ma famille de Wetheral et résiderai en Écosse.

"Ma tête ! ma pauvre tête, Sir John ! Envoyez-moi Thompson, mon amour, car mon cerveau semble en feu ! Je déclare que les hommes sont si brutaux que les cœurs des femmes devraient être taillés dans le bois. Je suis tout à fait inapte à la compagnie pour... jour."

Sir John ne sonna pas pour Thompson : il avait beaucoup à dire, maintenant que l'indolence de sa nature était transformée en effort, et que son esprit s'attardait avec colère sur le sacrifice médité de Clara.

" Peu importe la compagnie, ma chère Gertrude ; j'aurais aimé que toute la compagnie soit épargnée cette semaine. Les quelques jours qui s'écoulent entre l'heure actuelle et le jour du mariage de ma pauvre fille auraient dû se passer dans l'intimité domestique et la réflexion de chacun. "

La détresse et l'émotion de Lady Wetheral ne *lui accordèrent* aucun moment de réflexion. Elle s'écria précipitamment :

"Moins ils y pensent, les pauvres, mieux c'est !"

"C'est une idée effrayante, Gertrude. Si vous concevez le mariage comme un saut que seuls les ignorants devraient franchir, vous vous condamnez dans vos propres projets. Un parent chasseur de mari, qui tire un voile devant les yeux de la victime et la mène les yeux bandés devant l'autel, est une créature qu'il faut craindre et haïr. »

L'étonnement de Lady Wetheral devant cette remarque, prononcée avec énergie par son mari, produisit un oubli total de l'assistance hystérique. Son souci de débarrasser ses mesures du blâme donna du sérieux à ses manières, mais dissipa pour le moment toute idée de recourir à des secours fictifs. Ses lèvres tremblèrent, mais pas une larme ne coula.

"Je suis désolé, Sir John, je suis désolé d'être censé faire des sacrifices, vendre mes pauvres enfants. Je cherche leur bien, je souhaite qu'ils se marient bien, comme je me suis marié moi-même, mais vous êtes dur de les appeler des victimes. Je J'ai fait mon devoir par eux ; j'ai obtenu d'excellents établissements pour mes trois aînés et j'ai reçu les félicitations de mes amis. Je ne peux vraiment pas recevoir votre reproche.

"Alors pourquoi doivent-ils dissiper la pensée, Gertrude, et fuir la réflexion ?"

"Je suis sûr que je ne sais pas, mon amour. On n'est pas toujours prêt à trouver des raisons en un instant : le mariage apporte des soucis. Ils auront les mêmes inquiétudes concernant l'établissement de leurs enfants que j'ai endurées. Je suppose que c'était ce que je voulais dire. ... Je ne peux vraiment pas le dire ; mais vous m'effrayez avec des expressions si violentes.

« Gertrude, » dit sérieusement Sir John, « que toutes les pensées et tous les sujets douloureux soient bannis entre nous. J'exige de vous une promesse.

"Mon cher amour, je n'ai jamais fait de promesse de ma vie."

"Alors laissez-le se faire maintenant et restez dans votre esprit dans son unicité et sa signification sacrée."

"Une promesse surchargerait mon cœur et jaillirait de mes lèvres, Sir John. Je déteste les promesses."

"Pourtant, tu as promis à l'autel, Gertrude, d'aimer, d'honorer et d'obéir à ton mari."

"Ce sont bien sûr des mots, amour, et ils signifient que les gens doivent courir ensemble du mieux qu'ils peuvent : mais qu'exigez-vous comme promesse ?"

"J'ai besoin de votre assurance que vous renoncerez à jamais à toute idée de gendre en ce qui concerne Sir Foster Kerrison."

"Sais-tu, mon amour, je vois la main de Boscawen dans ton aversion déterminée pour Kerrison. Cet homme a une énorme influence sur toi ; et quand il a épousé une femme assez jeune pour être sa petite-fille, cela aurait dû le faire taire sur le sujet. de mariage. Lady Ennismore a entendu mes raisons en faveur de Sir Foster, et ce n'est qu'hier que je parlais de ce sujet avec Madame. Lady Ennismore est revenue de Bedinfield en pleine plume, mon amour, et a l'air presque aussi jeune que Julia. " ; n'est-ce pas ? Elle m'a assuré que jeudi serait le jour le plus brillant de son calendrier de plaisirs. Je suis sûr que ce sera pour moi un jour de fier plaisir ! »

"Je ne vous permettrai pas d'inclure Sir Foster Kerrison dans le cortège nuptial, Gertrude. Je souhaite que vous compreniez que je m'oppose à toute espèce d'intimité avec la famille Ripley."

« Mon cher John, pourquoi n'avez-vous pas exprimé vos souhaits plus tôt ? J'ai en effet demandé à cette jolie et joyeuse créature, Lucy Kerrison, de passer quelques jours avec Clara lorsqu'elle perdra ses sœurs, et je me suis senti obligé d'inclure son père dans le programme . arrangements de mariage. Je suis désolé que vos étranges façons de penser empêchent tant de circonstances agréables d'être valorisées, mais il en est ainsi, et je ne peux pas refuser la société de Sir Foster sans une raison convaincante de m'excuser pour mon changement de manière.

"Je ne m'oppose à cet homme qu'à cause de Clara", répondit Sir John, considérablement ennuyé par cette nouvelle.

"Quelle absurdité, Sir John ! Dois-je insister pour que la jeune fille tombe amoureuse, ou est-ce que j'impose des mains violentes sur le propriétaire de Ripley ?"

"Pas exactement, Gertrude, mais je m'oppose à vos plans et manœuvres éternels, qui tendent au même effet."

Lady Wetheral lui baisa la main d'un air espiègle.

" Vantez de telles idées ! Une mère est un être bien différent d'un père. L'une n'est que tendresse et inquiétude pour l'avenir ; l'autre rêve lourdement, et pas toujours sagement, sur le présent. Regardez Chrystal là, assise tout droit, avec ses cheveux en masse et sa gorge couverte comme le tableau d'Héloïse. Vous la trouvez nécessaire à votre amusement maintenant, mais vous êtes aveugle à son avantage futur. Qui demandera une femme dans l'enceinte alarmante de votre bibliothèque ? Qui demandera une femme dans l'enceinte alarmante de votre bibliothèque ? aura-t-il soin de plaire à une fille élevée parmi les auteurs, pleine de suffisance et dont la conversation l'empêchera de plaire aux autres ?

« Christobelle est une compagne très agréable », fut la réponse de son père.

"Elle fera peut-être l'affaire pour le neveu du vieux Leslie", observa milady avec nonchalance. "Kerrison dit qu'ils l'ont mis à bord du vaisseau de Dundonald."

Un court silence s'ensuivit et Lady Wetheral quitta la pièce, libre de toute promesse précise au sujet de Sir Foster Kerrison. Sir John se remit à travailler tranquillement, convaincu que ses sentiments étaient révélés et que désormais, lorsque l'agitation du double mariage se calmerait, la marée de la gaieté refluerait et le château de Wetheral deviendrait une scène de calme et de gaieté domestique. Alors toute cette communication avec Ripley devait prendre fin, et Clara ne serait plus soumise à la société constante de Sir Foster Kerrison. Cette heureuse vision berça sir John Wetheral dans la sécurité actuelle, et son esprit écarta le sujet de son examen.

Rien ne pouvait surpasser la joie d'Isabel lors de la fête quotidienne qui se réunissait dans la splendide salle à manger de Wetheral. Rien de plus délicieux à son imagination que la scène qui se présentait chaque jour à ses yeux après les fatigues et les ennuis d'une longue matinée passée dans la loge de son mari. Lorsque la cloche de six heures sonna parmi les invités rassemblés et les avertit de leur toilette, Isabel sortit de son travail et, avec la joie sauvage d'une jeune fille émancipée d'un pensionnat, elle vola dans sa chambre et se prépara pour l'amusement exquis de la soirée. Il est vrai qu'elle était obligée d'entrer dans le salon en s'appuyant discrètement sur le bras de son mari, et sa haute silhouette, flottant autour de sa chaise, arrêta un moment l'exubérance de son humeur par sa vigilance étroite et inquiète ; mais ses yeux se régalaient du visage et des vêtements de ceux qui l'entouraient. Comparé à Brierly, cela seul était du bonheur. Elle regardait ses sœurs avec un regard radieux et avec complaisance les messieurs, qui allaient si tôt les faire disparaître de sa vue. Elle ne se lassait jamais de regarder Miss Wycherly et son amoureux, Charles Spottiswoode ; le premier la ravissant par la bizarrerie de ses propos, et le second plein de divertissements agréables.

Entièrement absorbée par le tumulte de la scène, Isabel oublia l'inquiétude pesante de la matinée, et l'oubli complet se referma sur les études dont M. Boscawen espérait vainement qu'elles parviendraient à son goût et amélioreraient son esprit : son âme ne se consacrait qu'à des sujets simples, et la chaleureuse Isabel ne reconnaissait aucun désir autre que le plaisir de voir des visages heureux et d'entendre des remarques aimables. La vie pour elle était un vide, si elle apportait d'autres sons que des salutations affectueuses, ou produisait d'autres objets que des individus souriants et bien habillés.

Pendant le dîner, les yeux d'Isabel se régalaient silencieusement de ses amis ; mais lorsque les dames se levèrent pour quitter la salle à manger et que son esprit fut désenchanté par la porte se refermant sur M. Boscawen, alors son discours fit éclater son enceinte et se délecta d'une liberté sans restriction. La veille du matin nuptial, Isabel était de très bonne humeur, presque aussi insoumise qu'à l'époque de son célibat : même M. Boscawen pouvait à peine repousser la vivacité de ses remarques, bien qu'il se tenait grand et sombre devant elle, ses yeux sombres fixés. sur son visage, et ses sourcils fortement marqués s'abaissant aux remarques rapides qui passaient ses lèvres. *La gaieté de cœur* jouait dans ses yeux ce soir-là, malgré sa servante silencieuse et sévère ; et, lorsque les dames se retirèrent, Isabel attrapa le bras de Miss Wycherly alors qu'elles se dirigeaient vers le salon.

"Oh, ma chère Miss Wycherly, maintenant que je me suis éloigné de M. Boscawen, j'ai tellement de choses à dire, et je dois tout dire avant qu'il ne quitte la salle à manger, vous savez ! Eh bien, comme Lady Ennismore est belle. , et quel bel ornement dans ses cheveux ! J'aimerais que M. Boscawen me laisse porter des ornements ! Je l'ai taquiné pour qu'il me permette de porter une plume demain matin, mais il répond dans un langage inexplicable, que je suppose signifie « non ». Je veux demander aux filles si elles ont peur du lendemain : je n'étais pas du tout alarmée. Si j'avais su, cependant, à quel point j'étais petite pour être la maîtresse de Brierly, je ne me serais pas mariée.

Isabel s'enfuit vers ses sœurs, en arrivant au salon, sans attendre aucune réponse de Miss Wycherly.

"Maintenant, je veux savoir si l'un de vous a peur. J'ai seulement ri, si vous vous en souvenez. Lady Ennismore, Julia ne sera-t-elle pas très heureuse ?"

"Je l'espère", répondit Lady en souriant et en serrant obligeamment la main de Julia entre les siennes. "Ma fille reposera sur des fleurs, si un de mes vœux a le pouvoir de lui conférer un tel destin."

Julia tourna la tête vers Lady Ennismore ; la joie et l'affection brillaient dans ses yeux, mais elle ne parlait pas.

me fasse me reposer sur des roses et laisser cette horrible " Histoire universelle " qui m'intrigue à mort. Je ne pense pas vous êtes de bonne humeur, ma chère Anna Maria ; mais vous n'avez pas besoin d'avoir peur de Tom Pynsent, j'en suis sûr : il était le meilleur partenaire que j'aie jamais eu. Je suis sûr que Tom vous gâtera. Il m'a permis de toujours appeler la même danse country, même si je sais qu'il aurait préféré n'importe quelle autre. *Vous* n'avez pas à craindre, ma chère Anna Maria. Je demanderai à Mme Pynsent, demain, si quelqu'un a besoin d'avoir peur, cher Tom. Oh, Miss Wycherly, cela est le peigne le plus doux que j'aie jamais vu - et ma soie bleue a l'air si démodée à côté de votre robe chérie, Miss Spottiswoode !"

Lady Wetheral s'est approchée d'Isabel et l'a complimentée pour son apparence améliorée lors de son séjour à Wetheral.

"Oh, tu le penses, maman ? Je sais que j'aurais aimé ne pas être à la manière de la famille, car je *dois* être confiné à Brierly, dit M. Boscawen ; et l'endroit est si grand et si ennuyeux. — Anna Maria, j'aimerais J'allais avec toi à Paris, n'importe où, pour éviter de gêner Miss Tabitha. Oh, Julia, j'espère que tu ne seras pas bientôt dans la famille, car c'est terrible d'avoir une telle taille, et ta silhouette est grande. si adorable."

" Sonnez pour un café, Chrystal ", dit Lady Wetheral d'un ton doux, mais souffrant vivement du rire suscité par le discours d'Isabel.

"Oh, ne sonne pas encore pour prendre un café", s'écria Isabel. "J'ai tant de choses à dire, et M. Boscawen quittera la salle à manger s'il entend une cloche. Non, ne commandez pas de café pour l'instant. Clara, je ne dois pas prononcer le nom de Sir Foster, car M. Boscawen dit moi pas ; mais je crois savoir à qui aura lieu le prochain mariage. Je l'ai vu dans l'avenue aujourd'hui ! ah ha ! - Je pense vraiment que vous êtes trop beau pour Sir Foster - maintenant, je vais faire un mariage avec la chère Chrystal. ".

C'est ainsi qu'Isabel, heureuse et au cœur gai, se précipita, parfaitement aveugle à l'agonie mentale de Lady Wetheral et à ses efforts pour détourner la conversation entre d'autres mains. Miss Spottiswoode et Miss Wycherly encourageaient les capacités de conversation ingénues et indiscrètes d'Isabel.

"Chrystal", répéta milady, "j'ai envie de café."

"Non, non, je vous jure de ne pas vous approcher de la cloche ", s'écria Isabelle en arrêtant la main de Christobelle alors qu'elle se préparait à obéir à l'allusion. "Ma chère maman, n'aie pas encore soif, j'ai tant de choses à dire. Sais-tu que je n'ai retrouvé mes vieux esprits qu'au cours de ces quatre jours, et qu'ils expireront de nouveau au moment où je partirai pour Brierly. Si vous appelez pour le café, M. Boscawen se lèvera devant moi comme Samuel à l'appel de la sorcière d'Endor, que je lui ai lu ce matin.

"Lisez-vous vraiment un chapitre chaque matin, en plus d'étudier les arts et les sciences ?" » demanda Miss Wycherly en s'asseyant sur un tabouret à côté d'Isabel. "Maintenant, les filles, formez un cercle et écoutez le prospectus de Mme Boscawen sur l'éducation conjugale."

"Prospectus!" » répondit Isabel en riant. « Dieu sait ce que c'est ; mais maintenant vous écoutez tous, je vais tout vous dire. Quels visages joyeux ! J'aimerais que M. Boscawen me laisse remplir Brierly de tels visages et nous permette de détaler. dans le parc et nourrir les cerfs. J'ai demandé au vieux John, un jour, de... "

"Qui est le vieux John ?" » dit Miss Spottiswoode, qui formait le centre du cercle.

« Le majordome, ma chère, le vieux majordome. — J'aimerais que M. Boscawen me laisse faire exactement ce que je veux. Ah, Julia, Lord Ennismore n'est pas aussi vieux que M. Boscawen, donc il sera si bon enfant ! — Quant à mon cher Tom Pynsent, je sais qu'il laissera Anna Maria danser du matin au soir. M. Boscawen dit que les femmes mariées ne peuvent pas être trop graves, mais il ne me l'a jamais dit avant mon mariage. M. Boscawen aime Chrystal ; c'en est une. chose donc, elle reviendra avec nous dans cet horrible Brierly. Maman, nous allons nous enfuir avec Chrystal.

"L'êtes-vous, Mme Boscawen ?" Madame parlait nonchalamment, comme si elle était résignée à supporter tous les maux, jusqu'à ce que son gendre apparaisse.

"Oh oui. M. Boscawen m'a dit qu'il devrait emmener ma sœur Chrys. Elle a douze ans maintenant; une sacrée compagne, dit-il, pour moi, si jamais j'ai la moitié de sa candidature - ça, j'en suis sûr, Je ne l'aurai jamais fait. Le vieux John m'a dit... "

La porte s'ouvrit et révéla la silhouette décharnée de M. Boscawen, approchant avec la dignité d'une extrême taille et de grands sourcils broussailleux. Il se dirigea lentement et silencieusement vers sa jeune épouse et se posta au dossier de sa chaise. Isabel est devenue muette.

"Vous êtes en avance, M. Boscawen", observa Lady Spottiswoode. "Nous étions dans la première salve de propos sacrés pour notre sexe."

"Faites de moi un participant", a-t-il répondu en souriant.

"Jamais", répondit Miss Wycherly. "Nous avons trop de franc-maçonnerie pour vous admettre en coulisses."

"Ma femme n'entend aucune conversation, Miss Wycherly, que son mari ne puisse pas partager, je présume ?"

"La, M. Boscawen", s'exclama Isabel avec empressement en se tournant vers son mari, "vous n'aimez pas les bêtises, et nous ne parlons pas d'autre chose."

"Je suis désolé de vous entendre avouer une telle folie et une telle méchanceté, mon amour", répondit M. Boscawen. "J'avais espéré de meilleures choses."

"Eh bien, M. Boscawen, je ne veux pas dire exactement des bêtises. Je ne veux pas dire ce que *vous* entendez par bêtises. Je veux seulement dire que nous—nous—"

"Que veux-tu vraiment dire, Isabel ?" M. Boscawen lui prit gentiment la main et avait évidemment l'intention de jouer, mais c'était l'âne qui essayait d'imiter le chien de poche. Isabel rougit et retira sa main avec inquiétude. Les sourcils hirsutes de son mari cachaient l'expression bienveillante de son regard posé sur son visage.

"Je suis sûr que je ne sais pas, M. Boscawen, ce que je veux dire. Je ne pense pas avoir jamais pensé quoi que ce soit."

M. Boscawen ne répondit rien, mais reprit sa position derrière la chaise d'Isabel. Une pause gênante fut agréablement soulagée par l'entrée du café, et peu après les messieurs sortirent de la salle à manger. Tom Pynsent s'est envolé pour Anna Maria, comme d'habitude. Lord Ennismore s'assit à côté de sa mère.

" Seigneur, " s'écria Mme Pynsent à Lady Spottiswoode, " je ne trouve pas une seule bonne qualité chez cet homme, Ennismore, pour attirer une fille comme Julia Wetheral. Si le pauvre singe ne s'est pas laissé tomber près de sa mère , au lieu de sa fiancée. Regardez mon Tom, maintenant ! Voyez comment il fait du bruit et roucoule devant sa colombe ! Eh bien, mon pauvre Bobby n'était pas un amoureux du miel comme cet Ennismore ; et Bobby, vous savez, ne mettrait pas la Tamise sur feu."

Sir John était assis entre Anna Maria et Julia, en silence ; il écoutait avec une attention heureuse Tom Pynsent, qui s'étendait sur le confort qu'il avait préparé pour la folie des voyages de sa jeune femme.

"Dieu sait quel genre de silhouette je ferai", remarqua-t-il, avec son ton de voix de stentor habituel. " Je n'ai pas envie de chasser ou de tirer bien parmi des types aussi maigres et au visage blanchâtre que les Français ; et, quant aux chiens, *ils* ne peuvent rien savoir en leur parlant dans une telle langue. Je ne peux pas parler un mot de Français, et Anna Maria est aussi sage que moi. Je n'ai aucune idée de la façon dont nous allons nous en sortir, mais, si ma petite fille est contente, je suis content. Un homme doit plaire à sa femme, vous savez, ou il doit être une brute. J'aimerais que les Ennismore nous rejoignent. Ennismore, mon garçon, ici, viens par ici, il n'est pas trop tard maintenant pour changer d'avis et nous rejoindre à Paris."

Lord Ennismore se leva et rejoignit le groupe qui s'était groupé autour de Sir John et de ses filles. Lady Ennismore suivit son fils et plaça négligemment son bras sous le sien. Tom Pynsent répéta son observation et Julia lança à son époux un regard suppliant, qui fut observé par Miss Wycherly. Lady Ennismore répondit à l'appel de Tom Pynsent avec son plus doux sourire.

" J'aurais presque souhaité que nous allions *en masse* , mes chers amis, profiter de votre délicieuse visite à Paris. J'aurais presque souhaité que la propriété Bedinfield soit située sur les bords de la Loire, pour pouvoir arracher des instants dans la capitale française. Ma chère Julia sera tellement occupée dans son nouveau domaine qu'elle n'aura pas le loisir de soupirer après d'autres scènes ; et je dois me réjouir un moment de son bonheur, avant de pouvoir me permettre d'imaginer que je suis une douairière et libre de vagabonder.

"Peut-être *que nous* irons avec vous !" s'écria Isabel dans un moment d'excitation, oubliant Brierly, sa situation et les goûts de son mari. « M. Boscawen, j'aimerais tant aller à l'étranger ! - M. Boscawen, rejoignons Tom et Anna Maria ! - J'aimerais tant aller dans un endroit où je ne pourrais pas parler un mot de la langue – pour voir les gens regardent et mangent de vilaines grenouilles !"

"Ma chère Isabelle!" dit son mari en lui pressant la main sur l'épaule, en signe de son désir qu'elle se taise.

"Eh bien, Tom Pynsent l'a dit, M. Boscawen ! n'est-ce pas, Tom ? — n'avez-vous pas dit qu'ils mangeaient des grenouilles, des escargots et d'autres choses vivantes ?"

M. Boscawen n'a jamais risqué une réponse pour provoquer de nouvelles répliques - il a seulement fait allusion à l'état de santé d'Isabel, dont il craignait qu'il ne souffre des heures tardives, et sur un ton de voix doux mais décidé - un ton auquel Isabel n'a jamais osé résister. — il lui offrit le bras et lui conseilla de se retirer pour la nuit.

"Encore une heure pour Mme Boscawen - laissez-moi prier pendant une heure seulement", a déclaré M. Charles Spottiswoode - "ce sera notre dernière assemblée générale !"

"La santé de ma femme est d'une grande importance pour ses amis", répondit doucement M. Boscawen, alors qu'Isabel se levait consternée. "Je dois m'occuper de ma femme."

"Oh, en effet, je suis en très bonne santé, M. Boscawen, même si je suis plutôt lourd à regarder. Mme Tollemache était beaucoup plus grande que moi lorsqu'elle dansait un reel, n'est-ce pas, Miss Wycherly ?"

M. Boscawen était par principe sourd et muet chaque fois qu'Isabel commençait à converser. Il conduisit sa femme chez sa mère, en silence, pour lui faire des compliments de départ, et Christobelle les accompagna dans leur transit. Lorsqu'Isabel fut déposée dans sa chambre, M. Boscawen commença la conférence du soir.

"Isabel, tu me choques à mort avec ton ignorance et ton indélicatesse."

"Je suis sûre que je n'ai pas été indélicate, M. Boscawen. Vous trouvez toujours des fautes, maintenant je suis mariée avec vous", sanglota Isabel.

"Mon amour, tu ne devrais pas faire allusion à ta situation devant messieurs, ni nommer Mme Tollemache de cette façon extraordinaire."

"Eh bien, je ne savais pas qu'il y avait aucun mal, M. Boscawen ! Je déclare que j'aurais aimé ne me trouver dans aucune situation, car vous m'éloignez de tout amusement agréable, et cela rend cet endroit aussi ennuyeux que Brierly."

"Je suis désolé que tu pleures, mon amour, et que tu trouves Brierly si ennuyeux. J'espérais que tu serais heureux ici, au moins, mais tu m'as blessé en te plaignant et en pleurant. Ma chère Isabel, ne sois pas si enfantine."

"Eh bien, je *suis* un enfant, M. Boscawen. Je n'ai que dix-huit ans dimanche prochain."

"Je ne peux pas supporter de te voir pleurer, Isabel ;" et M. Boscawen se penchait tendrement sur sa femme capricieuse. "Tu vas te faire du mal."

Isabel avait suffisamment d'acuité ou d'instinct pour percevoir la source de son pouvoir temporaire, et elle profita de l'instant. Ses sanglots redoublaient de véhémence.

"Je souhaitais seulement porter une petite plume blanche au mariage de ma sœur demain et vous m'avez refusé, M. Boscawen."

" Vraiment, Isabel ? Cesse de sangloter, et tu auras la plume ; fais-le, mon amour. Tu porteras une plume, sois seulement tranquille ; autant de plumes que tu voudras, Isabel, cesse seulement de pleurer. " M. Boscawen tira sur ses genoux sa femme qui sanglotait et la caressa comme un enfant dans les bras de sa nourrice.

"Je souhaite seulement deux plumes, M. Boscawen : une pour jouer facilement et une longue chose pour tomber."

"Tu les auras, Isabel; maintenant pose ta petite tête sur mon épaule."

Isabelle tomba sur l'épaule de son mari comme une enfant capricieuse et fatiguée de ses propres efforts ; ses sanglots s'apaisèrent peu à peu, et un faible murmure succéda, qui s'adoucit à nouveau en soupirs. Christobelle quitta les Boscawen pour rentrer au salon. Isabel avait gagné son point de vue et la plume était gagnée.

Comme le jeune cœur de Christobelle se glorifiait de la scène qui se présentait à ses yeux le matin mouvementé du mariage de sa sœur ! Une foule nombreuse et bien habillée remplissait à craquer le grand salon ; et les yeux de Christobelle parcouraient l'appartement, s'arrêtant sur chaque groupe qui s'offrait à son attention. Elle voyait Anna Maria pâle comme lorsque son cœur souffrait d'un amour non partagé, accroché au bras de son père, tandis que son amant se tenait près d'elle, encore plus rouge et plus heureux qu'au jour de son acceptation. Julia était assise calmement entre ses demoiselles d'honneur, Miss Wycherly et Miss Spottiswoode. Lady Ennismore se tenait juste derrière elle, appuyée sur le bras de son fils. Isabel, brillante et pétillante, était étroitement surveillée par M. Boscawen ; le panache si longtemps convoité, ondulant gracieusement dans son chapeau de soie bleue. Mme Pynsent était là, pleine d'une importance heureuse, prenant évidemment le commandement de toutes les opérations, et infatigable de regarder Tom, son fils unique, maintenant sur le point de quitter l'Angleterre, tout habillé pour son voyage – grand, bruyant et bon... regarder. Les Tyndals étaient regroupés avec les Kerrisons et Clara. Sir Foster restait silencieux et absent, clignant de l'œil gauche d'un mouvement nerveux qui produisait un effet extraordinaire.

Lady Wetheral se glissait parmi ses invités avec une aisance et une grâce vraiment envoûtantes. Personne n'aurait pu supposer que son cœur se gonflait de triomphe face aux événements qui allaient bientôt la priver de la société de deux enfants, ni que son attention actuelle était profondément fixée sur Clara et Sir Foster Kerrison. Chaque tour du visage du baronnet était noté avec attention par son œil perçant ; et même si, aux yeux des observateurs ordinaires, Sir Foster regardait stupidement devant lui, clignant des yeux et tapotant sa jambe avec une canne, sa perception aiguë tirait des conclusions de choses impossibles, et ajoutait une grâce accrue à ses manières insinuantes.

L'esprit de Sir John Wetheral était bien moins satisfait, alors qu'il regardait de Tom Pynsent à la figure efféminée de Lord Ennismore, et pensait à l'avenir de Julia avec un homme dont l'esprit semblait aussi imbécile que sa personne était peu virile. Christobelle pouvait tracer ses pensées dans l'expression de ses yeux, regardant tantôt avec plaisir Anna Maria, et tantôt se reposant tristement sur sa belle Julia. Christobelle était trop jeune pour pleurer avec lui ou comprendre les sentiments profonds de son esprit ; mais le souvenir de ses émotions expressives lui revenait souvent dans l'au-delà, lorsque l'expérience l'avait éclairée dans la souffrance et lorsque les douleurs amères de la déception parentale étaient plus clairement comprises.

Il y eut une pause de quelques instants, après que le bourdonnement général d'une première réunion se soit calmé, comme si tous les partis attendaient une convocation à la chapelle, qui, à Wetheral Castle, est restée intacte par la main du temps, depuis l'époque du septième Henri. . C'était un grand ensemble de bâtiments généralement bien remplis, beaucoup des voisins les plus proches préférant se rendre au château de Wetheral en raison de son emplacement en raison de la distance, et peut-être en référence aux déjeuners gais qui attendaient leur retour dans la grande salle. Le profond silence fut rompu par Mme Pynsent.

" Tiens, bonjour ! qu'attendons-nous ? John Tyndal est dans ses canoniques depuis une demi-heure. Maintenant, Sir John Wetheral, allez-vous conduire Anna Maria ? Tom, soyez pendu ; pas si vite , stupide ; prenez Miss Spottiswoode. Et voilà ! Salut, Charley Spottiswoode, quitte Pen et trotte aux côtés de Maîtresse Boscawen.

"Ma femme est sous ma responsabilité, merci", a déclaré M. Boscawen en s'inclinant en souriant devant Mme Pynsent.

" Seigneur, quel con ! Ici, Sir Foster, vous avez fait un trou dans votre pantalon avec cette canne ; continuez avec Clara Wetheral ; elle est la demoiselle d'honneur d'Anna Maria. Ne continuez pas à fredonner un air, mon bon ami, allez sur."

Sir Foster est décédé comme on lui l'avait demandé, mais il n'a pas prêté attention à l'adresse de Mme Pynsent. Il s'avança en fredonnant un air et en clignant des yeux. Clara s'appuyait sur son bras, en mousseline blanche et satin. Jamais elle n'avait été aussi belle. Peut-être que Sir Foster agissait comme une excitation pour ses pouvoirs de captivation. Si une femme pouvait charmer Sir Foster Kerrison, elle pourrait animer une image d'argile ; mais Clara aimait se laisser stimuler par les difficultés.

Les penchants de chasse de Tom Pynsent étaient frais et verts dans son cœur, malgré les circonstances et un bouquet de géraniums qui fleurissait à la boutonnière de son habit ; car, apercevant Christobelle suivant le train sans associé, il se tourna avec bonne humeur vers Henry Tyndal et lui cria :

« Fouettez le chien de queue, Harry, et emmenez-la au chenil. Christobelle fut donc escortée dans la chapelle par Henry Tyndal.

La cérémonie terminée, Anna Maria fut donnée pour toujours à Tom Pynsent, et Julia fut saluée par Lady Ennismore. Lady Wetheral avait atteint le sommet de ses vœux. Quelle que soit la direction dans laquelle son regard se dirigeait, il y avait gloire et triomphe. Ses deux filles aînées étaient devenues des pierres tombales du comté et Clara était stationnée aux côtés de Sir Foster Kerrison. Est-ce que toutes ces choses pourraient être ?

Un magnifique petit déjeuner attendait le *cortège nuptial* , mais Sir John Wetheral ne voulut pas se présenter aux tables bondées ; il se retira dans son bureau après la cérémonie, désirant prendre congé de ses enfants dans l'intimité de son propre lieu de refuge. Christobelle resta avec lui pendant le *déjeûné* , et M. Boscawen fut chargé de prendre place sur la scène de la fête.

Anna Maria apparut au bout d'un quart d'heure, pour recevoir la bénédiction de son père avant de quitter son toit pour quelques mois, et ses soins paternels pour toujours. Son père l'embrassa sur la joue rougeoyante et lui dit de partir en paix. " Vous avez épousé un homme bon et un homme religieux, ma chère enfant ; vous serez donc à l'abri des aiguillons du reproche. Les épreuves de la vie doivent vous incomber, mais il y en a un qui partagera gentiment vos ennuis, et veille sur vous." Il se tourna vers Tom Pynsent. "Je vous donne mon enfant avec une grande satisfaction et fierté. Je vous la donne innocente et bonne ; ramenez-la à la maison intacte des vices d'un pays étranger." Anna Maria plia le genou et reçut la bénédiction de son père les yeux brillants. Elle fut précipitée de ses bras dans le carrosse qui devait les conduire à la côte. Les messieurs étaient tous rassemblés, examinant sa forme et sa fabrication : mais elle fut silencieusement aidée à monter dans son nouvel équipage par son beau-frère et M. Wycherly. Ils respectèrent son émotion et se gardèrent de l'augmenter en lui adressant un seul mot de compliment. Tom Pynsent le suivit, mais sa progression fut arrêtée par la sollicitude de sa mère, qui s'était précipitée vers la porte pour contempler une fois de plus la forme athlétique de son fils bien-aimé. Les souvenirs des jours passés de sollicitude parentale ont submergé le cœur de Mme Pynsent et ont produit un flot de larmes alors qu'elle gémissait : « Je dis, Tom.

Tom s'avança et serra la main pour la troisième fois , en plus d'offrir à nouveau toutes les consolations filiales.

" Calme-toi maintenant, mère, calmement : vas-y au petit galop et ne te décourage pas. Prends soin de mon père et occupe-toi des chiens et des poulains. Laisse John Ball exercer Longshanks et prends soin de la jument. Nous reviendrons au mariage de Pen.

« Allez, pas de vos plaisanteries, espèce de coquin », s'écria Mme Pynsent en souriant à travers ses larmes ; "Comment pourrais-je deviner qui Pen tenait à elle, avec ses manières bavardes ? Eh bien, je vais m'occuper de tes soucis, Tom, mais comment vais-je m'entendre uniquement avec Bobby ? Quand rentreras-tu à la maison, Tom, et quand te verrai-je encore une fois dans le Shropshire, et que vais-je devenir jusqu'à ce que tu reviennes ? Tu quittes tes parents au moment où ils ont le plus besoin de toi, Tom. Le chagrin de Mme Pynsent devint audible ; et M. Wycherly, faisant monter son neveu dans la voiture, s'efforça de faire sortir sa sœur de cet endroit.

"Cela ne sert à rien, Bill; tu ne me feras jamais partir avant que j'aie vu le dernier de mon Tom. Anna Maria, prends soin de Tom et ramène-le sain et sauf."

La voiture s'éloigna et Mme Pynsent regarda jusqu'à ce qu'un tournant dans l'avenue la cache à sa vue ; elle se tourna vers M. Wycherly.

"Emmenez-moi maintenant, Bill, et ne dites pas un mot. Mettez-moi dans mon carrosse et envoyez Bobby, car j'ai fini."

M. Wycherly a fait tout ce que sa sœur pouvait souhaiter. Elle fut conduite à son « carrosse », comme elle désignait toujours le phaéton, en pleurant violemment, et « Bobby » prit place à ses côtés sans faire une remarque, ni risquer un mot de consolation. La voiture Hatton partit, mais les sanglots de la pauvre Mme Pynsent se firent entendre distinctement pendant un certain temps au-dessus du piétinement des chevaux, tandis qu'ils marchaient sur le gazon vert de l'avenue.

Les voitures Bedinfield arrivèrent maintenant à la porte, et Julia devait partir vers une autre maison, comme sa sœur l'avait fait avant elle ; mais bien que sa destinée paraisse plus brillante, bien que tous les avantages terrestres conspiraient pour rendre son sort encore plus envié et enviable que celui de Mme Tom Pynsent, il y avait un silence lugubre parmi ses amis, et la voix de félicitation semblait basse et mélancolique.

Des sourires et des prophéties heureuses avaient réjoui le départ d'Anna Maria ; mais personne n'osait dire que Julia avait gagné un prix matrimonial. Personne ne pouvait avouer que son cœur n'était pas lourd lorsqu'il vit cette jeune fille épanouie emmenée par Lord et Lady Ennismore – une pairie et une épouse. Miss Wycherly se précipita vers son amie en leur disant adieu et fondit en larmes. « Julia, » dit-elle d'un ton sérieux et touchant, « vous apparaissez au-delà de l'assistance terrestre — bien au-delà des soucis humains ; et ses détenus sont à vous pour toujours.

"Amen", a répondu Charles Spottiswoode.

Julia s'arrêta, frappée par le ton solennel du discours affectueux de son amie : sa lèvre frémit et la couleur s'enfuit de sa joue.

"Pénélope, je sais que tu m'aimes, et j'espère que nos rencontres se dérouleront toujours dans une amitié sereine et heureuse, mais tes manières laissent présager le mal."

« J'ai mal au cœur, Julia, » répondit Miss Wycherly en pressant sa main sur sa poitrine ; "mais cela passera. J'ai une douleur intense *ici* , mais j'espère qu'elle ne visitera jamais votre cœur chaleureux. Julia, puissiez-vous être la plus heureuse des heureux ! mais, dans tous les changements, souvenez-vous de Penelope Wycherly, que vous avez servie dans son besoin. » Miss Wycherly jeta ses bras autour de Julia, et les deux amis s'embrassèrent en silence. Lady Ennismore intervint.

« Ceci est un triste exemple de félicitation, ma chère Miss Wycherly, et ma fille sera rendue malade par ces phrases agréables, mais blessantes. Ennismore, conduisez votre épouse à son père ; et nous prendrons possession de notre bijou, de peur que des visages mélancoliques démoraliser son esprit. Lady Wetheral, je crois que nous nous préparons maintenant à emporter notre chérie.

Les yeux de Lady Wetheral brillaient d'un plaisir plus que triomphant, alors que Julia était conduite dans le bureau de son père ; elle suivit machinalement le sillage des deux lady Ennismore, et son pas sonnait fièrement en se rappelant que sa fille était désormais comptée parmi les grandes du pays. Sir John considérait seulement que son enfant était l'épouse d'un homme qu'il ne pouvait aimer, et la belle-fille d'une femme qu'il n'estimait pas. La pleine marée d'affection se précipita vers son cœur, mais devint inexprimable de ses lèvres. Il ne pouvait que serrer Julia contre son sein ; il ne pouvait pas le lui dire, son esprit était heureux de la perspective qui s'offrait à elle, mais il ordonna à Dieu de la bénir en esprit, et son étreinte en disait long.

Miss Wycherly ne s'immisça pas dans la scène sacrée ; mais elle était postée dans le hall pour contempler son amie et surveiller ses mouvements. Charles Spottiswoode se tenait près d'elle, mais Pénélope ne prêta aucune attention à ses accents de bonté et d'affection. Alors que Julia sortait de la bibliothèque et se dirigeait vers la porte du couloir avec ses nouveaux parents, sa mère et les Boscawen, Miss Wycherly fixa ses yeux sur le visage pâle de son amie et s'écria : « Julia, vous partez ; souvenez-vous de mes dernières paroles. , mon cher ami, dans tous les changements, souviens-toi de moi et des miens !"

Julia resta sans voix, mais elle tendit la main, que Pénélope couvrit de baisers, et se résigna à contrecœur auprès de Lord Ennismore. "Voilà, mon seigneur", s'écria-t-elle avec énergie, "emmenez mon amie, puisqu'il doit en être ainsi, mais vous ne l'aimerez pas comme moi, ni ne comprendrez son cœur chaleureux comme je l'apprécie ! Je serai toujours avec vous, Julia, en esprit, et mon amitié seront un bouclier en cas de besoin. Adieu, mon cher ami !

Miss Wycherly quitta le hall et regarda le départ de Julia à travers une fenêtre plus éloignée des regards. Il n'y avait que Charles Spottiswoode pour l'écouter, et c'est à lui que s'adressaient ses lamentations. Elle fit part à son amant de toutes ses craintes et de toutes ses pensées concernant le mariage de Julia ; l'idée mélancolique s'empara de son esprit, que Lord Ennismore n'était pas adapté au caractère de son amie, et, bien qu'il n'y ait rien de tangible dans le comportement de Sa Seigneurie qui pût susciter une forte objection, il y avait une différence marquée dans son caractère, une manière totalement opposée à celle de Lord Ennismore. le caractère et la gentillesse de son cousin Tom, qui doivent affecter l'esprit et les opinions de chacun. Elle avait le pressentiment inquiétant que Julia serait malheureuse et qu'elle n'épouserait jamais Charles Spottiswoode, à moins qu'il ne jure, selon tous les rapports, en toutes circonstances, de recevoir Julia Wetheral à Lidham ; oui, même si elle est devenue une chose sans valeur, pauvre, misérable et méprisable. «Jure-le-moi, Charles, s'écria-t-elle, jure-le maintenant, avant que la portière ne se ferme sur mon amie et ne l'emporte hors de ma vue !»

"Oui, Penelope", répondit gentiment Spottiswoode. "Lady Ennismore me trouvera son ami chaleureux dans chaque épreuve ; mais pourquoi es-tu si craintive et inquiétante *maintenant* ? Pourquoi tes peurs acquièrent-elles une telle influence et une telle maîtrise à ce moment-là, quand son cœur est calme et *son* affection est incontestée. ?"

" Que Dieu m'aide, Charles ! mais, comme Julia venait de sortir de la bibliothèque, elle ressemblait à un agneau conduit à l'abattoir. Avez-vous lu l'expression de Lady Ennismore, les yeux de la mère ? "

"Je ne l'ai pas observée. Je regardais *tes* yeux, Pénélope."

Miss Wycherly ne prêta pas attention aux paroles qui, en un autre temps, auraient apaisé et plu ; elle devenait agitée alors que Julia s'attardait sur les marches avec sa mère, et son désir était de revoir Julia avant de quitter Wetheral, de l'embrasser encore une fois et de répéter des offres de gentillesse, qui devaient être totalement inutiles à Lady Ennismore, bien qu'elles soulagé son cœur de les prononcer. Charles Spottiswoode la pressa de rester et d'éviter de donner une nouvelle douleur à son amie, qui s'était sentie visiblement frappée par ces adieux sinistres ; mais Miss Wycherly ne voulait entendre aucune objection à son inquiétude. Elle s'avança précipitamment vers la porte, mais Charles se tenait devant elle, lui tenant les mains d'un air espiègle et la suppliant de reprendre sa place. La petite querelle des amoureux ne dura pas longtemps ; le bruit des roues de la voiture fit que Miss Wycherly se précipita devant son compagnon et entra dans le hall. Julia était partie.

CHAPITRE XI.

La gaieté de Wetheral ne fut pas beaucoup interrompue par le mariage de ses membres les plus influents. Lady Wetheral déplorait la perte de ses filles et faisait souvent allusion en public à ses heures solitaires de chagrin ; mais elle était infatigable dans ses efforts pour amuser Miss Kerrison et Clara ; et, bien que ses lèvres exprimaient des paroles douloureuses, ses yeux et son attention appartenaient exclusivement à Sir Foster Kerrison. Sa Seigneurie s'efforçait de soutenir « qu'aucune passion ne pouvait être plus égoïste que le chagrin », et elle s'attribuait le mérite « que, malgré les sentiments bas et tristes qui la poussaient à rester à Wetheral dans une méditation silencieuse, *elle* n'avait jamais cédé. En effet, elle sentait que les autres réclamaient son temps et son attention et, bien que son cœur espérait que Clara puisse rester célibataire pendant quelques années, pour être sa compagne, il était néanmoins de son devoir de la chaperonner aux divertissements qui lui étaient offerts. sa jeunesse attendait et, peut-être, exigeait. Tous les jeunes aimaient la vivacité, et, bien que certains parents oublient les jours de leur propre jeunesse et contrôlent les vues heureuses de leurs enfants, *elle* ne reculerait pas devant le devoir de mère. Avec ces impressions de « devoir », lady Wetheral était pleinement employée à escorter Clara et sa jeune compagne à tous les divertissements publics ; et Wetheral continuait la scène de fête et l'arène des rencontres, comme elle l'avait toujours été, depuis le jour où Mme Tom Pynsent fit ses *débuts* en public.

Même si les goûts des jeunes hommes pouvaient facilement se plier aux lèvres flatteuses de Lady Wetheral, combinés aux attraits de sa fille, il fallait une certaine habileté pour guider Sir Foster Kerrison jusqu'au point souhaité. Ses manières silencieuses et son absence d'esprit provoquaient perpétuellement contrecarraient les desseins de la mère, mais son esprit s'élevait au-dessus de tous les ennuis. "Il faudrait peut-être du temps pour imposer des chaînes à un homme qui a oublié chaque mot ou chaque engagement de la demi-heure précédente, mais la persévérance doit aplanir tous les obstacles. Clara était très jeune et la patience devait être mise à rude épreuve si les gens étaient résolus à le faire. mettre en œuvre un souhait préféré. Clara ne possédait pas autant de dons précieux que sa mère, et il lui fallait une vigilance constante pour dompter l'apparence d'irritabilité devant l'objet de ses désirs. Sa mère, elle aussi, veillait sur l'esprit inquiet et détournait son attention en cas de besoin. Un jour, Clara devint impétueuse à ce sujet. Sir Foster ne venait jamais à Wetheral sans une invitation spéciale ; et comment gérer une grande créature stupide, qui ne voyait ni ne sentait d'attentions ? Lady Wetheral sourit.

"Ma chère fille, patience ! Il faut gérer Sir Foster, et si seulement vous laissez l'affaire entre mes mains, tout ira bien. Ne paraissez pas, je vous en supplie, si contrarié ; la vue de l'humeur chasse tous les hommes. qui ne sont pas vraiment amoureux, et la bonne humeur perpétuelle est une attirance perpétuelle. »

"Comment puis-je rester en colère face à une masse aussi lourde de nature humaine?" s'écria Clara avec mépris.

" Ne criez pas de noms, mon amour ; je vais vous le dire. Ne vous donnez aucun ennui, regardez seulement Sir Foster avec plaisir et agréablement ; je ferai le reste. Certains hommes sont plutôt ennuyeux, mais l'absence d'esprit exige compétence seulement chez les parties concernées. Je ne pense pas que Sir Foster soit ennuyeux ; absent seulement – très absent ; mais peut-être que cela peut jouer en notre faveur.

"De quelle manière ?" demanda Clara avec curiosité.

" Peu importe, mon amour, regardez agréablement Sir Foster et laissez-moi m'en occuper. Nous devons le conduire doucement et progressivement à faire de Wetheral un lieu de repos quotidien ; et pendant que Lucy est ici, cela peut être fait. Priez, Clara. , efforcez-vous de contrôler votre humeur devant Lucy. Je ne voudrais pas qu'elle fasse un rapport défavorable sur vos manières à Ripley ; tant de choses *dépendent* de votre effort pour paraître de bonne humeur – faites-le, mon amour.

Au prix d'un effort évident et douloureux, Clara parvint à cacher sa nature irritable à l'observation particulière de son amie Miss Kerrison, qui était le principal ressort de cette machine qui devait impliquer son père. Lady Wetheral adressait à Lucy Kerrison les attentions les plus flatteuses et offrait la série de fêtes de plaisir la plus agréable ; à sa jeune et insoupçonnée oreille était adressé tout compliment susceptible d'endormir l'observation, d'éveiller son amour et de l'intéresser à toutes les actions de lady Wetheral. En bref, une séparation d'avec Clara et les délices de Wetheral devenait insupportable au cœur et à l'imagination de la pauvre Miss Kerrison , et ses yeux se remplissaient de larmes d'un véritable chagrin, qui fit bientôt apparaître à l'appréhension rapide de Sa Seigneurie, le regret avec lequel son jeune l'invité envisageait un retour à Ripley. C'était, pour reprendre son expression favorite, « tout en leur faveur » ; et elle en parla à Sir John à sa manière.

"Cette pauvre, chère Lucy Kerrison, mon amour, est tristement bouleversée à l'idée de nous quitter. Clara et elle-même sont extrêmement attachées ; les larmes lui montent aux yeux chaque fois que ce sujet est évoqué."

"Mlle Kerrison est une fille gentille et distinguée", répondit Sir John.

"Oui, mon amour, c'est tout à fait la compagne que Clara devrait avoir. J'approuve son bon et judicieux choix. J'aimerais qu'ils se rencontrent souvent."

Sir John ne répondit pas et une courte pause lui succéda.

"Je souhaiterais presque que Lucy reste avec nous pour le bien de Clara. Si je pensais que Sir Foster ne s'y opposerait pas, je lui demanderais de ne pas la rappeler."

"Isabel est toujours parmi nous, Gertrude ; Clara a ses deux sœurs."

"Oui, bien sûr, oh, oui, Mme Boscawen est ici, mais elle n'est jamais visible jusqu'à ce que la cloche d'une demi-heure sonne. Je vois très peu de pauvre Isabel moi-même, et Clara encore moins. Bell est également enfermée. , dans la salle de classe, apprenant à être trop sage et désagréable ; d'ailleurs, mon amour, Bell ne peut pas être le compagnon de Clara. Je m'étonne que Sir Foster n'appelle pas pour voir sa fille ! savez-vous, mon amour, il n'a été que une fois dans cette quinzaine pour nous voir.

"Sa compagnie n'est pas particulièrement acceptable, Gertrude."

"Eh bien, Sir John, je ne fais que citer les circonstances : je crains que nous ne soyons pas très attirants ; cependant, mon amour, je vais essayer de prolonger le congé de Miss Kerrison pour le bien de Clara."

"Faites ce qu'il vous plaît, ma seule objection est que son père soit obligé d'épouser Clara. Je n'ai rien à reprocher à sa jolie et élégante fille : ne laissez pas Kerrison épouser une de mes filles, et je n'interviendrai pas dans vos projets. ".

"Oh ! mon amour, je n'oblige jamais les hommes à se marier. J'espère que ma chère Clara sera ma compagne pendant quelques années. Je ressens très vivement la perte de ma chère Lady Ennismore, et c'est aussi le cas de la pauvre Mme Pynsent."

« Pourquoi Anna Maria est-elle « pauvre », Gertrude ? Elle a épousé un homme bon et un homme qu'elle aime.

« Elle est en quelque sorte bannie de Hatton, » répondit lady Wetheral en soupirant ; "Je ne peux pas la penser heureuse pendant qu'elle erre dans la plaine de Mme Pynsent, sans style - du moins, pas le style Hatton - sans établissement convenable, pas de maison, comme Lady Ennismore, qui partit pour Bedinfield, comme la femme d'un noble. livrées, voiture, tout est magnifique ! Comme j'ai hâte de voir Julia dans sa gloire.

Sir John ne pouvait offrir aucun conseil qui pourrait arrêter le plaisir ardent que sa dame éprouvait pour les bonnes choses de la terre ; il reprit donc son livre, et Madame écrivit, en privé, un billet des plus polis à Sir Foster, sur la force du concours de son mari à son désir de détenir sa fille à Wetheral.

"Mon cher monsieur,

" Cela nous brisera tous le cœur de nous séparer de votre charmante Lucy, et Clara souffre tellement à l'idée de nous séparer de son amie, que nous avons une proposition à vous faire. Je ne vous dirai pas pour le moment sa nature, car je souhaite " Pour vous voir. Mesdames, mon cher monsieur, préférez parler aux directeurs. Puis-je espérer vous voir à Wetheral demain matin ?

"Votre serviteur,

" G. WETHERAL ."

Clara craignait que Sir Foster ne résiste à l'invitation, si doucement exprimée, en oubliant son existence ; mais sa mère crut que l'ambiguïté de son expression ferait naître dans son esprit un germe de curiosité que même le désordre invétéré de son cerveau ne pourrait pas maîtriser. Le texte de la note fut discuté devant Isabel et lui fut expliqué. Mme Boscawen ne pouvait que supplier Clara de ne pas épouser un homme aussi âgé.

"Ma chère Clara, Sir Foster vous mettra dans une salle de classe, comme M. Boscawen l'a fait par moi, car les vieillards se ressemblent, j'ose le dire. Je vous assure que ce sera une affaire choquante, et je n'en ai rien à faire. " Mon consentement à moins que vous n'insistiez. Je ne peux imaginer personne épouser un vieil homme et aller à ses études comme s'il s'agissait d'écolières. Je vous en prie, écoutez mon avertissement, Clara, et n'épousez pas Sir Foster. "

"Ma chère Isabel, je suis résolue à demander à cet homme de me proposer. Maman dit que je perdrai ma caste si je suis célibataire, car Anna Maria ne s'est mariée qu'à dix-neuf ans et a presque perdu tout espoir. Si je ne prends pas immédiatement , je deviendrai *dépassée* ; car maman dit que mon style de beauté devrait prendre effet immédiatement.

" Vous êtes certainement très belle, chère Clara, très belle. M. Boscawen dit que vous êtes une très belle fille. "

"Eh bien," répondit Clara en souriant avec complaisance, " il faut que je me lève et que je m'en occupe. Sir Foster est très riche."

"Oh ! Clara, et M. Boscawen aussi : mais je n'ai jamais eu d'argent. Un jour, M. Boscawen m'a donné une guinée, puis il l'a reprise parce que je ne voulais pas tenir compte de toutes mes dépenses. J'ai acheté un shilling. " Je n'ai pas dit que je l'avais acheté. Aussi, comme je ne pouvais pas expliquer le shilling, j'ai été obligé de renoncer au reste. N'épouse pas un vieillard, Clara ! " "

"Sir Foster laisse tout le monde dépenser son argent, Isabel."

" Ah, mais rappelez-vous ce que M. Boscawen a promis, Clara ! On m'a tout promis et je n'ai rien obtenu. Vous ne savez pas combien il est désagréable de s'enfermer un matin en lisant et en traduisant. "

"Je ne lirai ni ne traduirai pour plaire à Sir Foster", dit Clara avec une énergie méprisante. "Je me marie selon d'autres principes."

"Eh bien, Clara, essaie seulement de ne pas épouser un vieil homme, car je t'assure que c'est une chose très désagréable."

« Je me demande si Sir Foster *appellera* demain, Isabel ?

"Oh, pour être sûr qu'il le fera : je suis sûr que je le devrais, si quelqu'un me le demandait."

"Ne confie pas cela à Boscawen, Isabel : je ne souhaite pas qu'il connaisse mes intentions."

" Certainement pas, si je peux le lui cacher ; mais il parvient à découvrir tous mes secrets. Cependant, j'essaierai de garder tout cela pour moi. "

Mme Boscawen avait résolument l'intention de le faire ; mais son secret transpira au contact de la baguette mentale de son mari. M. Boscawen commença à parler de retourner à Brierly, le soir même de la conversation qui avait eu lieu entre sa dame et Clara, et, après s'être retiré pour la nuit, il mentionna son intention de quitter Wetheral la semaine suivante. Isabel joignit les mains avec inquiétude.

"Oh, M. Boscawen, pas si tôt ! devons-nous revenir si tôt ?"

"Pourquoi pas, Isabel ? As-tu peur de l'ennui de Brierly ?"

"Oui, non", s'écria Isabel, "mais je veux surveiller Clara, M. Boscawen : je veux observer quelque chose."

"C'est à propos de quoi?" » a demandé M. Boscawen. "Votre sœur est-elle engagée dans des spéculations, ou votre mère a-t-elle choisi quelqu'un que votre sœur est censée captiver ? Je pense avoir découvert la vérité, Isabel, grâce à votre expression."

"Comment découvrez-vous les choses, M. Boscawen!" s'écria Isabelle en rougissant et en hésitant ; "tu ne me permets jamais de garder un secret."

"Alors il y en *a* une, Isabel. Aie la gentillesse de m'admettre dans le mystère : une femme ne doit pas avoir de secrets."

"Eh bien, promets seulement de ne pas le dire", dit Isabel, impressionnée par les manières graves et la remarque de son mari, "et je ne garderai pas le secret pour moi, même si j'ai promis de le faire."

"Qui a exigé cette promesse, Isabel ?"

Isabel fut alarmée et révéla le complot contre Sir Foster. M. Boscawen écouta en silence, puis fit froidement ses annotations sur le sujet.

"Quand une mère complote pour un gendre et que sa fille agit en conséquence, en plus d'impliquer une jeune sœur mariée, sous la promesse du secret, il est temps de prendre des mesures pour se retirer d'une telle société. J'avais bien l'intention de quitter Peut-être la semaine prochaine, mais maintenant je partirai demain, à midi ; donc, Isabel, donne des ordres à ta femme de chambre en conséquence.

La détresse de Mme Boscawen était trop violente pour être contrôlée. « Oh, M. Boscawen, comment pouvez-vous m'emmener si soudainement dans l'horrible Brierly ! Comment pouvez-vous m'effrayer et menacer de quitter Wetheral avant la fin de notre mois ! Je ne serai jamais enfermé du tout, j'en suis sûr. , et Clara sera tellement en colère !" Isabel s'assit, envahie par la terreur.

M. Boscawen a patiemment et gentiment expliqué sa ligne de conduite à son épouse terrifiée. Il lui a assuré que personne ne tiendrait compte de sa révélation et que personne ne devrait soupçonner la cause de son départ. Il exprima son dégoût de la conduite de Clara, mais il garda le silence sur l'horreur qu'il éprouvait pour les manœuvres infatigables de la mère. Il espérait qu'Isabel s'attacherait à Brierly avec le temps ; c'était une maison plus sûre que l'air infecté de Wetheral ; et, après son accouchement, si elle avait envie de changer d'air, il l'emmènerait à la mer.

Les observations de M. Boscawen apaisirent dans une certaine mesure l'extrême douleur d'Isabel ; mais elle n'avait plus de repos nocturne et le matin elle était extrêmement fiévreuse, se plaignant d'une oppression douloureuse et de maux de tête. M. Boscawen craignait que sa jeune épouse ne souffre des effets compliqués de la peur et de l'aversion à l'idée de rentrer chez elle ; mais il était résolu dans son projet : rien ne pouvait désormais altérer sa détermination à emmener sa dame de Wetheral. Il annonça ouvertement son intention au petit déjeuner, et l'expression polie de tristesse de Lady Wetheral tomba de ses lèvres sur un sol froid et stérile : aucune fleur ne poussa sous sa gracieuse pluie de compliments.

"Mon cher M. Boscawen, vous me surprenez et m'affligez par votre résolution : l'absence d'Isabel et de vous-même jettera autour de nous une profonde tristesse."

"Je vous suis obligé", répondit doucement M. Boscawen, tout en beurrant son morceau de pain grillé sec.

"Perdre trois filles d'un seul coup est une épreuve sévère", a poursuivi Madame. "Ma chère Isabel me manquera toutes les heures."

M. Boscawen n'a daigné répondre ; mais Isabel, pâle et sans appétit, était assise en larmes et n'osait pas se fier à sa voix : elle craignait de déplaire à son mari par une quelconque manifestation de chagrin, mais son cœur s'affaissait sous les effrayantes attentes de Miss Tabitha et la sombre routine de son mari. Brierly.

"Je suppose que Sir John est dans son bureau", observa M. Boscawen en se levant à la fin du petit-déjeuner.

"Oh, oui, Sir John prend son petit-déjeuner à sept heures, quand les gens dorment ou devraient dormir profondément. Je ne peux pas comprendre des heures et un goût aussi peu agréables. Sûrement, si le petit-déjeuner est terminé avant onze heures, il est un loisir suffisant pour les affaires de la vie.

Le dégoût de M. Boscawen lui montait aux yeux et débordait dans l'expression de son visage ; mais un grand effort dompta la phrase qui tremblait sur ses lèvres. Il se leva et quitta la salle du petit déjeuner. Lorsque la porte se referma sur son horrible silhouette, la misère d'Isabel éclata : elle jeta ses bras autour de Clara, qui était assise près d'elle, et sanglota violemment.

"Oh, maman, j'aurais aimé ne jamais, jamais me marier !"

"Ma chère Mme Boscawen," répondit sa mère avec un accent très apaisant, "vous ne savez pas ce que vous dites. Je suis sûre que vous auriez été malheureuse célibataire, et j'aurais toujours été tourmentée à mort avec une fille célibataire. à mes côtés. Tu es très confortablement et heureusement marié, mon amour.

"Oh, comment peux-tu dire ça, maman ! J'aimerais être Chrystal, m'asseoir avec papa, et ne jamais être obligée de faire ce que je n'aime pas ! J'aimerais être toi, Clara, heureuse et célibataire ! J'aimerais être toi, Clara, heureuse et célibataire ! J'aimerais être toi, Clara, heureuse et célibataire ! J'aimerais être toi, Clara, heureuse et célibataire ! J'aimerais être toi, Clara, heureuse et célibataire ! un oiseau, ou un chat, ou n'importe quoi d'autre que ce que je suis !" La pauvre Isabel pleurait librement : elle poursuivit : « Je vais être enfermée avec Miss Tabitha et M. Boscawen, dans ce grand et sombre Brierly ; je ne dois pas rire, ni parler au vieux John, ni voir une compagnie agréable . personne ne peut dire à quel point Brierly est ennuyeux et effrayant ! »

"Ma chère Isabelle, réfléchissez au mariage, et dites-moi qui avez-vous jamais vu parfaitement libre de tout souci dans cet état ? Je considère que c'est une institution très appropriée et naturelle, si bien arrangée et si particulièrement appliquée, que j'avoue que je n'ai aucun plaisir à le faire." opinion d'une femme qui ne se marie pas, si tous les conforts de la vie lui sont assurés. Si une femme est protégée par un beau règlement, et ce genre de choses , elle *devrait* se marier.

"Tu le penses?" dit Isabel avec langueur.

"Oui : je pense que vous vous êtes extrêmement bien marié, et vous devriez vous considérer particulièrement chanceux. Si M. Boscawen est rigide en exigeant de vous des sacrifices douloureux, rappelez-vous qu'il a été très libéral dans la conclusion d'un règlement ; il doit y avoir des épreuves, ma chère. enfants. Je suis la preuve que le mariage le plus heureux a des soucis. Votre pauvre père ne m'a jamais aidé dans mes inquiétudes à propos de vous tous : je suis certain que Lord Ennismore n'aurait jamais épousé Julia, si mes efforts inlassables ne l'avaient pas domestiqué à Wetheral.

"Tom Pynsent ne contredira jamais Anna Maria", dit Isabel, alors que les larmes lui montèrent aux yeux. "Tom ne souhaitera jamais que ma sœur lise!"

M. Boscawen a été entendu dans la salle, donnant des ordres.

"Oh, nous y allons, maman ; j'entends M. Boscawen commander la voiture. Je connais si bien le ton de sa voix en donnant cet ordre ! comme mon cœur bat !" Isabel s'accrochait au bras de sa mère.

M. Boscawen entra et tendit le bras à sa femme pâle et tremblante. "Ma chère Isabelle, j'ai tout arrangé; tu n'as qu'à rendre visite à ton père avant de monter dans la voiture."

Sa dame semblait prête à s'évanouir. "Ne me laisse pas voir papa ! ne me laisse pas voir papa !" s'exclama-t-elle.

"Tu es agitée, mon amour", observa son mari en lui passant le bras autour de la taille et en lui parlant gentiment. " Ne vous inquiétez pas, ma chère Isabel, vous ne verrez et ne parlerez à personne. Clara aura la gentillesse de dire à Sir John ce que vous ressentez. Vous tremblez beaucoup ; essayez de gagner en fermeté, mon amour. "

La pauvre Isabelle fut placée dans sa voiture, à moitié évanouie, sans pouvoir parler ni bouger. M. Boscawen était blessé et alarmé des effets de cette agitation sur la santé de sa dame ; mais son esprit était décidé à persévérer dans l'éloignement d'Isabel. Il chargea Clara d'expliquer à son père quelle émotion sa sœur éprouvait à l'idée de prendre congé ; et saluant lady Wetheral et miss Kerrison, M. Boscawen prit place à côté d'Isabel, dont la tête reposait contre le côté de la voiture, et elle ne la leva pas non plus pour lui dire adieu. Elle paraissait trop épuisée et trop malade pour faire un effort quelconque. Comme elle a quitté Wetheral différemment le matin de ses noces !

Sir Foster Kerrison fit effectivement escale à Wetheral quelques heures après le départ des Boscawen. Clara était apaisée et flattée, sa mère charmée, par cette visite. Sir Foster resta silencieux jusqu'à ce qu'on lui parle.

« Mon cher monsieur, c'est vraiment courtois, » commença Lady Wetheral ; "Je me sens très honoré par votre attention polie à mon souhait."

Sir Foster cligna des yeux et tapota sa botte, mais il ne sembla pas comprendre le sens du discours de Madame. "Euh, hein ?"

"Papa, tu as reçu le message de Lady Wetheral, bien sûr ?" dit Miss Kerrison.

"Eh, quoi ?"

« Le mot de Lady Wetheral, papa... le mot que vous avez reçu hier de Wetheral !

Sir Foster était assis et clignait de l'œil, mais ne se souvenait d'aucune note.

"Oh, papa, tu as reçu un billet, et je suis sûr qu'il est dans ta poche. Je t'en prie, laisse-moi regarder dans les recoins de tes énormes poches ?"

Miss Kerrison vida de manière ludique les poches de son père, et le billet de Lady Wetheral apparut avec son sceau intact, accompagné de diverses lettres, de lanières, de clous et d'un chausse-pied. Les yeux de Clara brillaient d'indignation, mais ceux de sa mère souriaient gentiment.

" Mon cher Sir Foster, je ne dois pas me plaindre de votre esprit très absent, puisque je ne souffre qu'avec le reste du monde. Ma parole, c'est très amusant ! Voyez, ma chère Lucy, comme cet ensemble d'articles promet d'être divertissant. être!"

Sir Foster le regardait fixement, tandis que les dames riaient du contenu divers de sa poche. Clara seule était assise digne et offensée. Lady Wetheral expliqua le sens de sa note et demanda la compagnie de Miss Kerrison pour une période plus longue et indéterminée. Sir Foster a fredonné un air et a tapoté sa botte pendant son long et élogieux discours.

"Papa implique toujours son consentement lorsqu'il fredonne et tape, Lady Wetheral, ce qui est délicieusement arrangé : mais pourquoi, papa, as-tu appelé ici ce matin ?"

"Où est Boscawen ?"

"Ils sont partis quelques heures pour retourner à Brierly, papa. Vouliez-vous voir M. Boscawen ?"

Un sourire dessina les belles lèvres de Sir Foster.

"Je suis désolé que M. Boscawen soit parti, papa. Je suppose que vous aviez un cheval en vue ?"

Un autre sourire et un coup de botte.

"Je le pensais. Mais, papa, tu ne liras jamais tes lettres et tes notes si je ne retourne pas à Ripley, n'est-ce pas ?"

Sir Foster cligna des yeux en silence.

"Ma chère Lucy", dit Lady Wetheral d'un ton enjoué, "Sir Foster doit apporter ses lettres ici chaque matin pour votre lecture et vos conseils."

"Oh oui, papa, c'est un excellent plan, n'est-ce pas ? Vous devez venir chaque matin pour être fouillé, et alors vous n'aurez pas besoin de ma présence à Ripley."

Sir Foster resta assis deux heures sans parler et sans paraître prêter attention à la conversation qui avait lieu entre ses belles compagnes. Il était assis dans la plus totale absence d'esprit, tapant sur sa botte, ce que Clara irritait par des regards silencieux de mépris. Miss Kerrison connaissait si bien les manières de son père que sa conversation se poursuivit sans être dérangée jusqu'à ce que l'horloge en bronze doré sonne six heures ; Miss Kerrison s'est alors approchée de son père.

"Eh bien, papa, il est temps pour toi de rentrer à la maison ; il est six heures."

"Eh, euh, quoi ?"

"Tu dois commander ton cheval, papa, et aller dîner à Ripley."

"Oh, Sir Foster ne nous quittera sûrement pas ; nous espérons avoir sa compagnie au dîner d'aujourd'hui." Lady Wetheral parlait sur un ton sérieux et envoûtant.

"Non, merci, chère Lady Wetheral, pas aujourd'hui. C'est la manière de papa; il continue toujours de cette façon chez quelqu'un, et j'ose dire qu'après être venu ici, papa sera régulièrement à Wetheral tous les jours. ".

Les perceptions rapides de Sa Seigneurie virent l'avantage d'avoir sir Foster Kerrison comme visiteur quotidien ; elle comprit immédiatement l'opportunité de lui permettre de suivre sa propre voie quant à la manière et au moment de ses visites : elle cessa donc de lancer des invitations, mais, prenant immédiatement une vue d'ensemble de son caractère et de ses habitudes, Sir Foster fut autorisé à partir sous la même forme mécanique qui a caractérisé son entrée. L'indignation de Clara menaçait presque de détruire ses projets. Elle s'insurgeait contre la rigueur excessive d'un homme qui pouvait s'asseoir dans la société d'une belle femme et pourtant ignorer sa présence ! Un homme tel que Sir Foster pouvait rendre visite à Wetheral assez innocemment, car il n'avait pas l'usage de ses sens.

"Ma chère Clara," argumenta sa mère, "vous vous trompez dans toutes vos conclusions. Sir Foster a des manières particulières, il est vrai, mais je les considère dans l'ensemble en notre faveur. Je souhaite qu'il devienne un visiteur quotidien, dans l'idée de voir Lucy, qui m'assiste très matériellement sans s'en apercevoir. Je veux qu'il s'assoie aussi bêtement qu'il voudra, et qu'il vienne quand il voudra ; seulement, ma chère Clara, n'ayez pas l'air si indignée.

"Je ne comprends pas votre tactique", dit Clara sèchement. "Je ne comprends pas comment la stupidité et l'indifférence peuvent être considérées en ma faveur."

"Je n'ose le dire, mon amour; mais quand tu seras mère, ces choses s'expliqueront d'elles-mêmes. Accorde-moi un peu de crédit de prévoyance, je t'en supplie, dans les établissements que j'ai procurés à tes sœurs. Soyez patiente et paraissez calme, Clara. , jusqu'à ce que j'aie décidé du vôtre.

Clara devint impatiente et offensée, ce qui causa à sa mère une contrariété et une inquiétude infinies. Elle craignait que l'esprit irritable de Clara ne transpire même à Lucy Kerrison : elle craignait que sa propre toile ne soit dénouée par la main même qu'elle souhaitait accorder à Sir Foster. Il fallait traiter avec beaucoup de douceur et de délicatesse une disposition comme celle de Clara. Elle ne possédait pas la douceur des manières qui était si éminente chez Anna Maria, ni la douceur enjouée de Lady Ennismore. Sa beauté était supérieure à celle de ses deux sœurs, ce qui en prédisposait beaucoup en sa faveur ; mais son tempérament capricieux et puissant n'était connu que dans sa propre maison. Le but de sa mère était de le protéger si possible des observations. Thompson, qui avait toujours joué un rôle remarquable dans la famille, était alors installé dans une sorte d'ami confidentiel ; et à elle Lady Wetheral se plaignit amèrement de la fatigue et de la terreur qui accompagnaient sa propre vigilance.

"Je déclare, Thompson, que Miss Clara me cause infiniment plus de problèmes que mes trois filles aînées réunies. J'ai toujours peur qu'une démonstration de colère ne se produise à une heure malheureuse pour la livrer à des messieurs."

"Oui, ma dame, ce serait vraiment triste. Je suis sûr que je me vante toujours du bon caractère de Miss Clara, en ce qui me concerne."

"Je souhaite qu'elle soit silencieuse et calme en apparence, mais je suis toujours aux aguets pour adoucir les remarques de Miss Clara et expliquer les regards offensants. Je ne pense pas, Thompson, que Miss Clara se mariera bientôt."

"Oh, ma dame, j'ai entendu de nombreuses remarques sur les attentions de Sir Foster Kerrison lors du mariage de mes jeunes filles !"

"Quelles remarques, Thompson ? Que disent les idiots maintenant ?" » demanda sa dame, affectant la nonchalance.

" Les gens disent que Sir Foster n'est pas un gentleman très bavard, ma dame, mais ensuite il se tenait toujours près de Miss Clara ; j'ai aussi entendu dire qu'il a appelé ce matin ; alors les gens ont mis deux et deux ensemble, comme ils le peuvent très bien. "

"Si les gens calculent de manière aussi erronée, ils doivent s'attendre à se tromper sur la somme totale", répondit Madame, souriante et intérieurement satisfaite des remarques prononcées ; "mais nous verrons, Thompson."

La prédiction de Miss Kerrison concernant la façon dont son père restait assis des heures en silence chez les gens s'est vérifiée. Après être venu à Wetheral voir M. Boscawen au sujet d'une affaire liée aux chevaux, et étant également resté ses deux heures habituelles avec les dames, inaperçu et sans ennui des attentions qui l'obligeaient à parler, Sir Foster Kerrison, le lendemain matin, déposa de nouveau lui-même à Wetheral, et a été autorisé, avec le tact d'une matrone chevronnée, à s'asseoir sur une chaise longue, en tapant sur sa botte et en clignant des yeux sans être inquiétée. Miss Kerrison fit l'inventaire des provisions déposées dans ses poches dès le premier moment de l'entrée de son père, emploi qu'il ne remarqua jamais sinon un sourire absent ; après quoi, il fut condamné à une existence à moitié assoupie, jusqu'à ce que Miss Kerrison l'avertit de partir, en lui assurant que l'horloge avait sonné six heures. Jour après jour, Sir Foster était régulièrement installé dans le boudoir des dames de Wetheral, et, tout aussi régulièrement, il partait à la convocation de sa fille.

Si Lady Wetheral avait imprudemment exhorté Sir Foster à dîner au château, cela aurait brisé l'habitude qui le poussait à se déplacer d'avant en arrière à des heures déterminées et au son de certains bruits ; cela aurait pu aussi l'attirer vers de nouvelles personnes et d'autres maisons. Lucy Kerrison avait parfaitement raison de suggérer que , après avoir appelé par accident, ses visites pourraient continuer par habitude.

Le salon du matin de Sir Foster présentait un autre avantage. Sir John, qui sortait rarement de l'enceinte de son bureau, ignorait les événements qui doraient les plaisirs du boudoir. Le bureau était loin des images et des sons, et la chapelle devait être traversée pour atteindre son isolement parfait. Les fenêtres recevaient la lumière d'une cour entourée de murs et fermée aux regards curieux par un bosquet profond et imperméable de lauriers et de chênes verts. Dans cette partie retirée du château, son maître aimait passer ses matinées ; et comment pouvait-il supposer que ses souhaits, voire presque ses ordres, étaient sans effet ? Sir Foster n'était pas vu à sa table – son nom était rarement mentionné à Wetheral – aucun billet de visite ne rencontrait son regard – aucune allusion n'était faite aux récentes visites de sa famille – tout semblait régulier et dans son ordre habituel. Sir John était donc calme et presque inconscient de l'existence de Sir Foster Kerrison. Cela était très favorable aux projets de sa dame.

Pendant trois semaines consécutives, cet ordre de choses dura ; et une seule fois, pendant cette période, Sir John rencontra Sir Foster dans le domaine de Wetheral ; ce qui, bien entendu, était attribué à l'anxiété de voir sa fille. Sous cette impression, Sir John s'empressa de lui faire honneur ; et, le matin en question, il conduisit lui-même Sir Foster dans le boudoir, avec la politesse et la considération dues à un gentleman et à un père affectueux visitant un enfant bien-aimé.

L'étonnement se peignit sur son visage, lorsqu'il vit son invité, *sans cérémonie*, prendre possession de la chaise longue et, après avoir posé son chapeau sur une table de travail, commencer, comme à son habitude, à fredonner un air et à taper du pied. , sans offrir un mot de compliment, ni même s'adresser à la fille qu'il avait parcouru quatre milles pour voir. Il y avait quelque chose d'extraordinaire, pensait-il, dans le sourire tranquille accordé à Sir Foster par Lady Wetheral, et il était très mécontent du mouvement soudain de Miss Kerrison pour examiner les poches de son père, sans accorder un mot d'obéissance filiale à un parent qu'elle n'avait pas vu. pendant quelques semaines ; Pourtant, la vérité a échappé à son esprit sans méfiance. Il ne lui est jamais venu à l'esprit de croire que ses résolutions exprimées étaient ignorées. Son bon goût fut choqué par le style de l'entrée de Sir Foster dans un salon de dame, et il ne resta pas pour supporter cette continuation. Il se retira dans son cabinet ; sûr , au moins, qu'un tel homme ne pourrait jamais apaiser Clara, aussi fortement que les souhaits de sa dame puissent l'indiquer.

Jusqu'à présent , tout s'est à nouveau réuni pour favoriser les plans et les espoirs de Lady Wetheral. Il semblait que la Fortune allait de pair avec ses pensées et que le Destin avait apposé son sceau sur son souhait. Les visites constantes de Sir Foster produisirent beaucoup de remarques et préparèrent le terrain pour son dernier coup, coup qui devait mettre fin à tout suspense ultérieur et décider pour toujours de l'heureuse fortune de Clara. Chaque événement ouvrait la voie doucement et sûrement. Sir Foster était entré dans les filets de son plein gré : il venait chaque jour à Wetheral, sans y être invité ; et Madame pouvait affirmer avec le plus grand sérieux et la plus grande vérité qu'aucun effort n'avait été déployé de sa part pour contraindre les intentions de Sir Foster. On ne lui avait même pas demandé de dîner. Il n'avait jamais été seul avec Clara. S'il venait rendre visite à sa fille, un parent avait le droit d'exiger l'admission n'importe où ; mais aucune attraction n'avait été présentée pour le séduire, aucune influence seconde main ne l'avait retenu. Sir Foster est venu sans invitation et est resté sans aucune incitation au-delà de son propre plaisir. Sir Foster prépara donc sa propre destinée ; car Lady Wetheral, soucieuse de préserver la tranquillité d'esprit de sa fille , jugea qu'il était maintenant grand temps de comprendre à quelles conditions ils allaient se rencontrer à l'avenir.

Être si régulièrement à Wetheral – s'asseoir quotidiennement avec elle et sa fille, sans y être invité et sans demander sir John – avait une apparence que le monde ne pouvait exprimer que dans son langage conventionnel, comme « faire ses adresses à Miss Wetheral ». Les jeunes dames avaient des sentiments dont il fallait prendre soin ; ils avaient une sensibilité qu'il ne faut pas blesser impunément. Il y avait un rôle que tout parent devait jouer avec fermeté envers une jeune fille dont les affections étaient prises à la légère ; et elle entreprendrait la tâche pénible d'amener Sir Foster à expliquer elle-même ses sentiments. Clara devait engager miss Kerrison, le lendemain matin, dans une promenade dans le jardin, à l'heure de la visite de sir Foster ; et Lady Wetheral allait bientôt pénétrer ses intentions. Si tout allait bien, la fenêtre du boudoir devait être grande ouverte ; auquel cas Clara devait apparaître comme par hasard. Si Sir Foster était très résolu et peu galant, tout resterait fermé ; mais elle ne permettait pas qu'un doute s'élève à ce sujet dans son propre esprit.

Au petit-déjeuner, ce matin mouvementé, Lady Wetheral donna ses ordres au majordome :

"Quand Sir Foster Kerrison viendra, faites-lui entrer dans le salon."

Sir Foster fut donc introduit dans le salon.

FIN DU VOL. JE.